U0956527

法国大革命物语 4

斐扬派的野心

[日] 佐藤贤一 著　　赵明哲 译

上海译文出版社

目录

第八卷　斐扬派的野心

1　身为国王 ……………… 3
2　接二连三 ……………… 10
3　其他意见 ……………… 18
4　决断 ……………… 26
5　民众的呼声 ……………… 31
6　归路 ……………… 37
7　迎接 ……………… 44
8　观察 ……………… 51
9　试探 ……………… 56
10　喜讯 ……………… 62
11　工作 ……………… 68
12　巴黎骚乱 ……………… 73
13　香榭丽舍 ……………… 78
14　沉默 ……………… 83
15　纪念日 ……………… 88
16　论点 ……………… 93

17　蛮横　…………… 100
18　拉克洛　…………… 107
19　署名请愿运动　…………… 114
20　违和感　…………… 121
21　异变　…………… 127
22　斐扬俱乐部　…………… 134
23　出发　…………… 139
24　祖国祭坛　…………… 146
25　陷阱　…………… 152
26　无畏的撤退　…………… 156
27　战神广场　…………… 161
28　国民卫队　…………… 168
29　戒严令　…………… 174
30　圣奥诺雷路　…………… 179

第九卷　战争的足音

1　迪普莱家　…………… 187
2　埃莱奥诺尔　…………… 192
3　健全的　…………… 198
4　伤痕　…………… 203
5　不平　…………… 208

6 誓言重建 214
7 夫妻生活 220
8 《皮尔尼茨宣言》 226
9 最后的议会 233
10 市民之冠 240
11 立法议会的开端 246
12 新手议员 252
13 主战论 258
14 归乡 264
15 酒馆 270
16 国境 276
17 寂静 281
18 寄往巴黎的书信 286
19 故乡的人 291
20 少年 296
21 佩蒂翁 301
22 最重要课题 307
23 知心朋友 314
24 内阁改组 320
25 第一项工作 326
26 反战论 331
27 论争 337

28　迷惘 …………… 342
29　恐惧 …………… 348
30　来客 …………… 354
31　同志 …………… 360
32　离去的背影 …………… 366

主要参考文献 …………… 372

主要人物

路易十六　法国国王

玛丽·安托瓦内特　法国王后

罗伯斯庇尔　律师。第三等级代表议员

德穆兰　记者。律师

露西尔·迪普莱西　富豪名门之女。德穆兰的妻子

丹东　市民活动家。律师

马拉　自称作家、发明家。本职为医生

佩蒂翁　律师、记者。第三等级代表议员

迪波尔　第二等级代表议员。三头派草案负责人

拉梅特　第二等级代表议员。三头派工作负责人

巴纳夫　第三等级代表议员。三头派辩论负责人

拉斐德　由美国返法的开明派贵族。第二等级代表议员

布耶　将军。东部方面军司令官

戈格拉　宫廷秘书官

舒瓦瑟尔　帮助国王逃亡的公爵

德鲁埃　圣默努尔德的驿站长

索斯　瓦雷纳的副镇长

拉克洛　作家。雅各宾俱乐部会员

莫里斯·迪普莱　细木工。雅各宾俱乐部会员

埃莱奥诺尔·迪普莱　莫里斯的女儿

布里索　记者。立法议会议员

库东　立法议会议员。轮椅上的斗士

圣茹斯特　埃纳省的选举人。罗伯斯庇尔的支持者

纳尔博纳·拉腊　斐扬派的开明贵族。陆军大臣

米拉波　普罗旺斯贵族。第三等级代表议员。一七九一年四月病故，享年四十二岁

第八卷　斐扬派的野心

Si la Révolution fait un pas de plus,
elle ne peut le faire sans danger.

“革命再向前半步，

一定会引发极其危险的情况。”

（1791 年 7 月 15 日　巴纳夫在议会上的演说）

1

身为国王

——结果极好。

路易心满意足。果然表明身份是正确的。

瓦雷纳得知法兰西国王路易十六现身后喧嚣不已。

一七九一年六月二十二日清晨，聚集在索斯家里的所有人一个不落地为之震惊。房子周围闹闹哄哄，人们仿佛要贴在外墙上似的把房子围了个水泄不通。不止如此，从邻近村庄闻讯而来的已经有五六千人。

——不过他们并不怀有敌意。

从人群聚集的状况来看，好感占据压倒性优势。他们无法平静下来是由于心怀好奇。要说有危险的苗头，也不过是人们感到疑惑。此刻窗下传来大声的说话声，能够听出外面的情况。

“喂，国王真的来了吗？”

“让开，让开，让我也看看啊。”

“可国王陛下为什么要来这乡下地方啊？”

“先别管那些。总之路易十六陛下能来到瓦雷纳真是不得了啊。”

人们像是觉得法兰西国王应该听不见似的，畅所欲言，丝毫没有压低声音避开国王的意思。

路易苦笑应对，但又再次确信了昨日以来的想法。果然如此，地方上还是崇敬国王的。不仅仅是单纯的好感，而是一种宗教式的感情。加害神授王权的拥有者这种想法，是任何正常的基督教信徒都不会有的。

——证据就是，警钟停止了。

凌晨二时二分，路易回过神来看了一眼怀表，时间过去这么久了。

没多余的时间盯着表盘看。路易并非遭遇不愉快，而是被喜悦之情占据了。不得不回应的人接连不断，路易忙得不可开交。

不只拥在索斯家的人。在瓦雷纳这样的乡镇上也有不少名士，纷纷来访要向陛下请安。

人们排起了队伍。本就狭小不堪的房间更加透不过气来。向陛下请安，得以拜见陛下真是无上光荣，祝愿陛下永远健康——众人向路易献上一成不变的话语。不这么做的话，没人会罢休。

但是，即便这些人满意地离去，还是无法改变索斯家房子窄小的现实。听闻法兰西国王路易十六在此的消息，前来的不只当地居民。

路易调整姿势重新坐好，椅子吱呀吱呀作响，他的心情放松下来。总算想坐下了。

王后也从桌旁取来一把椅子，神情恍如圣母马利亚一般安详。到刚才为止她还杏目圆睁。此刻她努力装作平静，但紧张表现在脸上。

夫妻关系已经公开，路易作为体贴的丈夫朝妻子报以微笑。微笑之余也能问询其他情况。

“戈格拉，我们什么时候出发？”

“谨听陛下安排。”

这是国王发问应该得到的回答，路易心里满意。终于，终于，按照计划行事了。

戈格拉是宫廷秘书官。他身穿军装是因为按照计划先行前往布耶将军处打前站。

他本来应该在篷特·德·索姆韦勒迎接国王一家的到来，结果在约定的驿站没有见到他的踪影。虽然路易十六十分担心，但出乎预料地在瓦雷纳这里相见了。

——当然还有士兵。

布耶将军在瓦雷纳设置了临时驿站。但是，替换的马匹是在所谓的下村，要沿着拉巴斯·克鲁路下坡，在十字路口右转，通过第一座桥来到艾尔河对岸。

布耶的儿子们决定在名为“大王”的客栈暂时停留，等一收到国王到达的消息便前往上村。

因为所有事情的进度都被推迟了。听说在篷特·德·索姆韦勒待命的军队等到下午五点。但时间过了五时，国王一家却没来，所以才决定先行撤退了。

路易对此并不感到气愤。本来说好计划午后到达，在当地居民对于士兵的活动感到紧张的情况下，他们已经足够忍耐了，路易对此颇为肯定。但路易一行到达的时间是“下午六时十五分”。现在看的话，只要士兵们再坚持一小时就不会发生之后的一系列问题了。

——不顺的时候往往是这样。

反之也有走运之时。篷特·德·索姆韦勒的军队撤退的目的地不是别处，正是瓦雷纳。所以戈格拉在这里，舒瓦瑟尔·斯坦维尔公爵也在场，布耶的儿子就在刚才也到了。临时驿站撤往下村也是由于估计到篷特·德·索姆韦勒的士兵今天不会到达此地。

不必多言，这是因为不能在神经紧绷的国境地区过于显眼。从篷特·德·索姆韦勒撤来的轻骑兵也只能数人一组分散到附近的农家、废弃的僧院或树林中。

瓦雷纳敲响警钟之时，连将士也从住处跑出，惊吓得缩头缩脑。慎重起见，决定先派人查看情况，加紧派出侦察士兵。此时，城镇似乎又复归平静。打听之下有点难以置信，消息说国王陛下来了。

——更值得一提的是居民们没有敌意。

军队从隐蔽的处所出动，进了瓦雷纳城，不费功夫便查明法兰西国王所在之处。于是将士们到了索斯家，守卫在路易身旁，重新恢复了本应有的阵型。

——这一切都源于我宣布自己是法兰西国王。

否则我仍然身处调查之中，被他们怀疑为路易十六，不得不一直等待不知何时归来的镇长。军队已经在离得如此近的地方待命，但无法找准出动的时机，也许只能继续观望情况。

——这一切都是基于我英明决断下的幸运。

这份幸运更是带来连锁反应。从篷特·德·索姆韦勒撤来瓦雷纳的军团其他的轻骑兵六十人正在下村另一边的旧弗朗西斯科修道院处等待。

“这里的士兵没在执行任务，所以都很精神，也保持了士气。我挑选精锐四十人编为陛下新的护卫队。”

舒瓦瑟尔·斯坦维尔接着说，那么，请陛下下令。如陛下所愿，不出一小时我们就能抵达蒙梅迪。

“夜里这么晚乱来的话，可能会不小心弄出意外来的。”

路易如此提醒，但他并不觉得这是胡来。

距离蒙梅迪只剩下十余公里。但如此想来也就不那么着急了，也许正因为有这份从容才出言阻止。

——啊，已经可以乐观待之了。

众所周知布耶将军本人已到了蒙梅迪跟前，也就是离蒙梅迪极近的斯提内。将军派遣儿子负责瓦雷纳的驿站，也已做好了联系的准备。明天号令一发，斯提内护卫国王的大兵团便会集结完毕的吧。

“早上会有五百骑兵来的吧。那么就没必要着急赶路了。”

路易笑着回应。但对此舒瓦瑟尔·斯坦维尔公爵却没有笑脸相迎。

“陛下，请宽恕。眼下的决定是否应该基于今天来的四十骑兵，而不是明天可能会到的五百骑兵呢？”

“公爵，这是怎么回事？”

“现实并不像陛下所言，时间上没有多少宽裕了。”

“是的，小生也同意公爵的意见。”

接着说话的是从克莱蒙到达的连队长达马。他只率左右部下两人来到瓦雷纳。此前说好其他人随后追赶，结果四处分散的士兵却无法集结。

“丝毫不得大意，现如今谁都无法相信。”

“的确，正如达马所说。说不定不出一小时瓦雷纳的人们，不，连士兵们都可能变成我们的敌人。”

“变成敌人？什么？”

路易不由困惑。舒瓦瑟尔公爵到底在想什么。不，他既然认同达马所言，是否有什么内情？

这么一想答案很简单。原来是这样啊，无论如何也要把功劳揽在自己怀里啊。更准确地说如今他正是想要挽回在篷特·德·索姆韦勒或克莱蒙的失分。

“这可真是愚蠢的说法……”

就在路易要继续的时候，门口传来敲门声。戈格拉问来者何人，答说是索斯。

凌晨二时三十四分，路易允许索斯进内。虽然对于房子的主人不存在许不许可，但路易的心情也不是十分愉快，因为打开门一看，来者不只索斯一人。

他们在只有一人宽窄的楼梯上排成一列，先前刚刚前来请安的名士们再次全员出动，而且一个个表情严峻。“变成敌人”的话语犹在耳边，路易担心起来，不吉利的联想不由浮现。

——这是怎么了？

本以为已经各自回家的名士事实上并没有回去，而是聚在楼下的店面里，身处黑暗之中密谈。路易光是这么想想便不由得感到瘆得慌。

——莫非像巴黎那些家伙一样说些无聊的话……

路易一想到这便更加毛骨悚然。但这是杞人忧天了。

“请陛下不要抛弃国家。”

索斯最先说出口。是的，我们交谈了。有人说陛下这一定是要到外国去。可这就麻烦了。如同被父亲抛弃的孩子走投无路一般，被法兰西国王置之不管的法兰西人无法生存下去。

“请求陛下一定不要让我们成为孤儿！”

音调近乎苦苦哀求，这绝对不是出于恶意。而正相反，这是源自对法兰西国王的敬畏与崇敬以及视之为依靠的心情而自然而然产生的情感。

路易心中充满真实的感动。啊，朕身为路易十六国王果然还是受到法兰西人爱戴的。没有任何需要担心的。

2

接二连三

“朕没有抛弃你们。”

路易一下站起身说道。朕离开巴黎远道至此只是因为不能忍受三番五次的侮辱，并无抛弃众人之打算。朕到底还有身为国父的骄傲。朕这么做正是为了要同法兰西人同生存，正如同是为了要在孩子的陪伴下生存下去。

“但是陛下要前往外国的话……”

“目的地是蒙梅迪。”

“那是国境的城镇。是为了随时能逃往奥地利吗？”

“最坏的结果可能会的……”

“果真如此。”

索斯边挠头边叹气。果真如此，果真如此。国王陛下最后要逃亡，抛弃法兰西。

路易不禁为难。他不断劝慰说情况并非如此，但怎么都无法让众人理解。

而且索斯一定会反问：

“那么，为何选择蒙梅迪？”

这个问题路易回答不了，因为说起来计划不是自己制订的。自己是听从王后的话，王后抬高声调尖声说再也受不了巴黎了，总之要离开杜伊勒里宫。具体实施放手交由费尔森伯爵等人。

“陛下果真没有打算逃亡外国吗？”

被索斯这么一追问，路易也不得不承认。是啊，按照费尔森的想法这的确是单纯的出逃计划。逃往祖国奥地利这也是玛丽·安托瓦内特所期望的。可是我不同。

——王者岂能逃跑呢？

路易很想逞强，所以认真地自问，自己是也想逃吗？是否也想从革命这个困难的敌人中逃走呢？虽然自己是被费尔森等人唆使，但要放弃法兰西国王应尽的义务……心想着既然米拉波已死，自己已经无法留在巴黎，虽然自己轻易放弃了斗争……

“陛下，请您明确回答为何要前往蒙梅迪。”

“为了重建国家。”

路易回答道。连自己都感觉声音微弱，这可真令人遗憾。

这并非完全是谎话。逃到蒙梅迪集结以孔代大公为首的亡命贵族，引奥地利军返攻法兰西。到逃亡目的地也不是没有卷土重来的想法，自己是想寻求重回巴黎夺回政治实权的重建方案的。

——但是话不能这么说出来。

路易明白，那是法兰西人最厌恶的事，因为人们拒绝接受战争。家园烧失、农田荒芜，战争带来的只有悲剧。王室为了夺回原有的权威和权力才想到依靠极其不负责任的外国人的这种手段。是啊，所以费尔森思路欠周密。

——米拉波则不同。

那个人深思熟虑，绝对靠得住。他出类拔萃得让他人嫉妒。他在世时，自己对他虽然没什么好感，但没有理由厌恶其出色的政见。路易这次说话的声音大了。啊，是啊。是为了重建国家。

“朕考虑在蒙梅迪宣布成立临时政府并解散国民制宪议会。”

“您是说成立临时政府和解散议会吗？”

“正是。现议会的恶政已经人尽皆知。”

路易接着说的时候感觉自己的声音洪亮饱满。想必诸位也是心知肚明的吧。遑论重建国家财政，甚至乱发指券纸币造成法兰西经济混乱。不止如此，野蛮的宗教改革搅乱了人们的信仰生活。这已经超过容忍的限度。他们已然不是为了法兰西福祉，既然如此，身为国王朕不能袖手旁观。

“不，不能忽视人民的呼声。如果有可能的话朕愿意尊重议会的意见。但是现在的议员全都不行，因为他们不对偏离轨道加以修正。”

“陛下因此要宣布解散……”

“朕打算同一时间发布通告召集新一届议会以及选举新的议员。”

“这……”

“希望你们瓦雷纳也能选出合适的代表。”

“那时，那就……”

“副镇长阁下，差不多应该把文牒归还我们了。”

索斯的脸上疑云消散，转头对同伴小声言语，路易已经不怀疑对方的好意。

“马上归还文牒。”

索斯回答。可是，过了丹，通往斯提内、蒙梅迪的路沿途艰险。地形本就险恶，再加之宽度窄，本地的居民晚上也害怕，没有紧要的事不愿前往。

“我建议陛下天亮后出发。那样的话瓦雷纳也可以派几人做向导。”

“那就太好了。”

路易表示感谢，名士们看上去似乎完全接受了。

他们一个个退出房间，路易这才松了一口气。名士们占据的地方空下来，仿佛房间一下变大了。

房间当然还是窄小，但再也不用屏住呼吸，恢复了能够自由呼吸的从容。对王室的敬意果然没有衰弱。换句话说，为了不让其衰弱我必须要保持堂堂正正，不应该偷偷逃走或者躲藏起来。

——这趟旅程还有继续下去的意义吗?

路易心中生出疑问。对于革命、对于巴黎抑或自己的命运都不逃避、不躲藏，这才是真正的王者，如今对此深信不疑。接下去还有意义逃到蒙梅迪吗?

——为了建立临时政府……

这个决定是有利的。虽然这是在索斯众人逼问下找的借口，但若是决定与革命为敌、战斗到底的话，米拉波的计划是个高招。啊，那样不坏。在蒙梅迪宣布成立临时政府以及解散议会。为了达成此事，布耶将军的军队是不可或缺的后盾。只要掌握军队，巴黎的议会也不会轻易出手阻止。

“所以要抓紧前往蒙梅迪。”

舒瓦瑟尔公爵重复道，是，陛下，马上出发。

“趁着气氛还处于友好的状态下。”

路易对此仍有芥蒂。

——说什么友好的气氛会改变。

刚才他也提出说不定会发生朋友变敌人的情况。但越是从中推测出其自保的意图越感到气愤，因为感觉国王的权威受到冒犯。路易理解他想要挽回自己过失的心情，但再怎么样也有可以说的理由和不可以说的理由。

“不会变的。气氛怎么会改变。”

路易回应道。如果改变的话，舒瓦瑟尔公爵，那就是君将不君之时，国王做出违背臣民愿望、有悖本分之事。

“瓦雷纳的人们出于好意建议我们等天亮出发。我觉得接受……”

路易说了一半停下。从外面传来巨大的响声，似乎是投掷物品的声音。随后传来不知欢呼声还是怒吼声。

国王突然来访的消息使得整个瓦雷纳沸腾了。虽然经过已广为人知，但给人与此前纯粹出于好奇明显不同的印象。这回的声响里能感受到暴力的苗头。

不，路易改变了想法。不，是自己多虑了。

——这样的情况下反倒不能相信人们……

发觉有变的似乎不只路易一人。房间里的所有人一时间不再交谈。经过数秒的沉默，戈格拉首先打破沉闷。

“我去外面看看情况。”

戈格拉离开。几分钟后返回，报告是士兵们正在吵闹。他们正在“金色手臂”酒馆喝酒。

“这可不好。戈格拉，马上制止他们。”

路易下命令是因为他知道士兵不受欢迎的潜规则。他们喝酒只要稍稍过头便会闹事搞破坏。那时居民们会马上警惕起来。

“是，我去制止。”

戈格拉也回应，说轻骑兵他们和当地人一起开始打起陛下马车的主意，随意打开行李从马车上卸下来。

戈格拉说完就再次离开。虽然没有叫住领命制止的忠实仆从，但路易对他的话有点难以释然。为何士兵要和当地人一起闹事。他们明知道那是主君的马车，可为何要摆弄马车上的行李。

路易百思不得其解地紧皱眉头。其他的人明明完全理解了。

“又来了。”

发泄不满的人是连队长达马。话说回来，分散驻扎在克莱蒙周边的士兵还没有集结到瓦雷纳这里。路易看着达马让他解释情况。

“十分遗憾，说起那帮家伙，他们没办法长久地保持士气。”

“换句话说，不连哄带骗的话完全派不上用场。”

舒瓦瑟尔公爵接着说，是这么回事。他们不喝酒不行。但那帮家伙喝了酒甚至连谁是应该听从的长官、谁是应该战斗的敌人都分不清了。

“他们终究是外国人啊。”

听说布耶将军的兵力的确一大半是德国佣兵。但那又如何呢，路易仍无法释怀。而且这些士兵不会受到法兰西革命影响，不正是最合适的吗？不说这个，佣兵在法兰西国王的军队中也不稀奇不是吗？

“此前有德国人、瑞士人等等，佣兵人数众多。”

“陛下，恕我直言，如果法兰西国王的声望稳固、由王室的官吏支付的费用没有拖欠的情况下，这些人也会尽职效忠。但如今的状况……”

舒瓦瑟尔的话含混不清。他要说的是现在士兵的雇主不确定是国王还是议会吧。不管谁是雇主，财政破产的法兰西拖欠佣金的情况时有发生。

“而且有南锡事件为鉴……”

连队长达马说。那是瑞士佣兵发起的，的确引发关注。去年夏天，因佣金没有足额发放，士兵认为是长官从中克扣而发起反抗，南锡地区兵团发起暴动。前去镇压的就是布耶将军。

——因此遭到记恨了吗？

士兵即使谈不上怨恨，至少也没有敬畏之心，他们事到如今不再效忠了吗？比起没钱却盛气凌人的法兰西贵族长官，他们与相信流行的人权思想的法兰西大众要更加意气相投。这一点已经见惯不怪了吗？

路易联想起圣默努尔德的情景。那里的龙骑兵也在喝酒。心想不喝酒不好打发时间，当时自己宽容看待他们。但军队变得如此不像话的话，那就是紧急情况了。怎么说，根据驿站长德鲁埃所说，指挥官但多旺男爵如今被抓捕投入大牢了。

——此时作为部下的龙骑兵们……

没有营救长官的意思吗？反倒和居民一起协助逮捕男爵。这是舒瓦瑟尔、达马要抓紧出发的理由吗？他们担心可能会发生同样的事。想到这，路易露出自嘲的笑容。那不可能，不可能的。退一步说，哪怕在但多旺、达马、舒瓦瑟尔身上可能发生，但在我身上不可能发生。

——无论如何，朕乃法兰西国王路易十六……

路易被迫说不出话了。响起了枪声。还是连续两发。

3

其他意见

舒瓦瑟尔和达马下意识地腾的一下站起身。

玛丽·安托瓦内特王后又难看地吊起双眼的眼角。

在场的所有人一声不吭，就连路易也一样。

全体沉默之中听得清楚其他声音，尤其是楼下活动的声响。一开始存放蜡烛的房门被打开。更准确地说是被什么击倒，发出阵阵响声。似乎留在那里的名士们纷纷含混地大声叫嚷，说明他们受到不同寻常的惊吓。紧接着传来嘎啦嘎啦的响声，应该是放置蜡烛的架子倒下、物品散落掉在地上发出的声响。

其中夹杂着一种殊死拼命的感觉。声音沿着楼梯向上。能听到摩擦的声音，然后滚落数级台阶，但仍不放弃登上坡度极大的楼梯。恐怕不如说是在爬行。

无法推测出了什么事。但没人动弹半步，大概没人能料想到吧。没人想承认眼前正在发生什么，但现实却不允许。

咚的一声撞到墙壁，打开的房门如同碎裂了一般。是使出了浑身最后的力气吧。一个影子瘫倒在地。是戈格拉。浑身是血地回来了。

“我中枪了。”

他声音沙哑说道，接着昏倒过去。没事吧，没事吧，舒瓦瑟尔大声地询问，但戈格拉以如今的状态无法回答。

肩上中枪，伤口十分严重。旁边的达马拿出包，一边命令两个部下一边对其进行紧急治疗。从巴黎带来的三个护卫也一起帮忙拼命止住出血。

蜡臭熏得房间里立刻充满铁锈的味道。路易只能凝视红黑色的鲜血。但现在已经不是允许发呆的时候了。

妇女们发出悲鸣，短促的尖叫声接二连三。路易回过神来，发现门口有一背枪的人。

“你是……”

军装上有蓝肩章、红穗子，他是国民卫队的士兵。路易一瞬间战栗，难道是从巴黎来的追兵？此人身后还有身穿绿色军装的人。

两人冷笑着，而且他们都浑身酒气。国民卫队的士兵应该是当地人，他和穿绿色军装的德国佣兵应该是在酒桌上意气相投的。

路易暂且伸手安慰妇女们。士兵虽说背着枪，但似乎只是无意之举。看起来没有威胁的打算，更不用提开枪，因为国民卫兵醉醺醺地开始说话。

“俺们是负责看守的……”

看守这个词本身就令路易大为光火。说是看守，到底是看守什么的？说得好像是任务，究竟是谁下的命令？

“负责看守柏林马车的。然后倒下的那位官人突然大骂起来。他气势汹汹，俺们也慌了，警告他不要接近否则会开枪的。”

对吧，搭档？德国佣兵被问到，不知道究竟理解没有便回答说“是，是，真的”。国民卫兵继续说，总之俺们警告过了，但这位官人不听。

“所以没办法才开枪了，但不是俺们的错。而且啊，他不是没死嘛。”

国民卫兵和德国佣兵说着“回去了、回去了”便离开了。留下路易不知该说什么。而且那两个家伙想要说明什么呢？是为失手开枪找借口？还是要与我们为敌？

——并没有答案，但气氛不同了。

就连路易也不得不开始重新考虑。虽然预计不会像巴黎那样出现无法控制的群众，但应该提前考虑到可能会突然出现变数。或许应该接受舒瓦瑟尔和达马的建议立刻出发。

——现在已经几点了？

凌晨三时十六分，路易借着光线查看怀表。门口又传来响声。来访的又是镇上的名士们。

一个个表情暗淡，看起来已经暗自下定决心。

虽然一瞬间心中掠过一丝懦弱，但眼前路易自己劝自己：这些人是王室的朋友。即使瓦雷纳的群众开始产生某种微妙的改变，但这些能够直接对话的人还是能够理解我的。是这样没错，只要请这些有影响力的人进行说服，说不定能够平复人心。

路易脸上自然流露出微笑迎上前去，这时他被告知：

“我们还是反对。”

索斯开始说，虽然一副畏畏缩缩的样子，但口齿清楚不会有错。是的，刚才我们经过商量得出一致结论，还是应该反对陛下出发。

“作为法兰西国民应该采取的态度不是认可国王继续旅程，而是应该问询巴黎的国民议会的意见。”

这不可能听错，但令路易难以置信。瓦雷纳的名士们改变主意了吗？完全变成自己的敌人了吗？与国王相对，站在国民议会一边吗？

“但是，诸位不是理解了吗？”

就连路易也开始语带责问。而且，朕是为了法兰西努力。成立临时政府、宣布解散议会，瓦雷纳不是要协助朕的这些计划吗？

“背叛朕对你们的信任，去偏袒国民议会……”

“不是的，陛下，不是。不存在偏袒国民议会，更不用提背叛陛下了。”

索斯退让一步，表情懦弱。这与是敌是友无关，应该说是慎重对待吧……陛下称这是为了法兰西，我们希望陛下不是与议会发生矛盾而是好好对话才是……

“正是因为对方不能友好对话，我才采取非常手段的。如果你们认为还可以好好沟通的话，那你们就是在偏袒议会。”

“不，我们没有这样的想法……”

副镇长说话的气力越来越小。索斯先生，请你把话说清楚。有人从后面大声吆喝。瓦雷纳站在议会一边，在这种情况下决定拒绝。

“你们不想被议会盯上吧。”

德鲁埃从暗处现身。话说回来，这几个小时没有见过他。路易在宣布真实身份后，德鲁埃或许一直藏而不露，但此时他面带凶相。

德鲁埃失去了身为当地头目让周围人感到厌恶的从容，如今看上去被逼得走投无路了。

“是你吗？圣默努尔德的驿站长。”

路易问。他一下明白过来，是德鲁埃从中作梗。他威胁说此举可能会招致国民议会的怨恨，使得谨小慎微的乡下名士们改变主意。

路易再无法保持面无表情。

“你说会被议会盯上，那么得罪国王你就不在乎吗？”

路易怒目相对，德鲁埃一瞬眼神游离，但或许因此感到羞耻，他马上强硬地吐了口痰。

“你们是想要挟持国王吗？听好了，你们充其量得到的是失势的国王。”

德鲁埃说话的对象不是国王而是周围的家臣，然后便离开了。他到底是没有气魄。剩下索斯等瓦雷纳名士，但没有煽风点火之辈后也无事可做，轻轻点头后便匆匆离开。

“这都什么事啊。”

怒气冲冲的路易重新坐回椅子。他气愤得不得了，瓦雷纳名士们的没有节操也好，德鲁埃固执己见的阴谋也好，他对于这些家伙只想着自保的态度愤懑不已。

心情没那么容易平复下来，路易虽然觉得这并不像自己的风格，但非得找个出气筒不可。可是面前可以怪罪的人有限。

——不能朝玛丽·安托瓦内特王后发泄。

玛丽·泰瑞丝公主和妹妹伊丽莎白也不能。本身向家人发泄，不，即便不是家人，对着妇女儿童发泄就不是男人应该做的。但只剩下负伤昏倒的戈格拉和照看他的达马连队长。虽然还有达马的两个部下和从巴黎跟来的三个护卫，但跟他们都说不上。

从互相了解的意义上来看只有一个人了。路易刚想呼唤时注意到，舒瓦瑟尔公爵不见踪影。路易本以为他在和达马一起照看戈格拉，但他不知何时离开了房间。

路易想他或许去小解了。可时间也太久了。

“这么久啊，真是的。”

凌晨四时十三分，这个时间他究竟在干什么。路易一边看着怀表一边嘟囔抱怨。

此时，舒瓦瑟尔返回了，和一位身穿军装的人一起，应该是他的部下吧。从他并不过分高大的个头来看，他不是德国佣兵而是法国人，推测是可以信赖的下士军官。

公爵却是一脸喜悦。因为他表情太过欣喜，本来要怒斥他的路易也不知不觉间气势弱了下去。

“陛下，瓦雷纳还有希望。”

舒瓦瑟尔说道。当然，路易还不知道他要说什么。他发觉路易困惑的表情，一边笑脸以对一边拉着穿军装的人向前。陛下，由他来带路。

“这是驻守瓦雷纳炮兵部队的指挥官拉德队长。”

“哦？瓦雷纳？”

“他是本地人，熟知这一带的地形。刚才混在名士们中来访，偷偷告诉我他有事要向陛下禀报。”

“小生中途离开也是想去确认清楚。”舒瓦瑟尔介绍后催促道。

“拉德队长，请快向陛下禀报。”

“好。那个，这里是旁边的卧室对吧。在那儿从窗户应该能看到中庭……”

“孩子在旁边睡觉。是啊，刚才我看了。的确有一个中庭。”

“那里没有看守。”

路易想，这不能算作被看守着，但他没有说话。因为刚才他已经知道在瓦雷纳境内由国民卫队和德国佣兵一起负责看守。

拉德接着说。

“有一条暗道能离开庭院，那里同样没人看守。”

“你说有暗道可以离开？”

路易正在确认。一旁舒瓦瑟尔忍不住插话说，正是如此，说想要到庭院活动手脚，然后就此离开这里。

“是的，陛下。这可太好了。从暗道可以穿过森林。”

“你说能穿过森林……”

“就能从瓦雷纳脱身。”

“是吗，原来如此。可是……”

路易在脑海里想象着地图，他想到瓦雷纳城镇周边的确是森林，但要继续前往默兹河畔丹、斯提内、蒙梅迪必须先要过桥。

“可是有艾尔河。”

路易回应说。要过桥的话则必须走瓦雷纳的繁华街道拉巴斯 · 克鲁路。

“桥压根不能通过。”

拉德回答道。桥上也搭起和教堂旁边石门处一样的路障。圣默努尔德的驿站长下令做的，唯恐万一出现强行闯关的情况，一开始陛下的马车停下的时候路障就已经搭好了。

“路障现在还没有撤除，以目前的状态完全不能往来。”

“那不就没有逃出去的办法了吗？”

“这就要靠当地人的强项了。拉德说，沿河前进，在僧院附近，有一处浅滩可供步行通过。”

“从那去往对岸，离开瓦雷纳。是这么回事吧，舒瓦瑟尔。”

不用家臣们点头赞同，路易也认为这个计划很吸引人。照此可以立刻脱身，名士们的反对无关紧要。群众态度的走向无法预测，不，他们早就被巴黎的疾病缠身。这一切都不需要再担心了。

4

决断

“只是不得不放弃柏林马车。”

路线是从庭院到暗道，再穿过森林，通过浅滩过河，只能放弃停在教堂前院的六匹马牵引的大型马车。

理所当然，路易对此也不无可惜。马车上还满载着行李，还有当下生活用的钱。算了，可以放弃这些微不足道的东西。但柏林马车本身是自己颇为得意的，特别是性能出众。

“被一群不明所以的家伙团团围住，本来能不能拿回也是未知数……”

路易对于舒瓦瑟尔所言没有表示异议。看看现在还处在昏迷的戈格拉，他只不过提醒那些家伙不要对马车动手动脚就身中两枪，不能像这个可怜的牺牲者一样重蹈覆辙。

“只要能离开瓦雷纳，之后到蒙梅迪，不，到斯提内就好了。骑马的话不是无法忍受的距离。马匹的话在对岸能够准备。去趟‘大王’客栈还是到废弃僧院都不费事。”

“那个，舒瓦瑟尔。嗯，我喜爱在凡尔赛的森林里打猎。跑个一天半日的不在话下。”

路易说到这回过神来。如自己所料，玛丽·安托瓦内特仍然哭丧着脸。她应该听到了脱身的计划，可表情依然没有舒缓。她对此并不乐意。是啊，我想起来了。本来在意柏林马车的性能也是因为这次旅程要携家带口。

不过是骑马，总会有办法的。并非要全速前进，如果王后、妹妹、照看孩子的三位夫人等妇女不能骑马的话，那就让其他擅长骑马的与她们同骑。两个孩子的话也能和大人一起。

——问题反而是在骑马之前。

从院子到暗道，再穿过森林，渡过浅滩。这一路有一点冒险。妇女们的衣服下摆低垂，这一路必会沾染得全是泥土。无人路上不好下脚，而且上下坡很陡。难免会不乐意。

——但是，现在情况危急……

稍加留意，应该是发觉了我的神态。舒瓦瑟尔机灵地主动询问王后，这样如何？玛丽·安托瓦内特王后。

“只要您答应的话，我想马上开始出逃的准备。”

“由我来决定吗？”

神情变得些许不快，玛丽·安托瓦内特似乎在抗议不公平。这次旅程是陛下的决定，应该由陛下下令。我能做的只不过是遵从陛下的决定。王后说出自己的理由。把决定权完全交给路易，她最后补充说。

“只是布耶将军那边应该马上就要到了吧。”

玛丽·安托瓦内特的回答总而言之是否定的。

路易并不想对她的结论出言责怪。可他心中却无法释然。逃离杜伊勒里宫当时王后不是并不厌恶冒险吗。

——是因为当时费尔森在吗?

那个名字一出现在脑海里，路易匆忙否认。不能被这个想法困住，要是被那种无聊的怀疑困住的话又会失去平常心的。不是那样的。那个人不值得一提。正因为当时负责指挥的是如此低劣之人，玛丽·安托瓦内特自己才振作起来。如果身边有可以依靠的丈夫在，并且丈夫能够决定所有事的话，她立马会选择依赖的。这也在所难免，女人的天性使然。

“……”

再次传来了枪声，随后听到哄笑声。是恶作剧吗?不是的话，那应该是不可预料的暴动。

路易不由得眉头紧皱，这种情况不能轻视啊。自己必须把家人放在第一位考虑。一个身为丈夫、父亲的男人必须选择为家人排除万难的道路。嗯，嗯，我也认为夫人讲的有一定道理。

“现实情况是外面正在骚动。喝酒的家伙也不少。像刚才开玩笑地开枪，射出的流弹说不定会击中王后、我妹妹或是孩子们。”

“所以啊，陛下。趁那些家伙不注意从暗道……”

“舒瓦瑟尔，舒瓦瑟尔，你先冷静一下。第一，瓦雷纳的名士们没说不允许我们出发上路。他们只是反对罢了，就是说他们只是表达希望我们不走的想法。”

“虽然是这么说……”

“等到天亮，他们都会同意的。不然你来看看窗外。”

打开百叶窗，天微微有些光亮。

从黑色转为深蓝，只能看清瓦雷纳的街道上成排房屋的轮廓。因为有雾白茫茫的，给人明亮的感觉，反倒觉得屋里的灯火暗淡。

原来如此，现在是夏至时节。路易查看怀表。

“四时三十九分，可以说已经天亮了。王后说的有道理也正是这一点。布耶的儿子离开瓦雷纳的时间在凌晨二时之前。到斯提内不过三十二公里，到那有两小时足矣。他应该已经到达了。布耶收到我的命令，很可能已经开始动员。”

“是这样吗……”

“马上就来了。布耶将军将率领五百骑兵前来。那时我们不用以身犯险便能够离开了。”

“此话不假。可陛下，为了确保成功我们也应当行动起来才对。先逃出瓦雷纳，在前往斯提内的路上与布耶将军汇合，不是更加理想吗？”

“要从院子走暗道对吧，要穿过森林渡过浅滩对吧。”

“正是如此。”

“不行，舒瓦瑟尔。那样不行。”

“斗胆请陛下明示不行的理由。”

“堂堂法兰西国王不能偷偷溜走。”

“……”

“为君的只有堂堂正正，民众才会敬畏国王。相反，如果采取权宜之计，民众则会蔑视，没人会再听从命令。人心就是这么回事，舒瓦瑟尔。”

否决出逃计划，留在此地等待布耶将军。路易宣布自己的决断，同时心情舒畅。是的，王者不能逃跑。害怕困难而逃避会遭遇更大的困难。

——但这样的话，此次旅程本身是个错误吗?

这个问题再次浮现脑海，而且变得越来越沉重。应该与革命英勇斗争吗?路易突然间感觉透不过气来。

“算了，等早上这也会有答案的。”

路易虽然心中将结果的好与坏交由神决定，但对于房间在场的人仍然必须保持强硬。一定会顺利的。一定会成功的。你们马上就会知道我是正确的。

5

民众的呼声

在场的人都陷入沉默，路易抱起胳膊。他闭上眼，感到眉间涌起一股热流。到底是累了，不管眼睛也好、脑子也好，都一直在用。虽然有几次很短时间的睡眠，但毕竟算起来已经连续四十六小时没有睡觉了。

但奇怪的是现在一点也不困。虽然疲惫但不想睡。路易反而认为睡不着是因为没有信心或者心惊胆战。到这种时候还能鼾声大作地熟睡才是王者应有的胸怀。

路易想睡觉，但越想睡着越睡不着。反而睁大了双眼。房门口传来到访的声音。

“来了吗！”

路易叫喊道。我睡与不睡都没关系，结果是对方赶来了。但同时他也不禁想看看时间，感觉人到得有点早。

凌晨五时二十四分，也不是不可能这个时间到。假如五百骑兵已经赶来的话，布耶将军真是干得不错。

门口出现的是索斯，房子的主人似乎有事相求。他说话小声，令人不快、唯唯诺诺的样子和刚才一模一样。不好意思，多有打扰。前来寻找陛下的人到了。

“可以让他们进来……”

“让开！”

有人粗暴地推开门口的索斯闯进屋里。蓝色的军装上点缀着红色的穗子，看来是国民卫队的人。

路易不禁哀叹，醉汉又来了。瓦雷纳的民兵和德国佣兵臭味相投，刚才一直在胡来，这次又为何而来。

“我来拜见路易十六陛下。”

国民卫兵开始说。说话口齿清晰，并非料想的醉酒之徒。眼神犀利、表情严肃，军装一尘不染。路易不禁感到惊讶。

“我是国民卫队第七大队中队长巴戎。”

路易确认道，你是第七大队中队长巴戎对吧？然后他呆住了。奇怪了，路易心里嘀咕。随即他发觉是什么地方不对劲了。是第七大队，瓦雷纳乡下地方的民兵队不可能有什么大队。

——能数得上的话……

最坏的答案掠过心头。但在答案成形、充分领悟之前，又进来一个穿军装的人。同样是国民卫队的军长，此人金穗更多。是，陛下。我是奉命前来的。

“虽然并不想在这种地方拜见……”

“是罗密夫吗？”

路易也不得不接受现实，耿直的四方脸远不止眼熟。路易眼中泛起泪光，让他心生懊悔的是此人相貌和名字对上了号。

让·路易·罗密夫是巴黎国民卫队的军官，更是司令拉斐德将军的副手。

“你们是从巴黎来的吧？”

罗密夫点头，拿出一张信函。请您阅读。

路易接过来读了一遍。

“国民制宪议会命令，法兰西王国全境担任公职者、国民卫队以及前线部队士兵采取一切必要手段阻止国王及其亲属、有关人员通行。”

这事实上是一份逮捕令。但行政权力的长官不是法兰西国王吗？议会可以制定法律，但其不具备执行法律的权限。

“难不成法兰西已经没有国王了吗。”

路易讽刺道，但罗密夫沉默不答，只是咬住嘴唇站着一动不动。但旁边的巴戎几乎是嗤之以鼻。是啊，是这么回事。至少巴黎没有国王。国王已经不被尊敬。不，是失去了尊敬。

——是因为我出逃……

路易把议会的命令书递给王后。玛丽·安托瓦内特尖声质问，你们拿这样一份东西是要侮辱我的孩子吗？！随后她将纸丢在地上。但也无能为力了。无论如何非难也不会有任何改变。

——这些话是没有效力的。

路易嘟囔着，无意间受到鼓舞。是的，是这样的。

语言需要有其力量，这个道理也适用于从巴黎赶来的追兵。这两个国民卫兵能做什么。他们有议会的命令、奉拉斐德将军的命令，但他们再气势高涨，这些东西没有背后的力量支持便没有意义。

——布耶将军的五百骑兵即将赶到。

只需要等待他们的到来。我的计划不会因任何干扰而更改。身为国王行事便应该堂堂正正。路易重新坐好，故意倾斜身体靠向椅背。

“那是要逮捕吗？”

“说逮捕可……”

罗密夫吞吞吐吐。不是的，陛下。小生有责任保护好陛下的家人们。所以请您速速与我们同归。

“是嘛。”

路易心里有点过意不去，因为他之前就知道罗密夫是巴黎少有的明辨事理的人。但巴戎也不隐藏起焦躁。是逮捕没错。副司令官，也可以称之为逮捕吧？

被他如此小声讥讽，路易到底不能忍受。有时也不得不欺骗。路易接着说：

“可以再稍等一会儿吗？”

“一会儿是指……”

等布耶将军的五百骑兵前来。不过一小时就会来了，来到瓦雷纳。路易心里想，但说出来的完全是别的原因。

“罗密夫，其实孩子睡着了，想让他再多睡一会。”

“这样啊。那么……”

“不可以。”

传来喊声。不行，不行，不行。国王现在立刻启程回巴黎。

路易心想难道是巴戎口出无礼，却发现中队长的嘴没有动。但路易看见了别的。

索斯打开的门还敞开着，有人闯进来。人们像从细管里冒出来似的，纷纷涌入房间。他们把本就狭窄的房间占据得不留一丝空隙，不夸张地说根本动弹不得。

“回巴黎！国王回巴黎！”

“我们不怨国王，但战争就免了。国王在这的话说不定会引发战争。”

“是啊，巴黎的议会不是派来军人了嘛。这样下去，说不定孔代大公会派穿黄色外套的来。”

“对，对，所以建议和谈。不要同议会争执，还是要稳妥、稳妥。”

“话说，就这么让国王跑了的话，可是会被沙隆的雅各宾俱乐部追究的。我们会被当成反革命，被巴黎来的抓起来。”

推搡、拥挤之间，说话声充满了整个空间。到此时路易仍然认为自己并没有遭到敌视。人们厌恶战争，厌恶士兵，厌恶议会介入。他们厌恶来自雅各宾俱乐部的非难，厌恶一切麻烦事。不管采取什么手段都要避免这一切。所以才会这样。

——他们不讨厌国王，但并不想为了这位稀客牺牲自我。

原来是这么回事，民主主义是这么一回事啊。路易自问之时，瓦雷纳群众的呼声剩下一种。

“回巴黎！回巴黎！回巴黎！”

房子外面的人也在喊着同样的内容。此前挤在楼下的人也大声呼喊。叫喊声自上下左右、四面八方袭来。

“回巴黎！回巴黎！回巴黎！”

路易总算醒悟过来，这番呼声是无法消除的。在凡尔赛时也有此遭遇，自己不得不前往巴黎本来也是被民众的呼声所迫。

那时的妇女们，此时的住在乡下的人们，他们全都不懂政治，正因如此他们能做一个善良、无罪的百姓。

——无论用什么样的枪声都无法掩盖住这番呼声。

更何况布耶将军没有来。即使已经到了附近，也不会来了。既然不会来了，就永远无法抵达了。

路易同家人一起离开了索斯的小房子。回巴黎、回巴黎、回巴黎，呼声从左右袭来。铺着石头的坡路这回变成上坡。回巴黎、回巴黎、回巴黎。在前方教堂前院处等待的只有绿色的柏林马车，似乎又能坐上马车了。

6

归路

路易面无表情。他不在意人们的看法，即便被人嫌弃或者被视为愚钝。他下定决心这样做是在六岁时，长他三岁的兄长死去，而他成为王室长子。

四年后父亲死了，他成为王太子。后来祖父路易十五死去，十九岁的路易即位法兰西国王。他常常不禁感到自己六岁时的决定是正确的，他自那时起就背负起活在群众目光里的命运。

——面无表情才是最强的武器。

这样做心情会沉着下来，甚至连情感都一起消失了。或许是由于安心带来的结果，没人能再干扰内心的平静。

事实上路易有时感觉自己的面无表情像一面坚固的盾牌。只要举起盾牌，外面无论发生什么都无法进入自己的内心。只要还有这样一种错觉在，就没什么可以害怕的。

哪怕面对成千上万臣民的欢呼，也满不在乎。身处在数百双眼睛的注视下也不曾无法进食。大热天里受邀出席没完没了的典礼也能一直挺直腰杆。会见各国前来的老奸巨猾的大使们也没有紧张过。

——无论何时都能忍耐。

这才多大点动静。路易正是如此劝说自己，才不惧任何人的误解与反感固执地保持面无表情。

“叛徒！”

难以接受的话语不绝于耳。群众从四周围住柏林马车，声音大得如同罩子罩住马车，一时间不肯离开。

“竟敢企图逃离法兰西！”

“不只那样，还打算叫来外国军队。”

“可恶，打算杀死我们吗？”

“他就是对法兰西见死不救。”

没办法一一加以辩解。哪怕试着解释这是误解，恐怕他们也不会听。假如面带笑容，他们不喜欢。假如泪眼婆娑，他们会觉得是在用眼泪赚同情。怎么做都会被解释为恶意。还是面无表情最好。是啊，只要这么做，无论什么样的折磨都会很快过去的。

路易至今仍不认为自己的经验是错误的。但到底想发发牢骚。这回是不是有点执拗，是不是有点超过了限度。

“你不再是国王了。”

“只不过是头猪。”

“那王后是母狗。”

“肯定没错。根本不是一类野兽。你看抱着的小孩，跟猪陛下一点也不像。”

再怎么样这都不应该是对国王和其家人说的话。不，面对如此无礼之举，而且是离得这么近被挑衅，无论对象是谁这都不是一个文明国家允许的举动。言行傲慢得好像唯有对国王和其家人不需要文明，路易没办法也只好无视。

“喂喂，畜生之流不要坐什么马车！”

“是啊。把他们拖出来。大家一起把他们拖出来！”

“好了你们，给俺好生掩护。光天化日之下，再擅长射击的人也不可能打中王后啊。”

“哈哈，哈哈，真有你的。哈哈，哈哈，降服母狗。在她向奥地利豺狼哥哥哭着告状前把她干掉。”

负责护卫的士兵跟着。一群无聊之辈也只有逞口舌之快，他们无法真正施加伤害。但是车厢时不时地左右摇晃。连路易也只能不停地叹气。

他用面无表情作为盾牌抵挡，可仍旧心中泛起波澜。无论如何努力想要恢复平静，可六匹马兴奋地嘶鸣、横冲直撞却不容易平复。被群众阻碍迟迟不能前进的马车快要进退两难。

黑压压一片的群众突然有了颜色，变得鲜明起来。至少面对车窗的几人，甚至连他们细微的表情都能够看得一清二楚。

充满血色的白眼与松软的动物胶一模一样。从口吐唾沫、不停开合的嘴里看到呈茶褐色脏兮兮的、参差不齐的牙齿，形象几乎与猪无异。头上既没戴假发也没戴帽子，以乱糟糟的方法结成一束一束的不知是汗水还是污垢。一股馊味冲进鼻子里。

——完全是野兽。

路易对自己说。是的，这些家伙不是人，只是动物。所以不必为之动摇。既然是野兽，语言不通是理所当然的。同理，也不具备礼仪、礼节和常识、良知。没什么可惊讶的，我怎么会惊慌失措呢。否则的话还用等到现在吗。

——自己不是一直不为所动吗。

路易为了不表现出屈服于外界的威胁，从容自然地看起手边的笔记。

“六月二十二日，早上六时二分，离开瓦雷纳。

“上午十一时三十六分，到达圣默努尔德，用午餐。

“晚上十时十二分，到达沙隆，旧地方长官公邸留宿。

“六月二十三日，于公邸礼拜堂领受‘圣体节’圣餐，随后用午餐。

“下午一时八分，离开沙隆。

“下午二时五十九分，到达舒依，休息十五分钟。

“下午五时二十分，到达埃佩尔奈，用餐。

“晚上六时三十六分，离开埃佩尔奈。”

被护送返回巴黎的旅程还在继续。围住柏林马车的不仅仅是瓦雷纳的人们，所到之处无不被群众围住。无论到什么地方，当地都已经得知国王出逃未遂的消息，迎接他们的是愤怒与憎恨。

对路易来说，将旅程平淡地记录下来也是一种解脱。如此一来一切都只是记录的那样。无论遭遇如何无礼挑衅的话语，无论遭到如何高压残忍的胁迫，这一幕幕只要挨过去就不再具有超过笔记上记录的文字以外的意义。

——被吐唾沫等等、被抓住衣襟等等……

这些微不足道的事用不着记录。路易认为这点小事无所谓。路易用面无表情掩盖心中的谴责。诸位，这些毫无意义，你们做的一切都将无疾而终。不凑巧，因为我是法兰西的国王。我和那些小领主、小官僚不同。我既不会偷偷摸摸藏身，也不会哭哭啼啼的。总而言之，我没那么容易被击倒。

——只是，天越来越热……

路易用手帕拭去流到下巴的汗水。归途一直晴天，不像是初夏。无论面对什么样的话语、威胁或者暴力我都不打算屈服于人，可唯有这闷热的不快感到底吃不消。

浸湿的手帕似乎已经能拧出汗水。身上冒出的汗水非同一般，座椅靠背已经感到潮湿。

水、葡萄酒都有，但想到小解也麻烦，就尽可能不到极限不喝水。或许由于身体缺水，头总有点疼。有几次眩晕，也许是坐得太久的缘故，刚才小腿肚开始痉挛。

转眼间连呼吸都不容易了，一点凉风都没有。车窗没有开，就算不因害怕群众的恶意而关上，马车左右也被围得严严实实，周围的空气热气隆隆。

——是多少变得好受一点了吗？

路易默念着，回过神来匆忙拿出怀表看时间。

晚上七时八分，太阳西斜，燃烧的橙色仍然没有露出衰弱的迹象。昼长夜短的季节里，到晚风吹拂最早还要一个小时。尽管如此，呼吸变轻松了，似乎能够大口深呼吸。

——不是被困住了。

路易发觉，马车并非受到群众干扰不能前进，而是自己停下来的。之所以这么说是因为，看向车窗外，负责护卫的国民卫队正在远处用剑驱赶大声叫骂脏话的群众。

眼前一下开阔起来，给人清爽的感觉。原来如此，像墙壁一样阻挡外界的群众被驱散开，滞留在里面的空气找到了出口。新鲜的空气通过空隙流通起来。

路易继续看着外面。柏林马车停下的地方前面是一栋农家一样的建筑。

房子有两层，还有巨大的烟囱，看起来属于富农拥有。入口处连成一片的篱笆里有羊群在吃草，远处能看到森林，仿佛是一片牧场。

路易回忆起王后玛丽·安托瓦内特在小特里亚农宫反复上演的“农家乐”，眼前的景象却使他心绪安宁。但他马上想起还有其他事。

从埃佩尔奈出发时，他好像听到国民卫队士兵说距离只有十六公里。这里应该就是之前提到的位于布尔索乡近郊的谢夫·方度农场。

——家人……

路易不禁担心起家人。

不用说，柏林马车里的所有人被迫在车里忍受夏日的炎热，憔悴不已。虽然不像路易出了那么多汗，妇女们苦恼于融化的妆容。

被毫无顾忌地盯着看而产生的痛苦本来与男人感受到的痛苦就无法相比。被逼得时刻神经紧绷，承受着接连不断、毫不留情的叫骂声带来的折磨。

被送回巴黎的旅程对女人、儿童来说如同拷问。虽然他们明白现在只有忍受，但身心俱疲已临极限，已经无法保证还能坚持多久。

——可接下来才是折磨。

柏林马车的门被打开了。陛下，能请您稍微往车窗旁移动一下吗？请让王后殿下把王子抱在膝上那就最好了。有人一边提出殷勤却无礼的要求，一边要登上马车。

7

迎接

——和预先通知的一样吗?

路易一行到距离埃佩尔奈十六公里左右的布尔索乡近郊的谢夫·方度农场等待，与国民制宪议会代表拉图尔·莫布尔、佩蒂翁、巴纳夫三名议员汇合。

——他们是从巴黎前来迎接。

他们专程前来的目的不是讥讽或是威胁，而是有事提前确认。

这本身也许还在情理之中。但为此要同乘一辆马车，就让人受不了。

在路易看来，家人不像他拥有面无表情这个武器。他们或许因为生来不会警惕他人，又或许因为虽同样身为王室成员但并不是拥有至高地位且背负最高责任的君主。他们总是理所当然快乐地度过每一天，至少不像路易自己那样摆好战斗的姿态。

——虽然平常心无挂碍……

一旦命运急转直下，便没有反抗的办法。这次遭此大难，到今天精神没有崩溃的原因在于，柏林马车作为最后的后盾保护家人免于外界的敌意。再怎么说这辆马车是身为丈夫、父亲、一家之主的我用心打造的。

——说起来这是我的象征。

保护这辆马车等于保护我路易十六，只要这个坚固的外壳没有被打破，一定有办法继续走完这趟旅程。

——这片圣地受到了侵犯。

而且是议员要一同乘坐。议员比光闹事的群众更危险，可以算是最大的敌人。因为他们说出的话不仅仅是威胁。他们虽然不草率地叫唤着要拳打脚踢或者高呼杀死、开枪等等，但只要一声令下便能决定现实的生死。

——这样的人坐进了马车。

他们要问什么还不清楚。但如果回答不甚高明的话，马上就会陷入不利。说起来就如同即将接受审判的被告要和检察官、法官一同就坐，无时无刻不感到巨大的压力。

——或许可以说已经开战了。

该我上场了，路易给自己鼓劲。不能让家人成为被攻击的对象。我必须率先出来战斗。掌握面无表情这个武器的只有我。

三位议会代表中，拉图尔·莫布尔应该是和负责照看孩子的两位夫人一起乘坐双轮马车了。本来路易心里还对这位拥有伯爵之位的贵族不无期待，他却一下把座位让给其他两位。坐进柏林马车的其他两人，路易都没有听说过他们的名字，既然如此，恐怕佩蒂翁和巴纳夫这两人应该就是第三等级出身的了。

他们俩看上去都对路易充满了敌意。至少两个议员坐马车的方式让人无法不怀疑其恶意。

让车厢里的人让出座位、空出地方就好了。但不止如此，两人还厚颜无耻地分别强行挤入两侧三人座席的中间。

也就是佩蒂翁坐在妹妹伊丽莎白和怀抱玛丽·泰瑞丝公主的图尔泽夫人之间，巴纳夫坐在怀抱王太子路易的玛丽·安托瓦内特王后和感觉相当拥挤缩紧身体的路易之间。

“那么，我们出发吧。”

佩蒂翁告诉窗外，马车缓缓跑起来。

外面仍是夕阳西下的田园风光。护卫告诉闹事的群众“议员坐在马车上”之后，他们便没有再不停地追赶。路易心不在焉地看着车窗，如果只是这样那会是多么惬意的旅程。但是事实上是做不到的。

——夏日仍然炎热。

虽然有风吹进来，但车里反而徒增憋闷。虽然心里有所准备，但还是感觉喘不过气来。

从路易的座位看，西斜的阳光从背后照进车厢，正照在坐在对面名叫佩蒂翁的议员脸上，他的脸被光线染成橙色。

双目圆睁，再加上高高的鹰钩鼻，所以总觉得让人联想到猛禽。先不提这个，表情全部外露，任何一点细微的变化都不会错过。尽管如此，他像石像似的一动不动。

坐在旁边的巴纳夫同样一动不动，身体靠在椅背上。脸完全在阴影中，一点看不清长相。

路易到底也焦躁不安。两个议员在想什么，有何阴谋？还是议会达成一致发出了什么命令吗？

路易在意得不得了。不，至少打破当下沉重的静寂也好。为此自己打开话匣子也没关系，路易再三琢磨，正在准备要说的话时——

“有一辆奇怪的马车被发现了。”

佩蒂翁开始说。他说话意外地给人诚实的感觉。但紧接着他就故意含糊其辞。是六月二十一日的事。也是早上发生的。巴黎郊外有一个叫邦迪的驿站，有人目击一辆带篷马车从那往北走。“四匹马拉着马车，马车挺大的。可是更换马匹时一看只有一个车夫。就算车上还拉着其他人，行李也不会装得那么满满当当。”

路易感觉到额头冒汗。情况调查清楚了，佩蒂翁接着说。驿站的人感觉有点奇怪，总感觉车夫本人也有点怪异。那人垂头丧气，只是叹气叹个没完。驿站的人心下疑惑，因而加以留意，奇怪的是这个马车车夫似乎很有教养，而且感觉像是外国人。

“据驿站讲，从金发的颜色深浅判断应该来自瑞典或丹麦一带的国家。”

很显然那是费尔森。这个冒失鬼，路易心里忍不住骂道。三番两次地出错，根本不行。好歹说自己只是去比利时，下点功夫免得遭外界怀疑不就好了吗。

——这不都怪那个人？

路易心里不禁如此认为。而且他在邦迪附近被发现，议会可以将搜索的方向缩小为巴黎以东。只要得以限定搜索范围，就能尽早地收集目击消息。追兵这么早到达瓦雷纳也是因为有此关联。

——搞砸了。又给我搞砸了。

但幸好路易只是生气。心理上的波澜与其说来自愤怒不如说是羞耻感。

路易担心自己脸是不是红了。不能被他们觉察出什么。更准确地说，被发现本身是屈辱的。但越想他的耳朵却越来越热。佩蒂翁所言之事，听起来是要故意套话。

“我们考虑这是不是和诸位的旅行有关系，有没有什么线索呢？”

“我没有记住车夫名字的习惯。”

路易突然抬起头。说这话的是玛丽·安托瓦内特，而且她的声音决然。假设那个古怪的车夫和我们的旅行有关系的话，我们没有询问名字的习惯，所以我们想不到什么。

“恕我失礼。”

路易感到额头上的汗变凉了，尽可能压下叹气的气息。或许应该说需要掩饰的是脸上浮现的笑容。糊涂啊，我还是那么糊涂。这也不是值得羞耻的事。心里产生过一丝这种疑问反倒才是作为丈夫应该觉得羞耻的。不管怎么说，看我的妻子如此堂堂正正的态度。

“没有打算到国外去。”

路易开始说。连他自己都感到突兀，可他不后悔。是的，我必须要保护好家人。假如当自己被无聊的情绪牵制而说不出话来时，妻子遭受没有道理的羞辱，那可没有这么没用的丈夫。

“先说明一点，朕没有到国外去的打算。”

打算到国外去，如果这般承认的话，他们一定会认为我是要到奥地利去，引诱奥地利军，把法兰西出卖给玛丽·安托瓦内特王后的老家。正因为这样，必须一开始就予以否定。不能确保妻子安全的话，自己是不会回应任何询问的。

“在下清楚这一点。”

被这么一说，路易迟疑几秒钟。

这是什么意思？不，事先得知一行计划到国外的只有坐在马车里的王后、图尔泽夫人还有妹妹伊丽莎白，但说这话的声音明显不是女性。

——这么说，是佩蒂翁议员……

坐在对面的佩蒂翁仍然沐浴在残阳中，这回他板起脸。一脸咀嚼苦涩的表情，当然他没有出声。那么就没有其他人了，路易看了一眼自己旁边。

脸出现在光亮中顺便点头打招呼，是个年轻人。差不多三十岁上下，无论如何作为议员都属年轻破格。

他有一个引人注目的大鼻子，呼吸时能够吸入大量的空气，虽然没有发出很大声音，但空气呼出时自然让人感到力道饱满。相比之下圆圆的小眼，好像透着魅力。事实上笑容也算得上和蔼。

没错。接话的是一同乘坐柏林马车的另一位议员安托万·巴纳夫。

——可是……

路易仍然不免怀疑自己的耳朵，是不是自己听错了。或者巴纳夫有什么误会，或者是自己热血沸腾理解错了谈话的前因后果。

巴纳夫接着说。是的，我们当然知道陛下没有到国外去的意图。

“只是这些话陛下不必现在当场答复。”

“是怎么回事？”

“回到巴黎会有机会的，会有其他人详细请教陛下。”

“是这样的吗？”

意思是真正的调查在回去后再仔细进行。路易虽然理解这番话，但被冷淡地告知却仍然令他有些想不通。因为巴纳夫没有语带讥讽，丝毫感受不到他有责备的意图。

“陛下，不要说不必要的话。”

对此有点冷笑意思的还是佩蒂翁。有可能一不小心说出对陛下不利的话，所以现在保持沉默最为有利。

“巴纳夫先生是想说明至少不要在我佩蒂翁眼前说实话。”

“在佩蒂翁你的眼前吗？”

路易加以确认，但他一下明白了。一同乘坐马车的两人似乎并非相互信赖的盟友。不止这样，两人关系十分不好。而且路易迅速推断出他们不是作为个人不投缘，而是政治立场不同，各自代表的幕后利益不同。

——法兰西也不是铁板一块。

并不只是无所为的浪费时间。旅程中的路易进一步深入观察。

8

观察

路易在瓦雷纳眼看就要遭到人身控制前，认为巴黎和其他地方在王国的实际情况上有分歧。

只有巴黎处于革命的激进理想之下。在地方上还保留着对国王的权威的认同，不过一部分人被雅各宾俱乐部煽动，叫喊着什么国民主权、政治参与、宪法制定等人云亦云的话语。正是这种偏向乐观的想法，令路易不得不面对今天的困苦。

——国王失去了所有地方的敬意。

哪怕还有多少敬畏之心，但已不再具有牺牲自己也在所不辞的价值。与其说是人们提出主权、人权等有点难理解的道理，不如说是出于刻意偏袒与不知廉耻的自我本位，或者是由于包含无数矛盾的自保感情，才变成现在这个局面。

——如果不能为自己，哪怕是国王也可以舍弃。

但是路易想，在这趟从瓦雷纳返回的遍尝苦楚的归途中，也不是没有对国王及其家人抱有敬意的例子。

——比如在沙隆。

沙隆是雅各宾俱乐部地方支部势力很强的地方，此前在二十一日前往蒙梅迪的路上格外紧张。可是，从瓦雷纳返回的二十二日，如同囚徒的处境下再次到访时又是怎样的情景呢？沙隆市长、马恩省副省长，甚至从省法官到县检察官、地方国民卫队军官，在本地称得上有头有脸的人全都前来迎接。

甚至在沙隆还举办了一个小型典礼。在欢迎的掌声中，少女代表向玛丽·安托瓦内特王后赠送花束。“准备好了今晚下榻的住处，不知道合不合陛下心意”，住处安排在旧地方长官公邸。

地方长官在革命废除之前相当于省长。这样的话，不就是在开倒车要回到遭革命家唾弃的旧体制下吗？

实际上，心情好些的王后提起旧事。一七七〇年玛丽·安托瓦内特访问沙隆时就是下榻在同一个地方。

沙隆市长也开心地附和。是的，王后殿下。我当然记得。当时是从奥地利送亲来的时候。

“是的，那时我和沙隆的人们一起向您奉上诚心的花束。”

“是啊。还不止，沿途街道上的建筑都装点上盛开的花朵。不好意思，但我记不得花是什么颜色的。而且当时我有点心不在焉，毕竟第二天预定要在贡比涅见法兰西王太子。”

“王太子指的是我吧。”

“是啊。那时您要更瘦一点。”

甚至还说起了玩笑话。在旧地方长官公邸，欢乐的气氛持续着，晚上还举办了晚会。席上有自称地方保王派的人悄悄地提供秘密的脱逃路线。路易以家人的安全第一为由再次拒绝了，但此番风向又让他误以为地方上还保留着国王的权威。

——第二天马上被泼了冷水。

六月二十三日周四是“圣体节”。逃出巴黎前拉斐德再三叮嘱，路易也不想得罪他，就在沙隆接受由立宪派神父主持的圣餐仪式。

圣餐仪式在旧地方长官公邸内的一个小礼拜堂举行。为了避免引起不必要的混乱，路易接受周围的意见，决定不前往市内的大教堂，所以当然也没有大为宣传。即便如此还是有人闻风而至。

“喂，国王，你是反革命！仪式由宪法宣誓神父主持，你是不是不情愿啊？”

“说哪儿呢，这么可恶的人没有资格参加。”

“就是，就是，糊弄俺们不好用了。俺们是从兰斯来的，是大主教所在城市的代表。抛弃神圣法兰西的国王还有信仰之心吗？”

“你这家伙不配做国王。不过是猪罢了。畜生能进教堂吗！”

“就是，就是，还有母狗也一样。都怪你们把教堂弄得臭烘烘的。”

“好臭啊，臭死了。受不了这股奥地利臭味。”

到底是谁臭啊，路易在心里嘀咕。礼拜堂里充满了酒臭味。在场一共十几个人，几乎所有人都明显醉醺醺的。

——又来了。

沙隆也有叫骂污言秽语的群众。虽说有人自称兰斯的国民卫兵还穿着邋遢，人群中确实也有穿蓝色军装的，但还是有点难以置信。

如果是平常的小资产阶级，一般具备一定的风度。而眼前这些人蓬头垢面、大白天喝着烈酒还口出恶言，反而贬低了自己。很显然属于平民里的下等人。

——果真如此吗?

路易短暂地嘀咕后便离开了礼拜堂。自瓦雷纳的归途上通过深入的观察，路易发觉法兰西并非铁板一块，但不是巴黎和地方意见有分歧，而是富裕层和贫困层的态度截然相反。

——回想一下这始于瓦雷纳。

那个乡村里富有的有势力的人还是对王室友好的。能进出蜡烛存放室的人虽然都对国王到国外感到惋惜，谴责使用逃亡这种强硬的方式，但直到最后也没有言行无礼。而摆脱国王到来的困惑转眼间敌对情绪高涨的，是无所适从聚集在道路上的家伙们，也就是在瓦雷纳也属贫穷的人。

虽说如此，但不能满足于简单的区分。经历过之前的失败，路易慎重地对待。

——最重要的是自己判断，这一定不能有变。

事实上富裕层不一定是热心的保王派，也并不希望恢复旧制度。他们也不愿放弃革命带来的新法兰西。但路易的感受是他们仍然能够接受国王的存在。

同样的道理，穷人也不是对国王恨之入骨。路易认为他们本来都是保王派，前提是认同对他们而言事关重要的议题。对于无依无靠的弱者来说，需要一位靠得住的国父。

——只是焦虑不安。

内心焦虑不安的话，任谁都没办法保持宽容之心。不仅如此，为了驱散内心的不愉快，需要一个迁怒的对象。虽然像自掘坟墓似的，但说是时机不凑巧也好，我和家人们正好撞上枪口。这是路易直接的印象。

无从得知人们焦虑不安的原因。也许担心发生战争，或者担心物价高涨、粮食不足等情况。或者是由于看不清革命的动向而产生某种茫然失措的不安。

虽然并不确定这就是理由，但要说现象本身的话，路易已经没有怀疑了。毫无疑问人们焦虑不安。

——现在这辆马车上佩蒂翁不就不高兴嘛。

路易认为他心地本身不坏。从事实来说，他表现恶意的方法并不高明。捧杀对手是在宫廷里只有延续几个世纪的贵族血统才能掌握的一种技巧，从这一点看不得不说他还差得远。

换句话说佩蒂翁实际上是心怀善意的。他也许甚至是一个思虑周密、诚实的人，不过保护自己罢了。他使出无聊的讽刺、勉强伤害对方的冷笑，只是因为不得不驱散自己内心的焦虑与不安。

——如同焦虑的庶民一般……

正是如此。路易更进一步推测，莫非雅各宾俱乐部也是一样。他们虽然认为自己等同于革命，但他们迄今为止令人警惕的动向事实上既不能代表如今的法兰西，也并非革命的体现，而是单单选择庶民焦虑的情感加以煽动罢了。

9

试探

“就是说佩蒂翁毫无疑问也是雅各宾俱乐部的啊。”路易猜测。

很显然是的。佩蒂翁一边回答一边用嘲讽掩盖内心的焦躁。

“哎呀，这可让人没想到啊。我虽然不清楚您如何得知，但雅各宾俱乐部得到您的注意可是无上光荣啊。”

路易无视之接着说：

“如此一来，这位巴纳夫先生，怎么说呢，本来在全国三级会议时是贵族等级的代表议员吧。”

“您说对了。巴纳夫议员的确是的。”

“好了，佩蒂翁议员。”

“我说的不对么，巴纳夫议员。至少现在不仍然颇具贵族风范吗。与大贵族迪波尔、拉梅特齐名，被称为‘三头派’，现在一副身居高位的样子啊。”

“你对我的反感也不过如此。”

巴纳夫毫不客气地回击，然后边露出笑脸兼顾左右，边对路易和王后说：

“从全国三级会议起我是平民代表。”

“但你出身大资产家。”

“没有那么夸张。虽然可能并不贫穷，但不是大富大贵。事实上，我不过是一介律师。和佩蒂翁议员一样，也是雅各宾俱乐部的一员。”

“这么回事……可没想到。”

“故人米拉波伯爵也是雅各宾俱乐部的成员。”

“这样一说，唔，巴纳夫先生也在雅各宾俱乐部就不奇怪了……”

“撒谎可也要有个限度啊，巴纳夫议员。”

佩蒂翁插话说，两人又互相吵了起来。是啊，你拿出米拉波这样的强人，可不是什么都能糊弄过去的。等等，你说我要糊弄什么，我撒什么谎了。哼，你不就是想糊弄吗，不就是要说谎吗。话里话外加上很明显的事实。

两人虽然同属雅各宾俱乐部的人，但他们关系并不好，似乎如开始推测的一样。

“趁现在我说清楚，你可别再用雅各宾俱乐部作掩护了。你这么胡来，连我们也被当成一七八九年俱乐部了。”

佩蒂翁接着说。路易只能紧皱眉头表现出惊讶的神情，幸运的是对方似乎注意到便加以解释。陛下，是这么回事。

“议会派来的三位议员并非所谓的右派、保守的保王派。虽说如此，但左派也有三种立场。比如拉图尔·莫布尔伯爵是拉斐德派，他们标榜自由主义，但那不过是贵族的自由主义，所以在我们眼里这样的派别是偏右的。再者，巴纳夫议员和迪波尔、拉梅特组成的三头派虽然自称为左派，但最近毫无节操地走中间道路，这一派别很明显在右倾化。最后是鄙人佩蒂翁所属的革新派，才是真正的左派代表。”

“巴纳夫先生，佩蒂翁先生的解释没错吧？”

“虽然言谈中有攻击性，但总的来说大致是这样的。”

“那么，是否可以这样说，虽说同属雅各宾俱乐部，但佩蒂翁先生的派别和巴纳夫先生的派别在想法上有天壤之别。巴纳夫先生的派别更接近拉斐德侯爵的派别。”

“所以拉图尔·莫布尔议员才让步，乘坐双轮马车去了。他将与陛下确认事实的重大责任完全交给了同伴巴纳夫先生。”

路易看向自己的旁边。巴纳夫微笑着，不置可否。

路易明白了，正如佩蒂翁所说。那么接下来会如何呢。

佩蒂翁所属的派别，也就是真正的左派，或者称为真正的雅各宾俱乐部，他们代表的是贫穷的庶民阶层。那么与之相对，巴纳夫的派别，能在议会说得上话的三头派代表的是富裕的稳健派公民。

——可以这样认为吗？

至少巴纳夫给人的感觉不像是要加害于国王，与沙隆的领导者们的从容十分相似。路易虽然并不乐见其与拉斐德走得近，但反过来说不定他可以发挥影响力，成为自己制约那个不识时务的家伙的武器。

——如果巴纳夫能站在我这一边的话……

不，等等。路易再次慎重地思考。与某个实力议员合作以求影响议会，这不是在找米拉波的继任者吗。

路易回想起过往被宫廷秘密顾问指挥的心境，直到现在仍然高兴不起来。但可能只是米拉波这个人具备深不可测的能力和别样风度的缘故。

——巴纳夫的话说不定反而是理想的人选。

唔，这可不坏。路易冷静地估算之时，难免轻率的女人开始说道：

“总之，就像陛下刚才说的那样，我们丝毫没有到国外去的打算。”

并没有称呼巴纳夫的名字。但玛丽·安托瓦内特已经完全无视佩蒂翁的存在。

恐怕王后应该也和我想的一样。如果能够通过巴纳夫影响议会，只要能恢复米拉波在世时的状态，哪怕这次逃亡计划没能成功，一切只是回到原点。也许不禁放下心来。

“但是，夫人。”

路易不禁想要打断她。在被带回巴黎的处境下不能如此乐观。成功有时不作数，但失败不会自行抵消。绝对不可能当这次逃亡计划没有发生。他虽然想责备王后，但没有说出口。

“有逃走的打算也好、没有也好，等到回了巴黎之后再说。刚刚巴纳夫先生不是说过了吗。”

“这样啊。”

“他已经忠告过了，不要在我面前说多余的话。”

佩蒂翁挖苦地说，但玛丽·安托瓦内特沉默，也没有答话的样子。她只是闹别扭似的噘起嘴唇看向窗外。

路易松了口气。夫人总是控制不住情绪。即使沉默不语，但内心的想法如同透明一般。内心的这番想法还是不能说出口。假如说出来也没有用，那只有改变主意了。也许反而正合适。要是一不小心把王后弄得紧张起来就坏了。本来只有由我来出面。

——已经下决心不逃避了。

在这一点上路易心里已经下定决心不再动摇。啊，不逃避，无论面对什么样的困难。即使这次逃亡计划，我不认为自己是被逮捕了。怎么说，要想逃的话怎么样都能逃走。尽管那是在途中发现，逃走并非法兰西国王应该做的，于是修正了自己的行为。

"总的来说，是这样的。"

路易又说道。我的本意也不是要说听上去像是辩解的话。只是我有些在意的事，或者说是提前想了解的事。

"我能向两位议员问两三个问题吗？"

佩蒂翁和巴纳夫两人互相对视一眼后，几乎同时点头，异口同声地说道：

"可以，在能回答的范围内一定回答。"

"或许巴纳夫议员他们已经有了答案。"

佩蒂翁的话不明所以，但像是嘲讽的话。等他说完，路易开始说。

"问题是，我会怎么样。"

两个议员都作惊讶状，好像不明白是什么意思。路易自己也觉得问得有点唐突，也不知道该如何提出来。但考虑到法兰西国王的身份，还是开门见山地问最为合适。

"我想问的是，会如何处理我。"

或许问题很愚蠢。对法兰西国王，过去是避免进行惩处的——这种表达方式，连路易自己都有所抗拒。即便如此他必须要弄清楚。我并不愚蠢。

——可我也不算机灵。

路易明白自己的弱点，也明白弥补的办法。那就是事先收集足够的消息，然后深思熟虑。一遍又一遍地思考，提前想好最优的解决办法。

要论正确收集必要的消息，自己很少失败。路易对自己也有种自信。所以，这次也不得不问。与其说是警告王后这次逃亡失败不会就此罢休，更是因为自己必须要思考，提前找出应对的办法。

10

喜讯

“如何惩处还没有决定。”

佩蒂翁的回答非常冷淡。刚才说过了，调查等回到巴黎之后进行。现在过程情况都没有弄清楚，还无法决定如何处置。

“趋势如何，以诸位的推断也好、议会的传闻也好，多少都没关系，我想尽早知道一点消息。”

“您要这么说的话……”

“废黜王位免不了吧。”

听到这话，路易感到隔一个位置有人颤抖起来。这话在玛丽·安托瓦内特听起来想必引起极大的冲击。对于一个把任何事都想得简单的女人，是很难想象事情会发展到这么严重的地步。

——我也想到了。

从巴黎激进的氛围以及归途群众剑拔弩张的形势推测，路易料想至少会出现废黜的声音。但如果遭到过分的对待、完全绝望的话，还是要逃避。

在瓦雷纳的路上路易下决心不逃避。他想到情况的确非常不利，但是还抱有一丝希望，还有对王室友好的人。如果能巧妙利用的话，或许还有比较好的对策。我被废黜也不要紧。

——将王位禅让给儿子就可以了。

路易眉头不动一下，他想起另一侧窗边王后抱着的儿子。即使看不到，可眼前浮现出胖嘟嘟可爱的脸颊，心头涌上暖意。是啊，我是个幸运的人。我还有儿子。能够让位给下一代，即使自己遭废黜也不需要有一点慌张。

——只是路易十七的时代……

可以的话自己想要担任国王的监护者，这是路易想出的替代方案。

年幼的王子即位肯定需要摄政。从常识来看，应该由太后玛丽·安托瓦内特出马，但从近来议会的氛围看，普遍认为以自由主义闻名的奥尔良公爵是合适的人选，尽管他不是王室成员。最近也有狂妄的传言流传拉斐德侯爵合适。所以摄政只会变成名誉职位。

——只有作为监护者的我代为掌握国王实权。

正因为如此，路易现在开始想要探知外界的反应。如果被废黜的结果仅仅是隐居杜伊勒里的话，就没必要担心什么。但如果被放逐国外，就必须要考虑出对策。若为了避免严罚，不等废黜自己选择退位，也能预先缓解社会上的反感……

“无罪释放吧。”

回答的人是巴纳夫。路易被话打断，一时语塞。

准确地说是被空白束缚了。不明白这话的意思。这个年轻议员说了什么？难不成是我听错了？要不然是我自以为听明白了？这话听起来自相矛盾，应该是头脑混乱的缘故。

“难道要废除君主制？”

“不，君主制还会延续。”

巴纳夫脸上仍然保持微笑。路易在他的双眼里看到自己瞠目结舌的样子，感到十分不合时宜。这样的情况我也应该笑吗？

——不，不对。

路易睁大眼睛仔细看，发现巴纳夫的微笑没有到达眼底。他或许已经做好接下来进行辩论的准备。

“说是君主制，当然会改为君主立宪。”

“陛下，您听好。不对陛下进行非难是为了君主立宪。不过，巴纳夫议员所说的君主立宪在我们眼里不过是大富豪的政治。”

佩蒂翁耸耸肩膀，话语里充满了嘲讽。但在一旁冷笑的样子也不过如此，仅仅是过于直白的愤慨的呻吟。

“太荒谬了，都太荒谬了。宪法不是只要议会通过就完事了。没有关于内容的讨论，只是形式上成立的话算什么宪法。”

巴纳夫当然也不会束手就擒。

“难道佩蒂翁议员的意思是要重新制定宪法吗？”

“这还用说。现在的宪法不符合法兰西的利益。”

“所言正是，宪法的制定必须符合法兰西的利益。”

“现在有吗？那个漏洞百出的宪法。”

“佩蒂翁议员，我建议您不要说这种话。如果不懂什么是政治，就会让人见笑了。宪法颁布实施的话，革命会打下坚实的基础。动荡不安的法兰西将会得以安定下来。”

“你说的有点像米拉波的想法。议会首屈一指的雄辩家死后，巴纳夫议员你是打算以第二自居，继承前人的位置吧。”

“我没有那种意思……”

“让我先说清楚，巴纳夫议员。就连米拉波也没有像这样恬不知耻地撒过谎。”

“等等、先等等，可以吗？二位。”

路易尝试介入，要不然两人的争论会无止境地继续下去。但路易还不能理解其中的意思。

“什么恬不知耻？我说了什么谎？”

巴纳夫质问道，然后重新露出笑意。这样下去，不按顺序解释的话陛下会不知道在说什么的。

“六月二十一日早晨，发现杜伊勒里空无一人时巴黎乱作一团。议长博阿尔内子爵紧急召开国民制宪议会……”

“等一下，巴纳夫议员。你要跟陛下说吗？现在还没有进行情况调查。”

“不会有什么特别的妨碍。”

“但是，以谎言为前提，说不定会出现更改供词的情况……”

“佩蒂翁议员，注意一下你说话的方式。这可是议会的公开见解。”

“这……”

佩蒂翁被大声怒斥后只能无力地叹息。一边将前倾的身体重新靠上椅背，一边只得仿佛王后玛丽·安托瓦内特似的闹情绪、小声抱怨。

“这什么世道啊，真是的。”

巴纳夫似是将此视为佩蒂翁宣布失败，接着他说话声音仿佛有了底气一般。陛下，根据巴黎留下的诸多痕迹判断，我们所有议员得出了一个结论。

“就是说，国王路易十六及其家人是不是被人绑架走了。”

路易想要反问，说的是绑架？意思是遭到人身控制？话说回来这指的是谁？

巴纳夫好像害怕路易说漏嘴似的赶快接着说。

“路易十六绑架事件恐怕是反革命之辈所为。”

“……”

“此等卑劣犯罪，陛下也是受害者。”

无罪释放正是这个意思。为了慎重起见再补充一下，议会尽管向全国发布通告，但不是陛下的逮捕令，而是解救陛下的命令。说话的声音再清楚不过，可路易仍花了一点时间仔细思考其中的意思。

——但一旦完全理解的话……

这是再好不过的喜讯了。可以的话路易不在乎佩蒂翁的眼光，甚至想越过巴纳夫的身体拥抱王后玛丽·安托瓦内特。太好了，夫人。太棒了，回到原点了。这次的逃亡绝不是失败。一切变成了绑架事件。路易想一边大声重复这些话一边来回亲吻妻子的左右脸颊。

——即使这的确是恬不知耻的谎言。

没人喜欢撒这样的谎话。这个瞬间说这话的巴纳夫本身应该内心有羞愧之情，但还是铤而走险做出可耻之事。这本身也表现出他保护国王及其家人安全的坚定意志。

——他为什么保护我？

具体的理由还不得而知。此时的路易还不想刨根问底。最终答案只有一个，我还有被保护的价值。因为我是法兰西的国王，没有人能取代我。不是仅仅消极地承认有取代者存在，而是积极地寻求他人的需要，证明自己是这个国家不可或缺的人。

至少有人这么认为。他们是社会上富裕的、有实力的人。恐怕掌握法兰西实权的人也是这么认为的。事情总算有了端倪，而且似乎也对我并无不利。路易虽然不能表现出兴奋，但暗自握紧了拳头。

——不逃避是对的。

不逃避，幸运也会到来。这或许是人生的色彩，路易一边发出得到教训似的感慨，一边放心长舒一口气。

——从结局来看的话，这可以称得上是一次不错的旅程。

路易也如此总结，心情暂时开心起来。至少没有白费劲。而且还确认了自我的价值。看清了费尔森真实面目后意识到，自己满足于法兰西国王的至高地位，也得到了革命的认可。

“肚子突然饿了。”

用餐还不过三小时，路易因为饥饿痛苦地说。下次停车的地方如果有夜宵就好了。不，等不到那会儿了。有什么现成的，先填饱肚子再说。嗯，什么？佩蒂翁先生自己带了鸡肉。可以的话也能给我尝尝吗？啊，是吗，不好意思。那我就不客气了。请不要对我的食量感到惊讶。这点食量都没有的话，巴黎可待不下去。

11

工作

“路易十六一到达圣默努尔德立即上餐桌，点名要求吃当地名菜猪蹄料理，这期间巴黎的国民卫队正如疾风般骑马奔走。旺盛至极的食欲正是终结头戴王冠的桑丘·潘沙命运的真凶……”

读了几遍，连自己都觉得这是杰作，仿佛马上就能听到卑鄙的大笑声。

事实上，国王在瓦雷纳遭逮捕的消息传来后，二十二日当天完稿出版的《法兰西和布拉班特革命报》号外大受欢迎，不次于有影响的大报。

“德穆兰写的文章真是讽刺辛辣啊。”

“好像抓住了事物的本质，读完就明白了。”

“当然了，他可是一七八九年七月的英雄呢。代表着那个夏天巴黎斗争的精神，不可能那么容易就蔫巴了。”

巴黎街头巷尾的好评纷至沓来，对此当然开心。但与此同时，德穆兰不禁感到后悔。我又这么写了。又信“笔”由缰为迎合大众的口味而连篇累牍地写了不少激进的文字。

——自己明明不再是走投无路的穷酸作家了。

本应下定决心放弃这种写法的。德穆兰叹了口气，起身离开工作台。

到了六月二十五日，这天巴黎也很热。卢森堡公园因为有树木，里面点心屋附近有凉风。但为采访而去的杜伊勒里宫则如同蒸笼一样炎热。

尽管好不容易到了那儿，那天议会提早结束审议，不免后悔无谓地冒了很多汗。

——不，如今的情况下，接下来才是正题吧。

德穆兰看了看墙上的时钟，时间已近下午六点。差不多必须要出发了。刚要自己取下外套，有人先一步转头看过来。自己回以充满爱意的笑脸，但无法从类似罪恶感的窒息中解脱。

“卡米尔，今天也要很晚回来么？”

递过上衣顺便询问的人不用说是妻子露西尔。德穆兰接过外套，脸上仍然保持微笑，但他担心自己的笑脸是不是显得敷衍。

“不会很晚的。”

“好的。要是晚的话没关系的。跟丹东先生他们有很重要的事要商量吧。”

“昨晚已经谈好了。”

“这样。可是要是请你去的话你不用在意我的，放心去吧。反正就在普罗可布咖啡馆对吧。也很近的。”

没有一点令人生厌之处，露西尔是一个善解人意的妻子。丹东、马拉都觉得一般女人为男人的工作奉献自我到结婚为止，但现在露西尔仍然全力支持我。

她一定也深信自己丈夫所做的工作是有价值的，而且丈夫还承担着有意义的职责。她平时紧绷神经，生怕不光没帮上忙，万一反倒因自己使丈夫蒙受损失的话，事关作为妻子的体面。

因此德穆兰也不禁思索。自己总是不在家，总是只想着工作，要是被妻子一通责备，自己反倒会感到轻松吧。

德穆兰对于工作也不是没有迟疑。懊恼之情与日俱增，现在连假装开心都做不到了。

他清楚地明白不能怪罪露西尔。她本就是那样的人，德穆兰从开始就明白了这一点，不论自己做什么她都一定会支持，也在努力理解自己。我明白，我明白。无论何时德穆兰都会归结到问自己一个问题：这难道不是自己的选择吗?

——组建一个幸福的家庭。

过上平静的日子，也就是追求常人的幸福，现在不应该怀疑这个选择的对错。早就决定好了。结婚的时候就下定决心了。

——不管怎么说，政治是危险的。

德穆兰明白这一点，他是从自己被议会检举的经验中学到的。危险至极，每天被世人议论着，一边继续出版激进的大众报纸，这其间不夸张地说有生命危险。

若是英雄壮志未酬的命运，自己独身一人的话则没什么可怕的。但是如愿以偿地和梦中情人结婚，现在就是想象自己身故后露西尔会多么悲伤，便不免感到恐惧了。

——且不提文章这东西有时会伤人。

比如为了赢得大众欢迎，如同大骂一样贬低大富豪的话，露西尔的娘家会不高兴。迪普莱西家是稳健的资产阶级家庭。如果与这样的家庭结亲，也就不再有理由继续经营大众报纸了。

生活上也已经没有为难之处，已经步入有钱人的行列。也可以到位于巴黎郊外的迪普莱西家的别墅度过闲适的周末。为什么还要返回巴黎的喧嚣，非得卖区区一份报纸呢？而且为了报纸的销路，要通过掺杂夸张的讽刺写出挑衅的文章，硬要引起世人的关注。

——什么意义都没有。

德穆兰自我批判道。不光没有意义，而且很孩子气。难免招致任性的指责。所以虽然不是说放弃报纸，但作为一份说得过去的主要报纸，受到有一定见识家庭的喜爱便可以了吧？

——革命家卡米尔·德穆兰决意沉默。

对公众保持沉默，另一方面追求个人的幸福。如此总结自己的工作，德穆兰也有人的欲望。他不禁感到一丝寂寥。即使如此还是下决心的原因在于，哪怕要奋斗，也到底无法按照自己设想的那样奋斗了。

——已经轮不到我出面了。

德穆兰认为政治的风波马上要结束了。赌上青春的革命将开花结果。这个原本只有一小撮人垄断幸福的不幸国度，很快会重生为数以万计人们感到满足的社会。这样一来没人有理由责备任何人，不再需要怀疑任何事。因此，没有必要像自己一样神经紧绷。

——应该会这样吧。

最近情况发生了些许变化。不同的是本应开拓法兰西新时代的人不在了。德穆兰所信任的革命的巨人逝去了。

——米拉波死了。

时间到了，我也必须走了。德穆兰打断露西尔，离开房间，走下昏暗的台阶，心情越来越消沉。

已经过去近三个月，仍然无法消除心中的懊悔。不管怎么说，要是米拉波还活着，自己不必这样烦恼。革命的事都交给他，自己能够和妻子过平静的生活。应该也不会发生任何能闹得起来的事件。

——自己本该能完全放心的……

米拉波的死无可奈何。德穆兰生气的矛盾指向的是还活着的人。没了那个巨人强力的控制，这些人马上开始恣意妄为。不，但如何放任，怎么会所有人都上演此等荒唐之事？

“首先是国王。”

路易十六带着家人自杜伊勒里宫出逃。六月二十一日早八时，巴黎已经全城尽知，因为教会敲响了警钟。

不，起初众人还不知道发生了什么事。德穆兰自结婚以来生活规律，那时他正和露西尔两人用早餐。发生了什么，又是谁死了呢？或许是要人遭到暗杀。不要这么说，好可怕啊，卡米尔。话说这个钟声不同寻常。刚才我甚至听到新桥炮台有炮声。

夫妻二人的早餐就此收场也许是命运使然。走下多菲努路的坡道时，德穆兰口中不自觉地嘀咕。

不是无法打消这个念头。不管发生什么，不过是别人的事，这样一来也就不会如此无法自拔。啊，二十一日早上，最终还是飞奔到外面了。证据就是如今也脚步飞快。

12

巴黎骚乱

大步流星地快走，连自己都感到害怕。

六月二十日之前都没有这么急匆匆地走。尽管走下坡必须得挺直腰背，但到了新桥就可以慢慢走了。

反倒迟迟不能向前行走，总算骗自己这是工作才不得已而为之。

好不容易来到塞纳河右岸，慢悠悠地转到圣奥诺雷路，还有一段距离。虽然有点吃不消，但头上暗了下来，看了一眼，是杜伊勒里宫的大钟楼。

议会在马厩那边，所以每天到杜伊勒里宫进行采访不过是例行公事。自己早就习惯这样来回，也没什么新鲜感。正是觉得枯燥无聊这段路才显得如此之长。但事实上转眼就到。

"……"

从圣雅各伯路可以窥见今晚杜伊勒里宫人影稀疏。能看到的只有在西斜的落日照射下，在宫殿一侧的卡鲁索广场集合的数个国民卫队中队。

——那天早上杜伊勒里宫人群黑压压一片。

在巴黎，警钟一响，人们肯定会往市政厅所在的格列夫广场聚集，要么就是聚集到议会所在的杜伊勒里宫。德穆兰自然地选择后者，仅仅是因为他走惯了这条路。

众人聚集乱成一锅粥在巴黎是家常便饭。和以往不同的不过是砸坏了几个招牌。

问他们这是在做什么，答曰正在拆除御用商人的招牌、削去王室的徽章，还有的说看不惯未经允许使用百合式样的招牌，于是就一起砸坏。

“可为何要将王室的徽章削去？”

“你还不知道吗。路易十六不是逃出巴黎了吗？”

国王抛弃了法兰西，里通外国出卖国家。一人开始慷慨陈词，其他人也兴奋地聚集过来，德穆兰由此被动知道了国王出逃的始末。

最初发觉情况不对的是侍从勒穆瓦纳。他和往常一样七点准备去叫醒路易十六，却发现床上空无一人。他想到国王也许在王后的房间，前去一看，玛丽·安托瓦内特也不见踪影。于是寻找国王一家和近臣，发现国王的妹妹、公主、王子，还有负责照看孩子的图尔泽夫人、纽夫维尔夫人、布鲁尼尔夫人等三位全都不见了。

——这的确是大事。

德穆兰也想到。国王出逃了，这给数百年来身为王国臣民的法兰西人带来莫大冲击。

即便从现实的担忧而言，人们也不禁担忧会招致不幸的后果。流亡贵族这下得了势，很快会打着路易十六的旗号引外国军队入侵法兰西。

——可这也不过如此。

德穆兰实际上感到松了一口气。刹那间有种扑了个空般的沮丧。不管如何，他都无法像一直闹事的人们那样狂热。

——我并不是被感情支配的大众。

我要引导大众。这并不是高高在上看不起大众，虽然同他们一样一下子惊慌失措，但要是看不懂眼下发生的事的意义，那就是自我认识不足了。

“国王是被赤字夫人拐走的，事情不就是这么简单嘛。”

要给德穆兰当下说的话找好理由的话，最简单的办法就是引用前几天罗伯斯庇尔发行的文章。“虽说国家的代表官员逃亡了，但我绝不认为这会带来毁灭。”

德穆兰完全赞同。旧制度已经过时了。现如今国王不再是运转国家的全部，而不过是国家机器的一个齿轮罢了。能够不再反复无常的情况下，他不认为法兰西的公共事务会停滞。

——回到露西尔身边吧。

实际上德穆兰正准备返回。可是，聊着聊着时间到了九点。议会快要开始开会，没有理由不看看情况。议会对于国王出逃可能会拿出一份声明。总之先在旁听席占个位置再说。正在此时，他感到仿佛头被钝器击打了一般。

议长亚历山大·博阿尔内在会议开头进行报告。

“国王和一部分家人昨晚遭到公众敌人的绑架。”

国王不见了。但并非自己逃亡，而是违反其意志遭到了绑架。议长这样的报告当然不可避免地引起会场阵阵议论。即使是德穆兰，也向前弯腰，身体快要离开椅子。如果这样的话事情的性质不同了，这可是件大事。这样的话不禁想听听详细情况。

但绑架的事到此为止。

只是一件件进行议事的审议。由国民制宪议会和留在巴黎的大臣暂时代为行使权力，应该尽早关闭巴黎的大门以及法兰西国境，应该禁止将武器弹药运出国外，以及派遣前去救回国王和其家人的搜查队，等等。

“请等一下。国王遭到绑架，此事当真？”

“确凿无疑的话就拿出证据来！”

议席、旁听席上传来一阵骚动，见此情形，议长博阿尔内慌张了。他叫来秘书，两人嘀嘀咕咕。这时有一位不速之客到访会场，来人是杜伊勒里宫的侍从拉伯特。

“发现了此物。应该是留言一类的东西。”

他边说边拿出纸片展示，众人屏住呼吸听着，那应该是犯罪声明，果然是绑架事件。但听了内容发现是路易十六写的。

“题目是‘离开巴黎时写给全法兰西人民’吧。”

单说一七八九年，五月召开全国三级会议，并决定将第三等级代表人数增加一倍。六月下令三等级的共同审议。七月撤走巴黎的军队，国王自己前往巴黎，以不逃离凡尔赛表明自己是开明的君主。可就算这样却仍然遭到莫大的侮辱、制定无法接受的宪法等等。净是为逃亡申辩的内容。

议会不出所料顿时大乱。

“国王果然跑了！”

“绑架是假的！”

“不，这说不定是假借陛下的名义。”

试图辩护的是巴纳夫。他的理由是那并非陛下的亲笔。要说有陛下的御笔，也不过是最后的署名。

“可能是绑架犯逼迫陛下写的。即便不是用武力胁迫，那也是骗陛下说是其他的文件……”

“胡说八道。这不就是路易十六会说的话吗！”

“是吗。不，退一万步就算是这样，就算甚至陛下亲自参与写信，但也没有理由断言这其中没有奸臣的教唆，完全出于陛下手笔吧。”

巴纳夫似乎拼尽全力。米拉波亡故后，他作为议会第一雄辩家的评价不可动摇，此刻他正在施展其辩论口才，但他的样子也有些滑稽。

他想保守一个容易看穿的谎言，这个谎言虚假得太显而易见了。要把平常只会被当作玩笑话的道理勉强用于议会，只给人留下如此印象。

“总之，总之，现在马上派出搜查队吧。”

博阿尔内议长强行总结，议会暂时休会。搜查队的话，在九时议会开始稍早前，拉斐德已经下令派出了。

13

香榭丽舍

——提前谋划好了啊。

在议会开始前，博阿尔内议长、国民卫队司令拉斐德、巴黎市长巴伊，再加上丹东、巴纳夫等数位著名议员已经商量好了。

——可是为何要包庇国王?

德穆兰开始不免困惑。此前拥护王室、保卫王权的只是米拉波一人。与此相对，巴纳夫以及迪波尔、拉梅特的三头派持反对立场。他们试图打造以资产阶级为中心的世界，给国王让渡权力反而会使资产阶级遭到牵制。

拉斐德、巴伊他们不知道在考虑什么，或许什么也没想过，即便如此他们对现在的走向本身应该没有异议。

“难道要葬送国民制宪议会努力取得的成果吗?”

巴纳夫重复问道。

这位雄辩家夜里在雅各宾俱乐部也展开一番慷慨陈词。是啊，国王不见了，这意味着什么?国王集执政权于一身，但另一方面不过一介官吏。突然消失的真相是逃亡还是绑架，都无法左右国家的方向。在座的各位皆为良知之士，不应该学那群无聊之辈闹事。

“如今应该将精力集中于即将到来的宪法制定一事上。正像我们长久以来期盼的那样，法兰西很快将建立起君主立宪。”

德穆兰不太容易理解了。为何会说这些？这又和编出绑架这个大谎言来包庇路易十六之间有什么联系？

他正疑惑时，老朋友罗伯斯庇尔对他耳语，语调痛苦。

“总之是这么回事。没了国王，君主立宪便泡汤了。无论如何都要把路易十六带回来供奉在国王之座上。”

“话虽如此，马克西姆，这两件事是完全没关系的。政体上看国王的定位没有改变的必要，不是吗？不，也许应该讨论是否需要变更。但路易十六的失踪，这件事也需要进行审查了。”

“正是如此，完全正确。卡米尔。但是，这伙人要查明真相也不希望中间有波折。即便不会发生废位、放逐国外等无法无天的事，但消耗了时间。九月这个月全是关于宪法制定的日程，已经令人抓狂了。”

“日程难道指的是眼下的利害……”

“这伙人联合起来应对了，已经不想给我们反击的机会。”

“你指的是？”

“我们有一直以来关注的话题，不用说，那就是马克银币法。无论如何也要废除这项恶法。相反，这些家伙要一点点让法案成立。”

罗伯斯庇尔所言本身就是近视的。但参照其语来扩大视野的话，德穆兰也恍然大悟了。

用纳税额区分选举权、被选举权的选举法，也就是所谓的马克银币法，是创造资产阶级为中心的国家之路。不希望法案被国王失踪这一突发事件影响，而是希望能够一下通过。绑架也好、劫持也罢，什么都无所谓，随便编造一个理由就此翻篇，以求不拖延现有的政治日程。

——迅速打造属于自己的天下。

比起包庇国王，这也许才是三头派的真意。

——不可饶恕。

德穆兰心里一下点燃了火焰。

不，三头派的天下来临，资产阶级的利益得以确保，这也并不一定意味着贫困老百姓的悲哀。罗伯斯庇尔的说法才是正确的，即使米拉波还活着，也可能推行同样的政治策略。虽然对于政策的现实性来说的确有能够认可之处，但三头派唯独不可饶恕的一点是，他们为了达成自己的目的，竟然编造出国王遭到绑架的谎言来愚弄众人。

——正义何处可寻?

德穆兰又质问自己。啊，卡米尔，你难道不害臊吗?为什么没有一开始就发现这不是正义的?摆出资产阶级的样子，自以为能看透事物的价值，还不是因为没有和百姓一样愤怒吗?即便这是愚蠢之举，不跳入漩涡之中也不意味着自己有多么聪明，不是吗?

——还有，卡米尔，你打算保持沉默吗?

德穆兰用袖子拭去额头上的汗。可真热，持续步行，已经来到圣奥诺雷市郊路。

但是到了这儿，有些许风吹来。蒙巴松公馆、康塔公馆、古布里安公馆、夏洛夫公馆、杜拉斯公馆，左右是如今空无一人的贵族宅邸。不，最后还有路易十五宠爱的蓬巴杜侯爵夫人所拥有的艾弗瑞宫。再远便是广袤的田地。

艾弗瑞宫也被称作“爱丽舍宫”。虽然占地不大，但拥有和宫殿相匹配的恰到好处的庭园。

德穆兰决定左转，横穿草坪，来到两旁树木繁茂的“香榭丽舍”大道。

——今天，巴黎人群聚集在这里。

人群熙熙攘攘。贯穿香榭丽舍东西直到杜伊勒里大道为止，众人把树木之间的空间都占据了。恐怕路的另一侧也同样，到塞纳河的堤防都不见得有立足之地。

爬树远眺之辈不在少数。因为距离中心稍远，也有人乘马车来。马车停着，但为了有立足之地，人们爬上车顶。

——这番混乱的景象……

地方虽然不同，但这是巴黎的集会景象。

德穆兰穿过拥挤人群来到杜伊勒里大道。负责警卫的国民卫队在沿路两侧列队。沿着他们的背后一直向西走，从西边也有一个遮住夕阳的巨大阴影接近。由于逆光看不清面孔，但毫无疑问是那个人。

“太迟了，卡米尔。”

虽然被责怪迟到也没办法，但声音也太大了。真是的，又和露西尔卿卿我我才迟到的吧。你这家伙倒是不腻啊。

“到了蒙索的大门了，到了蒙索的大门了。”

此人大声说，一边跟人们搭话慢慢走来。德穆兰简短地抱歉后说：

“丹东，情况如何？”

“当然非常顺利。你以为俺是什么人。”

此次香榭丽舍的集会正是丹东组织的。能利用人脉动员各个街区，组织如此人数的集会，在整个巴黎也找不出第二个来。德穆兰应付地回应：

“俺才是巴黎真正的市长，丹东你是想这么说吧。”

“不，不，俺当个科德利埃街的帝王足矣。”

丹东哈哈大笑，一旁的德穆兰只能苦笑。

14

沉默

科德利埃街的确是整个巴黎的震中。接着六月二十一日之事发生大骚乱。

“选举独裁官！”

国王抛弃了法兰西，要收拾混乱的政治局面必须选举独裁官。正是马拉展开如此论调，还表示自己愿意欣然就任此职。

“马拉老师上任一事是开玩笑，但也是不想依靠拉斐德那家伙。”

丹东反驳道，他把这次当作机会，要把“两个世界的英雄”赶下台。

既没有触及三头派背地里的勾当，也没有拿出马克银币法的半个字，便轻松将问题焦点化。这可真的值得称道。

“杜伊勒里的警卫是国民卫队负责。肥胖的陛下突破他们的警戒逃走了。肯定是拉斐德放走的。逃亡的目的地也是他托付给布耶将军的。”

他和拉斐德是表兄弟。拉斐德也参与了逃亡计划。丹东认准这一点强烈谴责，先不管是否真的如此，人们认为国民卫队司令至少应该为杜伊勒里警卫的疏漏负责。

“是啊，即使侯爵不是叛徒也是愚蠢之辈。”

确信布耶将军参与其中是在东部地区凡尔赛找到路易十六后于二十二

日传到巴黎的。意图投靠当地的驻军司令官，在国王返回巴黎的途中此类消息不断传来，所有人都不认为这是一次绑架事件了。

对于企图逃亡的国王陡增反感。

“干脆转为共和制如何？”

罗贝尔在科德利埃俱乐部甚至说出如此极端的言论。

“共和制”意味着立刻废黜国王，在场无人不感到有些微妙。大家都认为不至于到这种地步。可虽说如此，并非要为路易十六辩护，而是希望通过调查、审判查明真相，不，首先要废黜其王位，如此声音是压倒性的。

“二十五日估计能返回巴黎。”

丹东是二十三日晚在普罗可布咖啡馆得知此事的。如此一来，何不提前准备好迎接国王归来。国王的马车从香榭丽舍进入，由拉斐德率领的国民卫队护卫左右，但这又何足挂齿。

“召集巴黎的人们到香榭丽舍。在沿途两侧大声叫骂，把他们骂个狗血喷头。”

“可是，丹东，这样一来……”

“喂，卡米尔，七月十四日的英雄难不成害怕子弹了。对手是拉斐德那个窝囊废，他胆小得要命，不会下命令开枪的。”

“也许如此。就算是这样，可丹东，我还是觉得应该保持沉默。”

咚咚，咚咚，传来打鼓的声音。马蹄声哒哒、哒哒响个不停，肯定是一辆多匹马拉的马车到了。

德穆兰伸伸腰，望着杜伊勒里大道的远方。来者卷起沙尘，从红彤彤的夕阳中出现。因为逆光无法得知来人身份，看上去好像是绿色柏林马车。

脚步齐整，果真是国民卫队护卫在前后左右。但包括沿途的警卫在内，所有人抱着枪托，乍看起来像是送葬的队伍。

肯定是拉斐德为了证明自己未与国王沆瀣一气才命令士兵们如此。意图归意图，这场符合时宜的表演如同葬礼一样，整个香榭丽舍静寂无声。

虽然聚集人数众多，但众人也不作声。数日以来，充斥巴黎街头巷尾成千上万的叫骂声如今听不到一句。别说叫喊，就连咕哝一声都没有，香榭丽舍的角落都笼罩着静寂。

巨大的沉默似乎将激情长在的巴黎冷冻了似的。德穆兰虽是制造沉默的一员，却不由想道，这静寂可真让人毛骨悚然，是何种恐怖的压迫感。要是自己受到如此无言与冰冷注视的欢迎，自己肯定会身体蜷缩，三天都会做噩梦。

“成功了，卡米尔。”

就连嗓门大的丹东这下也不大声说话。反而他笑容满面，昨天今天通宵组织运动，这份辛劳如今得到回报，他的表情甚是满足。

到处悬挂着看板。

“如歌颂国王便加以鞭笞，如蔑视国王则处绞刑。”

如此指示传遍整个集会，不用说，这是在普罗可布咖啡馆商量出的对策。

丹东继续说，一切顺利。不愧是卡米尔·德穆兰。要不是你头脑机灵，根本想不到如此手段。

“也不一定吧……”

“卡米尔，低劣的谦虚可要不得。我们成功了，你这家伙立功了。”

德穆兰小声称是。心里马上想到，是啊，成功了。而且终于成了。

“保持沉默，不，一以贯之。”

事实上这是德穆兰的提议。路易十六和其家人从凡尔赛返回途中毫无疑问会遭到群众的责难。这么说有点怪，他们已经习惯被骂。一点点责骂很容易当作耳旁风。

——说起来，路易十六相信如今自身的安全受到保证。

因为是巴纳夫去迎接的。事情作为绑架处理的意见肯定也传到了国王的耳朵里。以大议员为代表的议会大半都站在自己一边的话，除了闹事别无他法的群众无论如何吵闹也都不值得恐惧。

——还有一点……

沉默也是对三头派的压力。德穆兰也不得不紧张起来，无畏的叫骂是没有效果的。

不能将所想直接说出口。我们不是脑袋不灵光的乌合之众，那样说出口会被轻视，也会让对手得寸进尺。

所以一言不发。这样做会使得恫吓更加有效。

——让我瞧瞧你们这些家伙的胆子。

沉默的群众无人脱帽。这是无名的大众绝不屈服于专横的意志表示。

巴纳夫，还有迪波尔、拉梅特等议员及阁僚们不知道身在何处，但国王一家乘坐的绿色柏林马车在众人的注视之下缓缓前行。

夕阳鲜明地划分出明与暗，难以窥视车窗里的情形。沿路上拥挤得动弹不得，也仅仅有一线机会窥探一眼。虽然不知道效果如何，但德穆兰事后听说了。

途中没有任何一点混乱，所以国王一家在七时到达杜伊勒里宫大门。王后玛丽·安托瓦内特下了马车回到房间，照镜子后发出一声尖叫。本来华丽的金发一下子变得全白了。

——三头派也目睹了这悲惨的情形。

几人对此肯定有一定的看法。德穆兰一面沉浸在痛快的心情中，一面不禁自问起来。我还是应该回归到政治中吗？既然米拉波死了，我便非复出不可。而且说到能与大众同仇敌忾并能引导之付诸行动的人才，找遍整个巴黎都没有几个。

事实上二十五日当晚，德穆兰又到了普罗可布咖啡馆。

15

纪念日

七月十四日是值得法兰西自豪的革命纪念日。

一七八九年这天巴黎民众攻陷巴士底狱。此地一直作为关押政治犯的监狱，所以它是暴政的象征。

全国三级会议在凡尔赛召开，第三等级宣布成立国民议会。法兰西国王路易十六对此采取镇压态度。巴黎对动用军队发起抗议，这番抗议也被派遣士兵镇压。

反抗的民众团结一致，发动起义。为寻找与军队对抗所需的武器，前往进攻巴士底狱。这便是历史性的伟业的经过。

——称其具有历史性是因为国王失败了。

路易十六命令军队撤退，这是民众的胜利。以此为契机，议会开始着手进行大胆的改革。

法兰西日新月异。全都因七月十四日的胜利而来，因此这天自然被看作革命的纪念日。

于是一七九〇年这天举办全国联盟节。王国各地的联盟士兵以及国民卫兵在革命纪念日聚集在巴黎，共同确认确立新法兰西的基础——自由、平等、友爱之精神。

在主会场战神广场上，众人在国民卫队司令拉斐德的带领下一起宣誓。

“我宣誓，忠诚于国民、宪法、国王。”

这是保卫新生法兰西的民兵部队所效忠的对象。

—— 一七九一年七月十四日。

也就是今天，再次举办全国联盟节。虽然已是第二届，但罗伯斯庇尔早上仍然保持和上一次一样严肃的心情。联盟节今后将作为革命纪念永远举办下去，同时也有比去年更加隆重的意味。

——革命必须继续。

事实上这个夏天巴黎也很热闹。为了迎接各地陆续到来的联盟士兵，旅社价格低廉，普通百姓也提供空房间，即便没有夜宿的地方也愿意让出自己床的一半，巴黎沉浸在热烈欢迎的气氛之中。

无法不为之兴奋。今年也将在战神广场举行仪式。资产阶级开心地在门前摆上美酒佳肴，从数日前各处开始吃饭、歌唱，热闹得不得了。不夸张地说，所有人都显示出不输前一年的热情。

——只是口中喊叫的口号不同。

心情兴奋的罗伯斯庇尔也不能听之任之。圣通日街的旅店通往杜伊勒里方向的街道上，早上四处有过夜的人躺着，但已经没人口中说着国民、宪法、国王了。

国民可以，宪法也可以，只是唯独国王另当别论，如今不是向其宣誓的时候。数日以来虽然不缺酒，但说的话毫不客气。

“路易十六应该退位！”

“这个叛徒要抛弃法兰西。”

“不只是这样，还要卖给外国呢。军队还要邀请那个奥地利女人的哥哥。”

“就是说不支持革命。说什么支持宪法也不过是国王撒下的弥天大谎。”

“对啊，所以赶紧让他退位。”

“君主立宪可不怎么样。没了国王，干脆改为共和制。”

罗伯斯庇尔加快脚步。并不是因为有什么急事，但他心情本来也不是慢慢悠悠、轻轻松松的。不能再这样下去。决不能继续不作为。说到底，民众愤怒了。

——以瓦雷纳事件为界，气氛变了。

企图逃亡的国王已经受到人身限制，被带回了巴黎，事件变成这一番说法。罗伯斯庇尔从未像今日这般严肃地思考此事。

这件事不只是因国家首席官员不见了而大吵大闹。虽然可以简单下此结论，但不用等一个月，罗伯斯庇尔如今不由得感觉到……

——国王丧失了权威。

路易十六是一位受欢迎的国王。这位青年国王在喜好华丽、手段强硬的路易十四以及喜好女色、不近政事的路易十五之后即位。他温和、认真，而且有改革的想法，因而法兰西人对他怀有好感。

事实上他打算给贵族和教士增税，召开全国三级会议听取民意。路易十六应该不是坏人，即便在他派遣军队前往议会镇压时，法兰西的街头巷尾拥护之声仍不绝于耳。

即便王后玛丽·安托瓦内特遭到怨恨，再加上宫廷贵族、高级教士也被骂得狗血喷头，但人们总像信仰一样认为国王并不坏。

这一状况变了。经过瓦雷纳事件后一改往日。

路易十六成为了众矢之的，叛徒、骗子、卖国奴、愚蠢无能、和猪一样、戴绿帽，种种骂声不断。正因为往日国王是一种信仰，所以偶像的坍塌不可阻挡了。

从前自己也认为国王不过是国家政治的一部分而已。罗伯斯庇尔不得不反省，自己从前没有意识到这其中的重要性。虽然和民众完全保持统一调门也有问题，但远离民意是由来已久的另一种问题。所以我现在才对那些至今不曾反省的家伙感到气愤。

——经过瓦雷纳事件，议会的氛围也为之一变。

走进杜伊勒里宫马厩旁的大房间，议席、旁听席已经坐满了七成。离九时审议开始还有二十分钟，现场虽然还算规矩，可罗伯斯庇尔不免心中在意起来。场内当然充斥着窃窃私语，甚至还能看到笑着露出的白牙。

——笑眯眯的，精神松弛。

先前紧张的气氛变得松弛散漫。罗伯斯庇尔也自问是不是自己的错觉。氛围和缓是不是因为寒冷萧瑟的时节已过，如今已充满夏日的暑气。

——不，不是那样的。

最好一个一个问在场的议员，罗伯斯庇尔想问问他们的想法。是不是开拓崭新法兰西的意气已经衰弱，难不成现在只想维持现状？是否觉得改革的意愿消退，剩下的落地为安就好了？如此懒散的风气已经在议会出现了苗头。

驱使罗伯斯庇尔产生这种强烈冲动的原因在于，这帮家伙把瓦雷纳事件当作好机会，不再隐藏自己内心的想法了。

——但今天到底是革命的纪念日。

唯独今天不能容忍亵渎革命的行为。罗伯斯庇尔一边暗下决心一边走向自己的议席。走在阶梯通道上的他也想到，自己完全明白这不是一条容易的道路。

亵渎革命的行为指的便是议会的右派拉斐德制造的那个巨大谎言，甚至三头派也与之同流合污一同撒谎。

——国王和其家人只是被人绑架了……

所以没有兴师问罪的理由……对此欺骗感到愤怒的人们不在少数。不只直来直去的大众，具备一定政治意识的阶层如议员、报纸记者、评论家、活动家都对这番谎言无法忍耐了。

他们愤怒到极致，在议会中也能听到极端的言辞，如废黜路易十六，建立君主立宪，最终实现共和制，等等。

这样的声音占据了主流，可能是担忧民众暴乱，议会在六月二十五日，路易十六即将于傍晚返回巴黎之时，决定暂时停止国王的权力。

目的是暂时安抚民心，但好像是在表示，只要能确保国王的人身安全，那就没什么可怕的了。接着第二天，这帮家伙便坐实那个厚颜无耻的谎言，在二十六日的审议上强行通过决议。

——路易十六不会遭到审判。

16

论点

所有人都深信不疑，将会有一场审判。即使绑架事件是被捏造出来的“真相”，也得在法庭上通过证言来构筑这个“真相”吧。

但是，国民制宪议会决定由特龙谢、丹德雷、迪波尔三人成立特别调查委员会，对事件进行调查。派遣三位议员前往杜伊勒里宫国王和王后的房间拜访，诚心诚意地确认清楚事实经过，这样便足够了。

——这不完全就是密室谈判吗?

朗读事前制作的剧本，然后得到一声“是”的回答，这样的调查根本不成立。怎么说派往杜伊勒里宫的这三位议员都属于最初赞同绑架一说的。

左派强烈抗议。罗伯斯庇尔、拜雅都登上讲台要求动议正式审判，但都没能成功。一系列暴行通行无碍是因为占据议会多数派的资产阶级议员们——也就是平原派或沼泽派——表现出可以容忍这番谎言的姿态。

第一，若废黜路易十六会引发战争。奥地利皇帝会严肃看待妹夫的处境，发起讨论“法兰西问题”的国际会议，向诸国国王施加影响。

如果发生君主因国民之手遭到罢免的事态，那便到了无法隔岸观火的境地，所以不会停留在形式上的威胁。

“为了避免战争不可以处理瓦雷纳事件，只有君主立宪这一条稳健的保守道路可走。”

被这么一说，资产阶级们都萎靡不振。如果发生战争，资本逃离法兰西这是板上钉钉的事，加之本就不稳定的指券纸币会一下暴跌，资本家也好、企业家也好，有产阶级无论如何都想要避免经济上发生混乱事态。

第二，若废黜路易十六则不得不考虑摄政一职。不论是暂时空置，还是王太子路易十七立马即位，摄政一职都不可或缺。可要问由谁来担任……

一起参与瓦雷纳事件的王后玛丽·安托瓦内特不在人选范围内。虽然如此，可路易十六的弟弟们也不被看好。

二弟普罗旺斯伯爵与国王同日同夜出逃，已经成功逃到比利时了。幺弟阿图瓦伯爵一直是反革命的先锋，最先流亡国外，如今正企图卷土重来。如果由这二人担任摄政王，立马会将法兰西带回旧制度。

如此一来，要支持留作后手的奥尔良公爵吗？或者他的儿子沙特尔公爵？

奥尔良公爵一直以来被认为采取自由主义立场，但他雇佣了许多投机者，听说还为危险的煽动者提供资金。据说乔治·雅克·丹东便位列其中，此人也是令资产阶级议员们头痛的人物。

到头来还是保留路易十六更为稳妥，议会开始形成如此气氛。

——布耶将军的信到了。

六月三十日的议会上宣读了这封日期为二十六日的信，布耶将军承认自己是瓦雷纳事件的主谋，此外还加以威胁，如果国王一家遭遇不测，自己会马上进军巴黎。

决胜招一出，气氛一下动了。保留路易十六虽然稳妥，但绑架事件的谎言太过离谱，犹豫不决的议员们认为，有了犯人的自首就没什么可思前想后的了。

出于同样的理由也不需要审判了。甚至更进一步，认为连调查都不必的趋势越来越强。

——但是，这两者完全是两回事。

即便布耶将军是犯人，他是违反国王意志绑架国王的，还是在国王授意下与其共谋呢？这还必须要通过审判来查明。罗伯斯庇尔等左派人士坚持要求审判国王。但要做成此事尽是艰难险阻。

认为国王被绑架、支持无罪释放路易十六的势头越来越强。到了七月九日，二百九十三名议员甚至联名要求撤除之前暂时停止国王权力的措施。

“一七八九年俱乐部如何？”

罗伯斯庇尔刚坐稳议席便小声询问邻座。盟友佩蒂翁痛苦地皱眉。似乎不甚顺利，形势对我们不利。

“要说拉斐德优柔寡断，真是什么措施都没有。”

情况变得正相反。拉斐德领导的一七八九年俱乐部聚集了开明派贵族和大资产阶级，一直以来标榜建立稳健的君主立宪。可其中一部分人受到瓦雷纳事件影响，开始大胆地宣扬共和制了。

开始是七月一日在《共和主义者，代表人民的政府守护者》文章中指出“若国王是自发逃亡，那么他便是欺骗者。若是被他人绑架，那么他便是愚蠢者。所以无论如何都失去了作为国王的资格”，先是要废黜路易十六。

据传是从美国来的托马斯·佩恩写的，但与他合作的孔多塞议员在八日出版了小册子《关于共和国。捍卫自由需要国王吗？》。

共和制在国家政治改革之中也算是具有冲击力的，甚至巴黎都不可否认其极端性。

如果不是出自烂醉的民众之口，那应该就是出自想要煽动群众的投机者之口，正经的政治家绝不会把共和制挂在嘴边。硬是提出这样极端言论的，恐怕是孤注一掷，目的是将盟主拉斐德奉为“法兰西的华盛顿”，请他担任国家元首。

“拉斐德自己似乎一时也动了心思，但从结果来看什么都没有，不过是痴人说梦。”佩蒂翁接着说。罗伯斯庇尔听完也问起来。

“还是撤下来了吧？”

“应该说是幸运吧，一七八九年俱乐部还有一个冷静的人。”

“不愧是西哀士神父。”

“是啊，《世界箴言报》上登载的论说对佩恩和拜雅进行了强烈批判，这似乎起了作用，也在一七八九年俱乐部引发了讨论，连拉斐德也不能无视之。”

“可那本来就希望微小。”

罗伯斯庇尔接着说，无论称呼是总统还是总裁，拉斐德担任国家元首一事在旁观者看来不现实。

无论如何在瓦雷纳事件中，拉斐德被怀疑是国王的共犯。即便不是，拉斐德担任国民卫队的领导者，身兼杜伊勒里宫警卫职责，对于国王出逃难辞其咎。

“就是，办了蠢事的人反而光荣，不可能会有如此荒唐的事。但如果自大过了头，似乎也会有一定作用……”

罗伯斯庇尔虽然想有个结果，但仍感到懊悔。

左派坚持要对国王进行审判，动议也在昨天七月十三日的议会上进行了。佩蒂翁登台反复强调，如果现议会无法进行的话，应该设置特别法庭，弄清楚瓦雷纳事件的真相。

从结果来看的话，就是又遭到了反对。但是，左派之所以能在议会发声，是因为拉斐德和一七八九年俱乐部的一伙人主张共和制，而这与他们反对审判的动向矛盾了。也因此，得意忘形的右派以及三头派一伙无法拿出强硬的态度来。

“我们应该稍稍压制丹东的势头。”

佩蒂翁接着说，声音中掺杂着懊悔。丹东一派不断发起攻击老顽固拉斐德的势头慢慢有了效果。“若不是叛徒那便是蠢货”，此话散布开来，成了叫醒自大狂的一剂苏醒药。

“可只是指责没有什么用处。”

罗伯斯庇尔回答。要是想让拉斐德继续自大的话，我们阵营的人不应该轻易地说共和制。“不想被看成和左派一样”，这也会成为一剂苏醒药的。

“布里索也有轻率之处。还有佩蒂翁你关照的，谁来着，从里昂来的那个……”

“罗兰吗？”

“对，是他。原来叫罗兰，那个俨然罗兰家女主人样子的是他妻子吗？总之，一口一个共和制，真是敢说。”

“热心总归是热心的，罗兰夫妻。”

说的是前些日子佩蒂翁介绍来的夫妻。罗伯斯庇尔能够感受到他们十二分的热心，但总觉得想法不大一致。

沉默稍稍有些尴尬。究竟是谁不好？也讨论不出个结果。按照之前的逻辑，佩蒂翁又说，总之只是时间问题。

“那两派到底是彼此合得来啊。”

“是啊。到头来还是联手了，三头派和拉斐德。”

“是啊，若即若离的，最终还是破镜重圆了。”

共同编造出绑架事件，可以说是共犯，但也可以说是联手。两方意见一致的话，议会便会按照他们的想法来，认准了会这样发展所以才编造出弥天大谎，他们肯定要强行突破。

左派将陷入困境。

“可是，我们也不能光是一个劲儿悲观。”

罗伯斯庇尔重新开口说，是啊，必须要争取时间。

“坚持不懈也成功使他们改变了策略。”

佩蒂翁也赞同。这也是昨天十三日审议取得的成果。

议员雅辛塔·弗朗索瓦·菲利克斯·德·穆古埃在当天审议开始时做了瓦雷纳事件最终结论的报告。各委员会以调查报告为基础共同进行讨论，得出的结论是布耶将军是主犯，另有数人有从犯嫌疑，对他们应立即进行检举。料想到会是这样的结论。

左派当然拒绝采纳动议，但最引人注目的是布耶将军的罪名不是“绑架国王”，变成了“颠覆宪法”。这不仅仅是简单的变更词语，随着审议的继续，变化显得更加明显。布耶将军之罪的严重性在于其违反了“国王身体的不可侵犯性”。

也就是说，必须合乎法律地处理瓦雷纳事件，因此必须将其放在现行的宪法中考虑。但是宪法中没有对应国王出逃的条文。

佩蒂翁继续说。

“国王的不可侵犯性在宪法中是有明文规定的。他们拿出这一条，绑架不用说，就算是逃亡，也没有合乎法律的能惩罚国王的办法。为了让路易十六脱罪，这帮家伙想出了这一招。”

“估计他们认为如果追究事实经过就糟了吧。但要说宪法讨论，他们想要这么做，我们也只能应对。”

罗伯斯庇尔下了决心，佩蒂翁对此用力点头赞同。议长席上敲响了木槌，七月十四日的审议开始了。

17

蛮横

最先登台的里昂科、普吕南两位议员均对穆古埃报告表示支持。接着德穆尼埃议员针对恢复时下被停止的国王权力提出提案，应在国王批准宪法时予以恢复。

提案中还暗示，相反的，在拒绝接受宪法的情况下立即废黜路易十六王位。但这被认为是拉拢愤怒的左派议员、平息民愤的怀柔之策。

为了富裕者的天下，接下来的政治日程是实现无罪释放国王、制定宪法、重建国王的行政权以及建立君主立宪制。这样解释可以说是正确的。

“正因为如此才要趁这个时候好好琢磨国王的行为。不只是徒劳地重复审判、审判。这关乎宪法，我认为既然大家认同宪法才是法兰西的支柱，那么就像申明国王不可侵犯性，应该基于同样的原理，好好分清楚不予惩罚之行为与必须惩处之行为二者之界限。”

罗伯斯庇尔登上演讲台是在十一时过后。

放眼望去，阶梯状议席如同峭壁。能看到有人露出白牙笑呵呵的，但氛围并不缓和，反而像是有种不以为意的感觉。他们在各自的位子端坐，似乎很难再移动，如同立起厚厚的墙壁，无论什么样的攻击都能反弹回来似的。

——即便如此也决不能胆怯。

罗伯斯庇尔的演说在反对之前的佩蒂翁、里卡尔、格雷瓜尔、普利尔、比索、巴蒂埃、穆古埃的报告，之后他使出全部精力，将其作为左派的最终答辩。所以决不能后退半步，我必须要打开局面。如此这般，请在座的各位也思考一下。

“比如国王在诸位面前用刀割断令郎的喉咙。”

会场中一阵骚动。罗伯斯庇尔清楚地明白，这是对他的话产生了反感。但他已经有了相应的思想准备。请诸位不要逃避，好好思考一番。比如国王在诸位面前对令郎、令爱进行凌辱。即便如此，诸位还坚持以下说法吗？

“陛下可以行使陛下应有的权力。我们全都认同。因为国王的地位是不可侵犯的，没有惩处的办法。”

最后的话音被骚动声盖过，估计没有传达到议会。甚至连说话的罗伯斯庇尔本人都很难听清。全场嘘声如风暴一般袭来。

“闭嘴！罗伯斯庇尔议员！”

“说什么割喉、凌辱，你这家伙是打算侮辱国王吗？”

“路易十六不是那样的人。他头脑理智，性格温和……”

“如果说品行重要的话，那么要把宪法条文中国王不可侵犯性此种抽象概念删个干净吗？”

罗伯斯庇尔也明白自己的声音高亢。满场的奚落声如同一时完全消退一样，对此他很满意。说是这么说，但并不打算陶醉于自己演讲的巧妙。对于聚焦问题的准确性，他抱有自信。听者被戳中了痛处。

——唯宪法不可被操弄。

几处修改是可以的，但如今若要强行对其根本进行大幅度的修订，九月末宪法通过的日程就会受到影响，这是众人所不希望的。

罗伯斯庇尔看透了对手的心思才能在逆境中保持定力。如果不希望在宪法上多做纠缠，应立即答应对国王进行审判。你们明白让宪法讨论蒙上阴影反而不利就好。当然无论任何情形我们都会战斗下去。不打算对瓦雷纳事件置之不理，同时也不会轻易赞成宪法通过。

罗伯斯庇尔继续说。事实上这与国王的品行无关。

“国家的首席官员即国家元首犯罪，纵使有国王之不可侵犯性这一原则但必须加以惩处的情形，我只能想到两种。第一，利用原本神圣的职务，犯罪内容与祖国的利害有着密切关系的情形。第二，国王拥有巨大的权力，即使发起的阴谋再微不足道，也没有能够阻止的力量存在，因而存在长期潜在危险的情形。”

罗伯斯庇尔特意选择抽象的词语，这正是他一流的追问方式。一方面威胁要进行宪法讨论、会在这上面抓住不放，另一方面言辞中也继续隐射瓦雷纳事件。

“打个比方，说到国王的不可侵犯性时，可曾想过这与大臣、将军的职责有密切关联呢？而且现实中国王行使执行权时，是通过委任大臣们、将军们来实现的。并非国王的品行，问题就在这儿。大臣们一旦犯罪或者做出有损公允之事，国王自己发觉，便可对大臣们加以惩处，这不会产生任何问题。但是如果国王没有发觉抑或是发觉了但默许，这就有可能导致祖国面临危险或蒙受损失。尽管如此还是用不可侵犯性为理由不追究国王责任的话……”

“国王及其执行权，议会及其立法权，二者间的嫌隙不应该在此强调出来。我认为二者应该以信赖关系为前提共同合作。”

插话的内容虽是奚落，但发言颇具威严。一个高大的身影从议席上站起来，仪表堂堂的外貌使人感到高雅，罗伯斯庇尔也立刻认出了他的身份。

议长应该不会阻止他。此人是力压议会的权威。

三头派的一员迪波尔继续说，虽说这种可能性不为零，但没理由硬要假设出这种我们都不希望的情形。

“第一，已经七月了。制定宪法的工作快要到了最终阶段，如今没必要任性挑理。”

“但是……”

罗伯斯庇尔无法继续往下说，因为回应完全在他的意料之外。

毫无疑问迪波尔说出了内心想说的。三头派是打算按照计划制定宪法，想要建立起君主立宪制。既然议员将会全体辞职，那就并不想在之后的立法会议中留下火种吧。

所以，我明白。我太明白了。可这番心里话不是在私下吐露，而是在公共的议会上大声说出口的。罗伯斯庇尔对此感到惊讶，甚至有些目瞪口呆。

——迪波尔的发言被广为认可的话……

必须承认议会已经处于停滞状态。讨论甚至变成了走过场，正义与非正义的问题变得微不足道，可以置之不理了。单方面讲些大道理，不允许出现反对声音，这本身和动用暴力别无二致。

罗伯斯庇尔咬牙切齿。怎么可能默不作声，要立刻进行反击。时下法兰西最为重要的，是什么？如果认真思考过一番的话，种种理由都不成立吧。

“什么，把政治日程当作理由……”

“说到日程，罗伯斯庇尔议员，差不多时间到了吧？”

瞥过一眼，这回轮到亚历山大·德·拉梅特。他一边拿出怀表，这位三头派之一佯装不知继续发言。罗伯斯庇尔心想，是啊，已经过了十二时了。联盟节的仪式下午马上就要开始。

“作为国民制宪议会代表出席的二十三人中，应该有罗伯斯庇尔议员吧？”

“那、那完全不相关的吧。”

“当然有关系。这可是联盟节啊，为了纪念我们伟大革命的庆典啊。难不成罗伯斯庇尔议员打算缺席吗？”

亚历山大·德·拉梅特完全一副演戏的做派。好生自大啊，真不知耻啊。罗伯斯庇尔议员您是打算背弃全法兰西人民为之奉献的价值啊。

罗伯斯庇尔心中恼火，却不容易找到反击的话语。我当然没有此种打算，我本人，当然没有……

“就现在，罗伯斯庇尔议员，请好好回答。你是认为联盟节无聊至极吗？”

“我从未说过这话……”

“请直截了当地回答。你是打算亵渎我们的革命吗？”

“说到亵渎，到底是谁在亵渎！”

有人插话道，声音洪亮响彻会场。众人纷纷四下张望，原来声音来自上层的旁听席。

嘎哒嘎哒，接着传来脚踢椅子的声响。这出乎意料的骚动中领头的，是举起小孩头颅大小的拳头、身形彪悍的人，毫无疑问是那个人。

“乔治·雅克·丹东。巴黎百人委员会的代表，前来议会请愿了。”

罗伯斯庇尔从未听说过“巴黎百人委员会”。恐怕是临时成立的组织，丹东最近才想到起了个名字吧。

真的有百人规模来到议会，相当了不得的组织力。他们一拥而上挤到议长席，递交像是请愿书的纸，在议长阅读之前高声申诉。

“请议会听听国民的心声！”

“法兰西人民已经不再认为路易十六是国王了。”

“废位。立刻废黜王位！”

“另立奥尔良公爵为王！”

“不，干脆改为共和制，不需要什么国王。”

毫无疑问民众的声音传达到了，但诉求最终支离破碎，没能好好进行陈述。即便成功，议会绝不会容许此种扰乱秩序之事。议席一方也不得不采取行动。

“警卫，警卫，干什么呢！将暴徒们赶出去，立刻把他们从神圣的议会赶出去！”

“不必了，我们自己出去。采取如此暴力的手法，议会已经不可能正常运转了。”

众人一边数落着一边摆出攻击性的姿态，一个接一个脚踢椅子。你们还坐得住吗？我们拒绝如此荒唐的审议。我们退场以示抗议。

“是啊，这是正义的退场！”

虽然极力美化，但听从三头派号令离开练马场附属会场的，也只有左派偏中间的议员。在他们看来，结束眼前不痛不痒的审议正中下怀。

“单靠议会已经无法取得进展了。”

事后神情沮丧的丹东少见地找借口说。

他们有他们的道理，一定是认定只能靠非常手段申诉了吧。罗伯斯庇尔无法直言这是错误的，如此会浇灭同伴的热情。留下他一人站在讲台上懊悔不已。

—— 一筹莫展。

要采用违背常识的蛮横手段？否则就得拒绝审议了。不得不承认议会无法正常运转。

——究竟该如何是好。

身为议会还能做些什么呢？没有答案，罗伯斯庇尔走下讲台。走回自己的议席，但也没有离开会场。就在他失魂落魄走动的时候，有人突然抓住他的手腕。

回神一看，一头卷曲的长发在眼前晃动。

“卡米尔……”

“马克西姆，我有话跟你说。可以一听吗？”

双目相视之余，发觉德穆兰的眼中充满力量。

18

拉克洛

七月十五日，晚上九时已过，站在雅各宾俱乐部的讲台上的人名叫皮埃尔·安布鲁瓦兹·弗朗索瓦·肖代洛·德·拉克洛。

——真是个奇人。

德穆兰不禁心想。此人年届五十，但腰背如直尺般笔直、身姿飒爽，给人印象十分年轻。

拉克洛是军人出身。听闻此事后再看他魁梧的身形和强壮的肩背就理解了，但回过头再想想好像又不是那么回事。身为军人却周身考究，抑或是知性占了上风，他至少没有给人刚强的印象。

继而一问，他曾经是炮兵队的军官。这样的话可能推测他具备相当的数学素养。据说他退役之后追随奥尔良公爵。如此看来他在政治上应该对自由主义思想耳濡目染。原来如此，他并不满足于粗野的暴力，而是一名知识分子。但是，拉克洛身上仍有一丝暧昧，既不属于军人亦不属于知识分子。

——非要说的话可以归结为一种慵懒的优雅。

他出生于亚眠，和德穆兰、罗伯斯庇尔是同乡，都是皮卡第人。要说北部地区的人，都比较质朴。说起知识分子，往往倔强认死理，令人讨厌，所以用“知识分子”也无法解释拉克洛身上柔和的气质。

此人甚异，在感慨他真是一位奇人之时，已有人开玩笑地称呼拉克洛为“凡尔蒙子爵”。应当没有记错，又去确认了一下，确是出自九年前即一七八二年在巴黎出版的引起轰动的恋爱小说，这绰号是根据小说中违背道德的主人公的名字来的。

——拉克洛就是那个写出《危险关系》的拉克洛。

德穆兰曾经红着脸翻阅过那本书，小说带给他巨大的冲击。创世纪的丑闻作家拉克洛在革命的漩涡中、在雅各宾俱乐部里，占有一席之地，直到最近才知道此事。如今仍不敢相信这位大作家竟然在编辑机关报《宪法之友》。

他崭露头角是因在今年春天的改选中担任全国联络委员。此后《宪法之友》地方联络栏目明显充实起来，广受好评。拉克洛当晚终于登上讲台，他要说的是一个法案。

“我们应该让外界知晓雅各宾俱乐部对于国王问题的见解，我们应该趁现在发布态度鲜明的声明。”

瓦雷纳事件发生之后，拉克洛撰写小册子主张废除路易十六王位，拥立奥尔良公爵，自掏腰包开展宣传造势活动。

这是报答主公之举，但关键是公爵在六月二十八日对于摄政一职坚辞不就，拉克洛因而消停了一段时间。德穆兰和罗伯斯庇尔等人一起唆使这位奇人，绝对不能接受议会的态度。

“是啊，唯有路易十六，必须废黜其王位。”

拉克洛不断地说，虽然声音不大，但不知怎么地回响在耳边。虽然这是他一直坚持的主张，但没有继续说奥尔良公爵的事。不能接着往下说，这是此前商量好的结果。

——废黜路易十六。

这是当下可以谋划的“最大公约数”。

是否设置摄政、是否采取君主立宪、是否过渡到共和制，对于每进一步所附带的情况，各派、各家俱乐部的考虑都不一样，甚至在每个人的立场上都千差万别。

宪法上明确写明国王的不可侵犯性，这就没那么容易推翻。但这是针对抽象概念的国王，对于坐在那个位置上的个人未必有同样意义。

“不能对至高无上的法兰西国王说三道四。我的意思是只有路易十六这个人不能就此放过。”

德穆兰预计，这如果就是他的主张的话，也未必无法得到赞同。

废黜路易十六可能引发战争，还会引发麻烦的摄政问题。众所周知这样会引起厌恶。即便最终无法成功推进到废黜这一步，但或许能找到那个大部分人认为“这样做也没关系”的临界点。拉克洛坚信最大限度地汇总意见仍不失为上策。

——他靠着这股劲带来了新气象。

德穆兰认为这很重要，因为这说不定会实现审判国王。至少也必须要推翻国王遭绑架这种可笑的说辞。

“当然，单单发声明就结束，不会成什么气候。”

讲台上的拉克洛继续说，成为附近讨论几天的话题，但仅此而已。到了必须考虑实施的时候了。

“具体是指？”

“请各位听好。”

听众纷纷询问，拉克洛便用他人无法模仿的优雅手势答复他们。他是在模仿用笔写东西吗？

“署名。”

会场一下哗然，也许是因为拉克洛富有说服力的话语让众人更加感到意外。原来如此，法兰西革命至今未曾有过署名相关的运动。

拉克洛的本意正是引发惊讶，他越来越让听众欲罢不能。是的，这或许只是我个人的偏好，但我不推荐采取粗暴手段，而且也无法保证后者有效。越强逼对方，对方越要逃避，等他们忍耐过去就没有办法追究了，没有比这再让人失望的。

“反之，数字的力量会奏效的。与追求的力度强弱无关，数字不会说谎，而且不会消失。正因为数字可以成为事实永续存在，没人可以无视之。”

“但是，能收集数量多到无法忽视的署名吗？”

“正是。”

拉克洛竖起食指。之前也说过了，只是雅各宾修道院附近动员起来没有用。整个巴黎为之狂热也不足以。因此，等写好声明就印刷副本发送到法兰西全国各地爱国社团。我作为雅各宾俱乐部的全国联络委员，日益感到要如此扩大影响。

“地方非常不满，心烦之余才盼望着总部有所行动。等得如隔千秋，等待的就是巴黎勇敢地发出声明。地方已经做好了准备，等消息一传来便争相赞同。”

“等的是署名吗？”

拉克洛用力点点头。让我们征集所有公民的署名。不分消极公民还是积极公民，不止如此，无论女人、未成年，不加区别地征集全部公民的署名，彻底开展这项运动。不能只听一部分人的，只有资产阶级得利无法改变现状。署名运动也应该吸收底层心声。

“无论如何我想把目标设定得高一点，一千万份署名。雅各宾俱乐部的声明附上一千万法兰西人的署名提交给议会。如此一来将国民真心希望的充分反映给议会看。”

德穆兰认为只有这么赌一把了。

议会中三头派占据的优势如磐石一般。今天的审议整个成了巴纳夫一个人的舞台。格雷戈瓦牧师认为国王不可侵犯性并非绝对，比佐、佩蒂翁再次要求审判国王。巴纳夫与几人唇枪舌战。

举手投足自信满满，声音穿透会场。配上巧妙的比喻、明晰的逻辑，回击上运用扩大解释恶意的手法。巴纳夫巧舌如簧将左派批驳得体无完肤。

他提出的争论焦点是共和制。既然拉斐德一派撤回了主张，无论怎么攻击都没有关系了，但在左派内部，主张激进手段的也只是少数。尽管如此，巴纳夫还硬是把所有人都当作危险的共和主义者展开论述。

共和制是城邦国家或像美国一样人口少的新兴国家的政体，不适合法兰西这样人口密度大的国家。除君主制以外没有其他选项，所以才应该保卫国王的不可侵犯性。因此审判国王是绝无可能的，否则国王就没有意义。极具说服力地说完后，这位年轻的雄辩家如此结束自己的演说：

“差不多到了结束革命的时候了。现在没人还想再次开始革命。”

这说出了三头派的真实想法。毫无羞愧之色。不仅如此，巴纳夫继续奋力演说，而且革命如果再向前一步便会引发不可收拾的危险事态。基于自由原理制定的下一步法令，可能会成为废黜国王的法令，这也是如今部分议员想要实现的。那么基于平等原理，下一步应该制定的法令应该是为了所有人的。

“所有权的侵害。”

正因为这项主张，大多数资产阶级中间派都比之前更加支持三头派。通过投票拥护国王不可侵犯性的意见正式通过表决，也意味着瓦雷纳事件得以平息。

——已经没有办法了。

德穆兰的精神也快要投降。在议会上没有回击的手段。民众的压力也没那么容易奏效。攻占巴士底狱的记忆仍历历在目，民众稍有骚乱，国王、议会都纷纷妥协，但如今议员们发明了拒绝审议、退场等对抗措施。丹东那样嗓门大的人无论花再大力气，如果现场没有议员作听众，说什么都是白费。是啊，在议会里什么也做不了。

——但是，议会以外的话就另当别论了。

德穆兰鼓舞自己必须要这样去想。

不能放弃，因为好歹也是经历过一七八九年七月事件的人。当时军队出动了，已经绝望的时候，民众的自发运动改变了危险状况。

这回也是没什么不可能，重新夺回革命的主动权。虽然不是要模仿从前拿起武器、攻陷要塞，而是要学习更深层的精神，但一七八九年七月仍是一个完美的实例。

——首先第一步，雅各宾俱乐部。

德穆兰想到这儿，抓住老友的胳膊。有没有什么现在可以做的？向议会提交请愿书？即使陈情、集会活动也不行，那署名运动是否可以？

罗伯斯庇尔回答，与地方支部商量一下说不定可以。过去地方上对三头派把持议会积怨已深。三头派在瓦雷纳事件上完全一副欺骗的嘴脸，更加引起了地方的愤怒。如果我们能成为吸收这些愤怒的力量，或许地方支部会有所行动。

“我明白了，卡米尔。我试着跟拉克洛说说，他是全国联络委员。”

罗伯斯庇尔迅速行动，当晚的演说便是其成果。

19

署名请愿运动

拉克洛听了也很兴奋。他们有同样的预计，如果雅各宾俱乐部发出声明，地方也会跟随，到时肯定会收集到成千上百的署名。

如此乐观的反面是，关键的巴黎还有不安因素。但也是可以克服的。巴黎有另一位能够依靠的人，这位群众运动的领袖仍不气馁。

“以上就是我的提案。”

拉克洛在讲话最后说。可是在雅各宾俱乐部做出决断之前，会员们还想听听来自其他俱乐部客人的意见。

“这位是科德利埃俱乐部的乔治·雅克·丹东。”

他伸出手臂摆动，然后空出讲台，提到的巨人走来。

丹东给人印象深刻，他长相气势逼人，不给听众吵吵嚷嚷的机会。顺着拉克洛的演说的势头，没有中断地开始自己的演说。

“我是丹东。今晚是作为巴黎市民的代表前来。雅各宾俱乐部是集合全法国意志的地方。俺们自己的想法是近日，明后天里，在战神广场举行署名运动。趁着联盟节的兴奋劲头，在祖国的祭坛广泛争取支持，不承认路易十六的国王地位。你们中如果有人想参加，请告诉我……”

“这样的话一起合作不就好了嘛！”

德穆兰高声说道。对啊，一起合作。同一个署名运动没理由分别行动。地方的署名运动靠雅各宾俱乐部组织，巴黎的署名运动靠街区动员。如此一来就能集合法兰西的声音，向议会传达一种声音。

“为行动取个名字，署名请愿运动。”

这样一说的确引起不小的反响。好！一起干！巴黎各街区和雅各宾俱乐部共同合作！

“声明使用同一个就可以。把分发至各地的副本也同样在战神广场发放。”

“等等，这可说的是明天或者后天啊。分发是来不及的吧。”

“印刷的话，就由科德利埃街的印刷工厂来做。”

“可是最关键的声明还没有着落……”

“那就包在鄙人肖代洛·德·拉克洛身上了。争分夺秒，明早应该能拿出草案。”

“写文章的话，我布里索可不比大作家慢。以报人的精神一气呵成。”

“拉克洛老师和布里索，那可靠得住。算上印刷时间的话明天可以完成，最迟后天可以在战神广场举行署名运动。同时分发到地方，署名簿大约在八月初返还，夏天结束前便可以将国民的声音传递到议会。”

干！一定要干！欢呼声接连不断。但是雅各宾俱乐部里的氛围还主要是冷笑。眼神凌厉抱着胳膊或是前倾身体准备驳斥的人不止一个两个。

也有人喝倒彩。

“我说，你们这是在胡来。”

“被煽动起来的署名真的能代表国民的心声吗？”

“首先，雅各宾俱乐部拿出声明到底是谁决定的。”

“雅各宾俱乐部里也有很多议员，没有理由特地用署名请愿的方式向议会传递声音。”

“就是，去科德利埃俱乐部干，科德利埃俱乐部。”

接着甚至传来令人不快的笑声，空气中依然充斥着敌意。

丹东虽然很出名，但他属于外人。德穆兰自己虽然是会员，但在雅各宾俱乐部也没有很大的发言权。

拉克洛、布里索也一样，仅因文笔高超受到好评，既非主要会员也非议员会员。甚至连主持会议的罗伯斯庇尔也不过是极左的领导者之一。

控制雅各宾俱乐部的另有其人。迪波尔、拉梅特、巴纳夫三人才是事实上的领袖。

——这才是最大的难关。

他们是编造出绑架事件、对瓦雷纳事件不闻不问、放过路易十六的幕后黑手。他们能够通过不讲理的方式实现目的是因为当下的社会是以资产阶级为中心的。但雅各宾俱乐部本身也是以中流以上的富裕阶层为主体的组织。

署名请愿运动没那么容易组织起来。与其说是挑战困难，不如说更接近于祈祷奇迹出现，也许这本来就是希望渺茫的。

这些情况当然事先已经知道。基本情况是地方能行动起来，不，只有地方在行动。巴黎很困难，换句话说，雅各宾修道院是一个难以动摇的地方。

如果意图改变，那就是自找不痛快。一般不会去尝试，因为这也并非不可或缺的步骤。

事实上战神广场的署名运动可以只靠科德利埃俱乐部。如果要使运动不仅限在巴黎，同时也扩散到地方，只依靠有识之士们推动便不会有干扰，保准迅速不知道多少倍。

即便如此，德穆兰还不想将雅各宾俱乐部撇除到运动的中心之外。雅各宾俱乐部的声明产生与否，运动的势头有天壤之别。

——如今它是法兰西最大的政治团体。

十分需要它的名字。德穆兰的想法是所有人必须团结一致。

贫穷的劳动者也好，激进的先进思想支持者也好，运动不应该只是某一小部分人的。不论贫富、不论保守派还是改革派，所有人面临如今的政治难题都需要一个答案，至少意见必须要整合在一起。

因为参与的人越多越好。法兰西人一起努力，能汇聚成一股奔涌的澎湃力量。若不然，是无法撼动议会的。

——否则，革命将一去不复返。

经历过两年前七月的德穆兰对此深信不疑。

攻陷巴士底狱使人们空前团结起来，那个夏天的几天里不分贫富、不分保守与改革。不，就算是那个时候也并不是不分，但有那么一瞬间人们忘记了。亲密无间的精诚合作产生了令人吃惊的力量，动摇了原本不可撼动的势力。

现在必须要重新找回当时的势头。若要改变当下的政治版图，没有比雅各宾俱乐部更为合适的旗帜。

——因而要拼尽全力动员，接受署名请愿运动的可能性尚存……

这是德穆兰对于形势的判断。三头派实力强劲，而且对于议会会员有压倒性影响力。

——雅各宾俱乐部也有普通会员。

而且绝不在少数。既有选举人也有法官，有报人也有学者，甚至还有商店老板、职工头目。他们自然而然有高度的流动性，这是普通会员的特点。

因此尚有说服的空间，拼尽全力热切地讨论，能够使他们变成盟友。到了投票表决的时候，胜负机会对半，德穆兰如此预测。

——反过来说，要是没有到那一步，在讨论阶段就被击垮的话……

已经无法出声，连普通会员也不支持了。到底是三头派，反过来被他们吸收了。

那晚三头派也理所当然地出现在雅各宾俱乐部。他们坐在后排的椅子上，一副俯视众生的做派。几次左右回望，德穆兰十分在意他们的态度。

三头派的随从肯定会出现，带着领袖们的意图企图搞破坏。但雅各宾俱乐部的极左力量中也有辩论家。

有罗伯斯庇尔、有佩蒂翁、有布里索、有拉克洛。还有科德利埃俱乐部的丹东做后援，还有鄙人卡米尔·德穆兰，都会竭尽所能，并不落于人后。

——即便如此还是有一个令人战栗的对手。

三头派全员出动，对此不得不严阵以待。迪波尔、拉梅特，还有巴纳夫。其中最为让人忌惮的是巴纳夫，这位年轻的雄辩家一登台就会使雅各宾俱乐部的情势急转直下。

“俺来击倒他吧。”

丹东走下讲台小声耳语道。不，等到那个时候来了，由我和巴纳夫辩论。罗伯斯庇尔紧张地睁大眼睛，佩蒂翁、布里索、拉克洛等人的脸色都稍变苍白。

“不，我们一起对付他。”

回过神来，德穆兰的身边有同伴了。所以不是由一个人去应战，而是所有人一起斗争。如何应对、如何与之斗争，虽然还不甚清楚，但到时大家一起尽力而为。

虽然声音微小但鼓舞士气，其他人都点头示意表达自己的决心。

“可以了吗？”

主持人问道。我有一个提案，说话者声音粗犷有着独特的起伏。来了，果然是巴纳夫。但无论敌人多么强大也不能逃避。

德穆兰抬起头，打算盯着他的大鼻子。

“明天吧。”

巴纳夫继续说。德穆兰不免感到疑惑。这边下定决心摆出攻势却好像扑了个空。不，又要逃走。虽然议会没有拒绝审议，但三头派不参加有违他们意志的讨论，他们仍打算把这份傲慢坚持到底。

——但是，决不能让他们为所欲为。

德穆兰又思考一番。当雅各宾俱乐部拒绝参加之时就意味着已经失败了。因为不像议会有定员能够过半数，之后会场上极左一派展开激辩，说服剩下的会员的话，说不定会出现他们不愿看到的结果。

巴纳夫继续说。如同我说的，是否采纳声明以及关于署名运动是否可行，何不等明天放在一起讨论呢？

“拉克洛先生还有布里索，明天会起草好声明的草案。要拿出整体结论的话，得先仔细研究声明的内容。”

时间上还有一定的空间。巴纳夫这么一说，在场没有人对此提出异议。

如此，当晚的雅各宾俱乐部散会是因为这边选择了回避斗争，先求得一时的安稳。

——但是……

德穆兰不禁自问这样真的好吗。等到明天可以吗？我们应该采取的态度难道不应该是即刻进行决战吗？对方既然提出延后的提案，我们是不是应该果断地拒绝呢？

自我询问没个尽头。但已经是明天的事了。没有必要执着于搞清楚是放走了对方还是自己逃避了。

之后三三两两各自回家，此时德穆兰不免从同伴身上发觉一丝乐观的气息。

20

违和感

“停止路易十六的权力，直至国王接受宪法为止。”

七月十六日的审议上议会正式通过德穆尼埃的提案。既然不追究瓦雷纳事件放路易十六一马，就要毫无纰漏地恢复其权力。那些家伙们按照预设的日程顺利处理。

不能允许发生这样的事，恨得牙根痒。

——当前议会上什么也做不了。

宣布审议结束后，罗伯斯庇尔已经飞奔出会场。马不停蹄赶往的目的地当然是圣奥诺雷路上的雅各宾修道院。

佩蒂翁也紧随其后飞奔在细长的练马场路上。他们似乎想的一样。

傍晚六点将在雅各宾俱乐部研究声明内容，以及是否在声明基础上发动署名运动。

拉克洛和布里索做到了。他们几乎通宵写好了草案，在午休时交给同伴们阅读。

——不错嘛。

在场的科德利埃俱乐部提出了一部分修改意见。但那是对于进一步完善的建设性意见。

为了拿出最好的声明不辞辛苦，拉克洛和布里索都明白这一点，他们不停歇地持续工作，现在应该也完成了修改版草案。

——想早点看到草案。

罗伯斯庇尔为此而着急赶路，他想要尽快确认草案内容。这份心情不假，但中午已经读过大半。为了即将到来的讨论要熟读全文。这是真实的想法，但讨论内容定在六时，现在才刚过四时。

要说地点，距离议会所在的杜伊勒里宫练马场附属大厅不过五分钟路程。到圣奥诺雷路的雅各宾修道院近在咫尺。即便如此他仍不免加快脚步赶过去。

——问题的焦点在于表决。

罗伯斯庇尔在心里嘀咕。由于署名运动计划的存在，不能再推迟表决了。即使辩论激烈，时间延长再延长，也要在半夜里进行投票。起初德穆兰推测胜算在一半对一半。但昨天晚上三头派展现出的不拘小节或者说是满不在乎的态度，又让他感到并非没有希望。

昨晚计划失败的话，根本不会写成草案。得到一晚的宽限，情况并不坏。能否在雅各宾俱乐部上拿出草案，在说服力上有天壤之别。

“我们的优势不可动摇……”

一旁紧追步伐的佩蒂翁乐观地说道。拉克洛不愧是作家，真是可以在文学史留名的大作家。布里索在报纸记者中文才出类拔萃，他是真正的天才啊。

“那份草案能得到众多会员称赞。赞同之声将接连不断。非常有希望得到大多数支持。”

“那可说不准。”

罗伯斯庇尔一边推开练马场铁栅栏一边回应道。可马虎大意不得。三头派的做法到现在仍琢磨不透。在他们的立场来看可不是什么值得高兴的提案，这是在昨晚就已经明确的事。

“他们睁一只眼闭一只眼的背后可能还有什么隐藏的策略。”

“我也这么想。我稍稍打听了一下，似乎昨晚迪波尔、拉梅特、巴纳夫三人和拉斐德进行了会谈。”

“这么说，佩蒂翁，他们在策划新的议会工作？”

“会谈的具体内容还不得而知，但肯定与此有关。可正因为如此我才觉得是个好机会。他们的焦点在议会，雅各宾俱乐部不在他们的视野范围之内。事实上没有迹象表明他们在做会员的工作反对声明、反对署名。这些家伙沉醉于议会优势，认为他们的胜利已经不可动摇，他们疏忽大意了。”

“如果是这样那是最好的，不管如何我们要竭尽所能。”

罗伯斯庇尔说完，佩蒂翁也用力点头，二人继续加快脚步前进。

为了表决还有一件可以做的事。在六时开始讨论前能够进行演说。不能站上讲台的话，那就见到三五成群的会员便进行劝说。在开始讨论前尽可能得到更多会员的赞成。最大程度地发挥提前了解声明草案的优势，提前让会员们知道它是多么有魅力、符合道义的运动。

——三头派说不定在做与此相反的事。

他们可能在劝说尽可能多的人反对此事。或许会搬出拉斐德进行威胁。对此内心越警惕越着急，必须早其一步的心情就越煎熬。

穿过圣文森路，马上要到圣奥诺雷路的时候，罗伯斯庇尔开始小跑起来。可是……

“……”

罗伯斯庇尔突然停住脚步，突然间一种违和感涌上心头。

“发生了什么事？”

前进几步后停下，佩蒂翁转过头来满脸疑惑的神情。不止如此，他如猛禽一般的大眼之中甚至包含怎么不快点的责备。

罗伯斯庇尔稍作解释，但那种感觉并未消失。

“但是，佩蒂翁。我有一种奇怪的感觉。”

“奇怪的感觉指的是？”

“不觉得格外安静？”

“安静？”

佩蒂翁压低声音。这好像也有道理。已经到了圣奥诺雷路了，这是巴黎右岸的西部最主要的街道。

这么中心的区域不应该如此安静。过了旺多姆广场，接下来便是通往郊外的去路，回过头来应该是人来人往、多辆马车进退不得的景象。

“你在磨蹭什么？约好的时间快到了。”

“吵什么，你倒是坐马车啊。恐怕是要赶着和荡妇相会吧。”

“你说什么？你这家伙。”

“水，水，要水吗？可不是塞纳河里的臭水，是从井里打上来干净的水哦。四大元素之一。”

“让开让开，这可是急要的货物，迟到的话可拿不到运费了。”

争吵声叠加上叫卖声，再混杂进其他怒吼。这里是巴黎最大的社交场所皇宫花园的所在地，东面是巴黎最大的市场。日常不会处于安静状态的圣奥诺雷路傍晚应该十分热闹。

“圣奥诺雷路为何如此安静？”

佩蒂翁被问得只能不开心地闭口不言。其实无法回答，罗伯斯庇尔无法解释自己的感觉。

——可能就今天不知为何觉得安静吧。

他自我安慰道。突然明白过来。

他面朝东边，看看自己脚下。黑色的影子拉得长长的。夕阳尚早，还未变得赤红，但太阳已开始西落。尽管如此，今天雅各宾修道院前的身影只有他们二人。

“只有我们吗？”

罗伯斯庇尔发问。

议会结束的话，议员们会走到圣奥诺雷路上。雅各宾俱乐部的会员赶往雅各宾修道院，一七八九年俱乐部的会员去往巴黎皇家宫殿。去年在《教士公民组织法》上争论不休之时，同样是在这条路上，以方济各修道院为据点，一群教士议员甚至拖着肥胖的身体接踵而至。

过去夕阳下的景象，是一人接一人，给人一种忙于赴约的感觉。繁华热闹的圣奥诺雷路上经常发生严重的交通拥堵，要是以这支大部队中议员的感受来说，耳朵里经常听到什么基本人权的原则、什么政治判断的优越等等议会中搬来的概念，可是相当吵闹。

“没有这些景象，所以才安静。”

罗伯斯庇尔继续说。为何唯独今天诸位议员没有来呢?

“因为我们赶路赶得太急了。”

佩蒂翁回答道。他们还在杜伊勒里呢。马上慢慢走过来了。

“可是，三三两两过来才是正常的吧?”

“就是说三头派也好、拉斐德也好，他们已经麻痹大意了。”

“有可能……”

“你看，罗伯斯庇尔。”

佩蒂翁高声说，他指的是圣文森路的远处。

尽头是二人刚刚离开的杜伊勒里宫练马场的大门。铁门开开关关的声音的的确确也传到罗伯斯庇尔耳中。不，此外还有吵吵嚷嚷的声音。

“看吧，他们这不是就来了。一个接一个地来了，您盼望的议员大人们，圣奥诺雷路上的常客。还有听从三头派的议员们也来了。好了吧，罗伯斯庇尔，要被赶上了。”

“要是被他们赶上那可不得了。喂，佩蒂翁，我们快进去吧!”

21

异变

来到修道院图书馆改造的集会场所时已经有几人在了。

德穆兰、丹东、马拉和科德利埃俱乐部的人四时前赶到了。起草声明的拉克洛、布里索二人在更早前做好了准备，通宵达旦地起草文件使二人的眼睛充满血丝。但其他人也不逊于他们，双目因充血而变得通红，难以掩藏内心的兴奋。

——马上要到一决胜负的时候了。

会员们对此也关注度颇高，较往常聚集得更早。感觉罗伯斯庇尔和佩蒂翁到达后不久，众人便鱼贯而人，刚过五时，全部座位几乎坐满了。

——而且人数众多。

记者会员中也有人想要报道讨论的始末，一个不落地到场也理所当然。还有平常本业繁忙很难露面的选举人，这天也全都出席，用好自己身为会员的一票。

——这样看来有戏。

想到事情真能成，便难以自已。

倡导者们利用最后的时间游弋在会员人群中持续拼命热辩。不，他们并不打算讨论复杂问题。主要是解释不处理瓦雷纳事件是一件多么不能忍受的不义之举，绝无无视宪法之意。声明里也会写明，将采用不违背宪法的手段寻求解决方式。没有任何旨在实行共和制的论述。我等的理想是君主立宪制。今后也将拥护法兰西国王的执政地位。

“只是必须要废黜路易十六王位，把这作为事情的终结。”

“但是，那么这是不是意味着否定宪法倡导的国王不可侵犯性了呢？”

“关于这点，是这么一回事。六月二十五日以来路易十六的权力已遭停止。十六日，也就是今天的议会上，决定了在宪法批准之时恢复其执政权，但是那是之后的事。现在的状态仍处于停止权力期间。”

“那又如何呢？”

“既不能行使权力，也不是执政权首长，意味着路易十六目前处于不是国王的状态。仅仅是一介公民，其名字应该是公民路易·卡佩。对于他不应该遵循不可侵犯原则。处罚合乎宪法。”

“原来如此，这有一定道理。”

会员们接连点头，回应的话语都是赞同的。明天开始希望参加预定在战神广场举办的署名活动的声音接连传来。拼命劝说让人感到成果并不赖。

想要尽快阅读声明，明天可以着手开展运动。低语声不断，氛围变得仿佛已经得出结论来了。在热烈的气氛中时针掠过六时。

——但是……

没有按照预定计划开始讨论。不，不是无法开始讨论，而是再怎么靠游说，都无法到表决环节。

——沉迷于劝说会员之中……

到了这个时候还没有发觉。罗伯斯庇尔抱住头。

——三头派没有一个人前来。

原来如此，气氛如此理想，反对派应该不在场。但罗伯斯庇尔还是无法不跟同伴确认此事。看清楚了吗？真的没人在吗？

“他们是不是在另一个房间？或者聚集在前庭？”

佩蒂翁不发一言摇头。四处都没有。他们根本没来雅各宾修道院。

“不只迪波尔、拉梅特、巴纳夫三人，议员会员中的大半没有来。”

这帮家伙的拿手好戏，佩蒂翁总结说。意思是单方面拒绝审议。罗伯斯庇尔不禁感到事情并非如此。

“但是议员们的确来了吧。他们不是从圣奥诺雷路来的吗？”

“这么一说是的。”

这下佩蒂翁也皱起眉头。他们的确是一个接一个地过来了。就在我俩快步赶路之后，但也不会晚过五分钟。

“没有折返回议会会场吧？”

丹东岔开话题，或许他们被杜伊勒里的路易十六叫回去了。

“也许是拉斐德。”

马拉忍住笑意继续说，他们的确走到了圣奥诺雷路，去往的是圣文森路向东也就是巴黎皇家宫殿方向吧。

“三头派改换一七八九年俱乐部宗旨，这是马拉老师的观点吧。开玩笑好歹有个度。”

德穆兰风趣地规劝，但马上不知所措起来。因为在场没人再显露出苦笑的神情。

气氛变得凝重起来。眼下很明显已经起了异变。不，即便再怎么争论，事情也不会有进展。

“已经过了预定的时间。就我们在场的人开始吧？”

佩蒂翁发话了。布里索表示支持，是啊，只开始草案的研究没什么问题。雅各宾俱乐部的核心成员、已出席的议员之中，不会有什么大的意见分歧。如有相互磨合的必要，那么是和科德利埃俱乐部之间的事，但科德利埃的各位同仁也已经到场了。

“三头派以及议员会员们只要及时表决就可以了吧。”

“是啊，三头派来之前稳固形势也许是个办法。哪怕那些家伙全体投票反对，在我们已经提前确保绝对多数的情况下，不会影响最终结果。”

拉克洛继续深入说。但不消停的马拉马上又表现出一副冷笑的样子。三头派不是迟到，而是没打算来。他们打的算盘是拒绝参加，从开头就搞成废案。

“一边让我们写好草案，一边嘲笑我们的努力。”

丹东的声音像从头上蒙上来似的传来，他也开始不耐烦起来。既然如此讨论是多余的手续。科德利埃俱乐部接受白天的修改。

“马上进行表决。三头派之流不在也没关系。即便拒绝审议这种开玩笑的举动在议会通行，但在雅各宾俱乐部不行，这次就让他们见识见识。”

“不行的，丹东，这样不行。”

“为什么？卡米尔。”

“我之前不是说过嘛。需要的是雅各宾俱乐部的正当性。法兰西最大的政治俱乐部光明正大地通过谁都无法找茬的手续，然后拿出声明，这样法兰西国民才能凝聚起来。”

“话虽这么说，重要的是有雅各宾俱乐部的旗号就好了。”

“并非这么简单。丹东，谎言是行不通的，马上就会露馅，人们参与署名运动的意愿也会萎靡不振。”

德穆兰不退让。雅各宾俱乐部很大，所以既有赞成也有反对。即便如此，在废黜路易十六王位问题上得出的结论会产生重大影响。

丹东也不放弃。马上就有结论了，和议会不同。

“不像议会有人员定数，并非是通过法案一样过半数。俱乐部按照参加的会员人数看多数得出结论。这可是正式的手续。再加上即便三头派反对，形势还是朝胜利的方向进展的。堂堂正正地主张废黜路易十六，没有理由感到羞愧。”

“虽然是这么回事，但还称不上理想。重要的是有反对的意见。决议克服了反对才有说服力。包含在议会上演荒唐事的家伙们在内，必须要对瓦雷纳事件做出了断。得让他们承认这一点，即便不是出于自愿也要迫使他们认识到这一点。”

“既然这样，卡米尔，你说该如何。”

德穆兰面对丹东的问题没有做出回答。嗯了一声后没有要说什么的意思。

而且丹东也没有再强求的意思。罗伯斯庇尔发觉众人的眼光反而聚焦到自己身上。佩蒂翁、布里索、拉克洛，甚至马拉、德穆兰都同样注视着自己。他们的意思是由我来决断吗？他们要的是领导者下命令吗？

罗伯斯庇尔抱起胳膊。这不是一件能简单回答的事。他生性谨慎，所以心中不免觉得如果自己简单地给出答案，需要承担由此产生结果的责任。但也不能就这么保持沉默。我说，嗯，这样啊……

“三头派在那边。”

有喊声飞传至会场。说话的是挤在人群中来自科德利埃俱乐部的默默罗。他经营印刷业，一旦声明通过表决便立刻开始印刷。

“让开，请大家让开，让默默罗过来。”

“喂，你们这些家伙，赶紧让道！”

丹东的一瞥比罗伯斯庇尔的声音更有效，片刻间默默罗来到会场中心。他头上流着几滴汗水。有夏天天热的原因，也因为他微胖，而且是匆忙赶过来的。他一边大口喘气一边说，这个时候还紧急开会，我看了大为吃惊。

草案的活字排版已经完成，之后只要将修改部分重排就好，所以默默罗来圣奥诺雷路迟了。他以为讨论老早便开始了，但本该是对手的三头派不在雅各宾俱乐部而是在那边，这可让他颇为惊讶。

“谁来告诉我这究竟是怎么回事？三头派怎么会在那边？”

本想问问情况的罗伯斯庇尔反倒被问住了，他感到困惑不解。

“默默罗先生，那边指的是外面吗？”

这么问是因为默默罗指的方向是出口。他们是在雅各宾俱乐部的前庭吗？没有进来，却在外面磨磨蹭蹭吗？

“总之，三头派是来了。来了便来了，他们一派的议员也一起来了吧。”

罗伯斯庇尔一开口问便停不下来了。默默罗被这阵势压迫得无法呼吸，他喘了一大口气后回答说，是的，一派的议员也在一起。可是，他们不是在修道院的前庭而是在其他地方。

“他们跨过圣奥诺雷路，去的是斐扬修道院。”

“你说斐扬修道院？”

“正是。迪波尔、拉梅特、巴纳夫一起行动，已经开始在谈什么了。”

“那么果然拉斐德也和他们在一起吧。”

马拉在间隙问，此话听上去像不讲究的玩笑话。但出乎意料的是默默罗回答称是。拉斐德似乎也来了。所以我才弄不清楚，想知道究竟是怎么回事。

“……”

去看看情况，这是罗伯斯庇尔作为领导者下的痛苦决断。暂且只有去看看情况了。不了解情况的话什么都干不了。

22

斐扬俱乐部

斐扬修道院位于路易大帝广场的正南，从雅各宾修道院看，它坐落于稍向西的斜对面。

围观的人群甚至拥挤到圣奥诺雷路上了。默默罗偶然经过时保准也意识到了情况不对。大多数人是出于好奇围观起哄的，叫嚷着三头派和拉斐德好像都在这儿。人们叫喊的和默默罗说的差不多。

穿越沿路的围墙，来到一个小小的前院。左手边是教堂，正中有精美的雕刻，与简约的雅各宾修道院相比别有一番趣味。再往里是修道院，但静悄悄的。人群聚集的地方毫无疑问是在教堂里。

罗伯斯庇尔和同伴一起向前走。在他们面前的是一扇有漂亮木雕的大门。试着推了推，大门沉重，不容易推动。丹东从后面上前踹了一脚，发出砰一声巨响，大门也随之一下打开了。

里面的人们一齐回过头。如此看到里面人的面貌，便知道默默罗的报告不假。

迪波尔、拉梅特、巴纳夫三人的确都在。神经质的拉斐德脸色发白、眉头紧皱。但还不止如此。

“西哀士、塔列朗，还有郎瑞奈、杜邦·德·内穆尔。怎么连拜雅、格雷戈瓦牧师都在……”

一众人齐聚一堂。不光这样，甚至还有左派的同伴在场。但这里不是杜伊勒里宫练马场附属大厅。虽然越过靠里的围墙就是练马场的沙地，但这完全是别的地方。明明不是议会，不该有这么多议员到场。

“这是什么集会？”

罗伯斯庇尔不禁叫出声。

“突然如此，真是无礼！而且你的问题也很奇怪。”

最先回应的是“两个世界的英雄”拉斐德侯爵，言谈中不免轻佻。罗伯斯庇尔明白了。原来是这么一回事。

“这是一七八九年俱乐部吧？从巴黎皇家宫殿搬到这了吧？”

“不，我们是宪法之友社。”

纠正的话语中伴随着力压周围的余音。此人从斐扬修道院中聚集的人群处向前走出，正是议会中首屈一指的雄辩家。

巴纳夫继续说，毫无疑问我们正是宪法之友社。可是，今天七月十六日，一七八九年俱乐部的各位朋友决定合并。

“我们当然非常欢迎，所以宪法之友社可谓飞速壮大起来。”

“荒唐……如此荒唐……宪法之友社指的是雅各宾俱乐部啊。我们才代表宪法之友社，怎么会、怎么会，你们……”

“这里是宪法之友社。”

巴纳夫重复道。是的，我们是宪法之友社。反倒是你们，罗伯斯庇尔议员，你们在雅各宾修道院集会，不过是单纯的雅各宾俱乐部罢了。今后请不要再自称宪法之友社。

“只是，宪法之友社也不过是我们的正式名称。一般情况下请称我们为斐扬俱乐部。”

“……”

“这可以说斐扬俱乐部成立了。”

总之三头派成立了新的政治俱乐部。他们大胆下猛招，带着大半本来所属雅各宾俱乐部的议员会员，与一七八九年俱乐部合并，完成了政治力量的重新洗牌。

——原来如此，我们成了碍事的。

不论三头派还是拉斐德，现在的议员全都将在九月末失去议席。此后还要继续开展政治活动的话必须加入某个俱乐部。但在雅各宾俱乐部中有令人厌烦之辈，明明什么也做不了却还胡搅蛮缠、不可理喻。所以要成立新的俱乐部，由此推导出成立斐扬俱乐部的结论。

——真是可怕，三头派。

罗伯斯庇尔承认这一点，却还是无法相信眼前发生的事。或者应该说不愿相信。

——这并不是单纯地分别活动。

如果仅仅是分道扬镳，就不会在雅各宾俱乐部咫尺之遥处设置新的集会场所。这本身是一种施压。在近旁炫耀自己兴旺繁荣，内心的真实意思是尽早击垮只剩残渣的雅各宾俱乐部。不改变宪法之友社这个正式名称正是一种对早晚会得到它的自信表现。

——这样一来，我的立足之地……

震惊之余心不在焉，回过神来是在返回雅各宾修道院之后了。罗伯斯庇尔鼓舞自己，正是现在，现在决不能失去意识。三头派不在场的话，必须由我做出决断。

佩蒂翁过来问。

“怎么办，罗伯斯庇尔。”

丹东也紧随其后。

“到底只能靠俺们来了。”

“不，糟糕了。这正是最坏的情况。”

德穆兰叹气说。如此一来没有办法，只靠我们进行表决也无法举起雅各宾俱乐部正义的旗帜。不，即便有雅各宾俱乐部的称号，可是却没有宪法之友社的名号。不，就算是有宪法之友社的名号，但已经不是独一无二的组织。我头脑乱成一锅粥，总之议员会员变成只有不过罗伯斯庇尔、佩蒂翁、比佐几人。我们已经不再是法兰西最大的政治俱乐部了。

“既然如此，那该怎么办？”

丹东逼问，德穆兰再次闭口不言了。还是没有其他办法了。岂止不如刚开始时理想的情况，眼前面对的完全是最坏的情况，但也只有接受了。

沉默持续着。罗伯斯庇尔也明白了现在只需要他的答案了。如何决断都不能驱散迷惘。不管结果如何，自己是否承担得起责任？没有把握。但已经没有其他办法了。

“我们干吧！”

罗伯斯庇尔说。采用声明吧！开始雅各宾俱乐部主办的署名运动吧！我们这么做不是更加能证明我们的俱乐部才是真正的宪法之友社吗！

“明天到战神广场去！”

这么一说，的确是精神为之高昂。署名请愿运动一定要成功。如此一来一定能撼动议会。但我们根本无法想象事情真会按照自己的意志发展。

——不，决不能这样想。

做出决断的人要是软弱，能成功的事也会泡汤。是啊，自己只是心中有些不安。自己只是对于并不习惯的重大责任不免有点打退堂鼓。罗伯斯庇尔一边对自己如此说，一边决定努力更加积极地看待未来。

23

出发

“出发地定在巴士底狱吧！”

德穆兰提出，他打算优化方案。

署名运动的舞台仍是战神广场不变。这练兵场在塞纳河左岸西侧，对同样位于左岸的科德利埃街来说直接过去正好顺道，毫无疑问这样会很轻松。但并不意味着需要这份轻松。

——不如反其道而行之。

专门从右岸过河，选择位于东侧的巴士底狱为集合地点更能使队伍连绵不绝。

换句话说，如此一来众人便可以一边游行一边往战神广场走。高举看板、表达政见，一边进行署名运动一边走遍巴黎，让更多的人参与到运动中来。这便是德穆兰的想法。

——既然斐扬俱乐部的成立一石激起千层浪，那么多少要有点对策……

也许一时间冒出的念头没那么简单就能够改变现状。三头派脱离雅各宾俱乐部，与拉斐德一派结盟。今后的雅各宾俱乐部不过如同残渣一般，已经不再是法兰西最大的政治俱乐部，当然也不再能举起联合全民奋起的正义大旗。

这对于德穆兰构想并奋力实现的署名请愿运动来说是一个难以接受的重大损失。事已至此，卡米尔，你可不能消沉啊。

——感到气馁可解决不了任何问题。

德穆兰的性格容易沉湎于悲叹，他也体验过这样的滋味。心情消沉只是软弱的表现。悲叹多多少少能够抚慰自己的内心，但也仅仅如此。如果要改变当前出乎意料的状况，想要继续向前迈进的话，消沉不过是浪费时间。心中还有欲望成就一番的话，不行动是不行的。

——是吧，米拉波伯爵。

不言自明，德穆兰还记得两年前的夏日。米拉波在巴黎大堂抓住自己，挑动自己去演讲。如此引发了一场运动，与七月十四日发生的攻陷巴士底狱有密切联系。

——光是想想，现在还觉得痛快至极。

所以选择巴士底狱。哪怕转换心情也好，这就足够了，德穆兰想道。巴士底狱是民众纪念胜利的圣地。从这开始游行，以此下决心投入到署名运动中去。放弃还为时尚早。

——这不是政治集会绝好的天气么?

七月十七日，礼拜天，久等的早晨到来了，巴黎当天晴空万里。

今年七月连续数日放晴，这与阴云密布的一七八九年和大雨倾盆的一七九〇年比起来完全是另一番景象。

通往巴士底狱的路途也十分轻松。穿过城岛来到右岸，在夏特雷高等法院的路口进入圣安托万路时，德穆兰的脑海突然冒出一个想法。

若是期待好运祝福的话，大晴天反倒被认为是不吉利的吧。

德穆兰露出自嘲似的笑容，重重地拍打自己的额头。等等，卡米尔，可不能拘泥于此。一直以来坏天气也不意味着幸运。晴天对于署名运动是再好不过了。

“……”

曾经作为要塞兼监狱的石块被拆除，如今的巴士底狱变成了一块空地。德穆兰到达时，已经有人先到了。还不止一两人，恐怕是足够以万为单位计算的人群。心里的确是想招募更多人参与运动，但却无法欢迎他们。

——国民卫队……

为什么会在这里呢？但事实便是，在巴士底广场上数个大队规模的队伍已经集结起来了。甚至连司令拉斐德也到场了，好像正骑着白马对下属训话。诸位的使命是保护革命精神和社会秩序。如有反对这些破坏和平的，应将其当作反革命与之战斗。

“巴黎市的当权者已经达成一致，不会容许一切有违国民制宪议会决议的意思表示。”

是要管制吗，德穆兰心里想。不，不会这么夸张吧。是威胁吧，讨人嫌吧，也不过如此。应该不会真正执行。

不免产生轻蔑之感。一个是国民卫队竟然让肥胖的路易十六从杜伊勒里宫逃走了，不知道他们是干什么吃的。

还有就是，根据以往的经验，国民卫队为维持治安而出动时，恐怕和路易十六的军队一样会毫不留情地镇压运动。但事实上有所区别。他们到底不过是一支纠集起平民的民兵队，也不过只能装装样子威胁一番或者做些讨人厌的事。至今未发生过超越威胁射击的暴力之举。

——应该是因为听说了署名运动……

站在拉斐德的立场，他也许打算预先做好安排。不，他是个靠不住的人，不会有如此明确的想法，但在国民卫队将集合地点选在巴士底狱一事上，德穆兰非常愤怒。

你们这些亵渎革命的乌合之众，可不想你们这些家伙站在革命的圣地上。他们也许认为自己才是革命的产儿，但其想法也不过与拉斐德差不多——如要殉职那就在巴士底狱，他们也感到懊悔。所以，不要拘泥于此。

——那么只有换个地方。

德穆兰始终积极对待。

其实同伴们在圣安托万门，那里本就连接巴士底狱唯一入口，绕过广场的路上也不会错过。

集合完成时的心情可谓是不坏。

德穆兰快步前往同丹东、马拉，还有默默罗和科德利埃俱乐部的成员们会合的地方。罗贝尔任俱乐部“中央委员会”书记，对其下属机关“建筑劳动者联合”发起动员，聚集了木匠、泥瓦匠、石匠等打扮各异的人。

大致看来有百人。最让德穆兰高兴的是，他在圣安托万门看到了应署名请愿号召的梅拉特。

梅拉特是酿造啤酒的企业家，近年在政治活动中也有名气。他曾率工人一同参与过巴士底狱总攻，是一位坚定的斗士。梅拉特也同样处于运动中心，十月五日、六日因在前引导凡尔赛游行而出名。

——如料想的一般，七月十四日的荣光再次照耀。

德穆兰兴奋起来。老面孔齐聚一堂，至少对再次成功的期待感越来越高涨起来。上午十时，差不多到了出发的时间。游行开始之时如同上次一样，向巴黎市政厅的方向前进，同时气氛开始愈加热烈起来。高高地举起标语！大声地呼喊口号！向站在门口、沿路、露台的人们发出动员，人越多越好，请他们参加到正义的游行之中！

“正在进行署名运动。我们将在战神广场的祖国祭坛对瓦雷纳事件做个了结。”

“议会已经靠不住，对于国王逃亡不闻不问。诸位想必感到疑惑，请大家移步战神广场。”

“我们才是法兰西的主人。何不一道共商大计，引领今后法兰西的前进道路。”

“我走开一下。”

德穆兰告诉正专心号召众人的同伴，离开了圣安托万路，独自前往沙滩广场。那个夏天在那里通宵达旦，是个充满回忆的场所，但他当然不是随便沉浸在怀旧之中。

“啊，要去市政厅。”

马拉说完嗤嗤一笑。卡米尔，难不成你要取商人领袖弗雷塞尔的首级吗？

“遗憾的是他已命在旦夕了。”

“这我知道。”

“那你要干什么，卡米尔。”

丹东也来询问。德穆兰也无意隐瞒。

“我希望得到巴黎市对署名运动的许可。”

“用不着那玩意。”

“即使不需要，我也要拿到。因为免得以后麻烦。万一国民卫队来战神广场，只要搬出市政厅，他们也不得不乖乖撤退。”

“喂，我们可不是带着武器去攻占杜伊勒里宫啊。”

“不，丹东。这就让卡米尔按照他的想法去干吧。”

最后马拉放弃了。总之要多加小心，避免可能发生暴力的“万一”，一点点冲突都不想发生。

“和积极公民还是消极公民无关，今天连妇人的署名都将计算在内，已经有一名妇人表示参与。”

德穆兰听了回过头看。通往前庭的楼梯上女人一个紧挨一个，棕色的卷发在阳光下焕发光彩。她们抬头看着前面，德穆兰看她们也感到炫目。

那天露西尔也在。

他们并非一直在一起。露西尔也不是总是要一起参与的人。但身为妻子想要支持丈夫的工作，这种心情一直很强烈。

露西尔看见数日来男女共同参与的景象。这次她也不后退，也要参加进来出一份力。

如果发生暴动，就老老实实闭门不出。不管是追究国王还是阁僚、议员或什么人的抗议集会，少不了大声叫嚷、举起拳头或者举起看板威吓等暴力性活动，德穆兰也不希望她勉强参加。况且会发生争吵，国民卫队也会出动，也并非全无危险，每当德穆兰以此为由拒绝她参与，她都不得不放弃。

“可是十七日礼拜天是署名运动啊。”

露西尔要来协助自己。

“是在节日的会场吧。”

德穆兰被这么问到不免心虚。战神广场节日的混乱是毫无疑问的事实。除了十四日当天举行严肃的仪式以外，之后的几天里会有货摊、露天摊贩、杂耍，会变得相当热闹。

预计前往寻乐子的人会相当多，这也是搞成署名运动的一大因素。露西尔发觉了这一点，就很难再用危险、很辛苦、不是玩乐等借口拒绝她了。

既然投身其中，德穆兰在巴黎四处奔走谋划大作战，已经把妻子抛在家好几天了。他也出于懊悔以及心虚被妻子说服了。可是，露西尔，对不可理喻之人万不可纠缠。总有人怎么说都说不通的。

“拜托他人赐笔也要因人而定。”

德穆兰想起自己对妻子的告诫。拉拉扯扯过去二十分钟，德穆兰也不得不放弃。

向巴黎市提交举行署名运动的申请，得到的回复是拿不出许可。不是不想批准，而是以前没有这样的先例。市政厅也害怕群众运动，虽然不能以往日高压式的态度对待，但还是不能允许。

“但我还是报告了情况。虽然没能得到许可，但我们确实递交了举行署名运动的申请。巴黎市政厅对此没作反对，可以这么理解吧？”

德穆兰如此提醒之后便去追赶同伴游行的队伍。

24

祖国祭坛

众人到达战神广场时已经过了十一时。

游行队伍从巴黎右岸来到左岸，聚集了三百多人。成果还不错，但也花费了比预想中更长的时间。行进的距离是一方面，但珍惜每分每秒的心情是内心实在的愿望。虽然尚处夏日，离日落还有时间，但要是错过如此良机，一定抱憾终身。哪怕是一分一秒都倍加珍惜。

“我们赶快开始吧！”

对于运动本身有相当的期待。战神广场比想象的还要更加热闹。礼拜天休息，巴黎的人们纷纷出门，完全一幅节日景象。

绅士淑女扮相的人，还有市井的掌柜、老板娘也都纷纷穿上盛装，连绵不绝的练兵场沙地上盛开了礼服之花，人多到彼此之间的距离不足一法尺（约三十二厘米）。

货摊、路边摊也占据了周围，从滑稽演员到杂技演员层出不穷，甚至还有训熊师，他们期待得到路人的打赏。

——所以可以期待。

虽然只有德穆兰因错过良机而感到懊悔，科德利埃俱乐部的埃贝尔、肖梅特、法布尔·德·埃格朗蒂纳等人组成的另一支队伍正在活动。远眺祖国祭坛，那里已经被人群团团围住，只能从装饰门挤进去。开局还算顺利。现在正是游行队伍前往慰问的时候。

“喂，你们在干吗？”

有人大声问。开始还没想到是怎么回事，但立即发觉他们擅长起哄。对啊，在干吗呢。你们这些家伙打算在这里做什么。

人群的头顶上开始飘浮起沙尘。有人在这大吵大闹，说不定会吵得动起手来。

“抓紧吧。”

众人听从丹东的话开始跑起来。

穿越人群前进到祖国祭坛的阶梯处。祭坛从下往上分为三段，由圆形的底座、方形的台座再加上圆形的香炉台组成。东南西北各设阶梯。卷起的沙尘已经到了阶梯的下端。

厚纸斑驳。祖国祭坛虽然有着白色的外观，但那其实不过出自于画家的贴纸工艺，承重骨架仅有木材。总而言之那就是个纸糊的玩具，但剥落的纸在地上延绵，靠近祭坛处有两个无精打采的穿着军装的人。

两人犯了众怒，这应该是刚才吵闹的缘由吧。

“你们两个家伙躲在祭坛下面，究竟有何企图！”

诘问持续着。两个穿军装的被发现拖出来，的确有些可疑。

“你们是国民卫队吗？”

继续加以追问。德穆兰目睹了巴士底广场的集会情景，他也是最先怀疑他们是国民卫队。

但一眼就能看出他们不是。绿色的军装不是国民卫队的，而且腰间也没有佩带亮闪闪的军刀，仿佛在强调是有钱的资产阶级自费准备的。并没有携带带有刺刀的枪，身上的军装反倒磨损严重，已经破破烂烂了。

——难不成是伤员?

德穆兰想道。四十，不，看上去已经年届五十，应该早就离开前线了。至少不像正在执行任务，两人浑身充斥着酒气。

即便如此，参加署名运动的同伴们继续说：

“原来如此，他们是拉斐德派来刺探情况的。”

“是啊，没错。肯定是来监视我们的。”

“卑鄙的右派卧底！”

围住的人显然激愤不已。德穆兰也能够理解同伴们的心情，昨晚斐扬俱乐部成立，使得雅各宾俱乐部处于危机之中。

——但是……

甚至有人拳脚相加，两个伤员抱住头，伸出一只手求饶。不是，不是，我们不是。他们似乎试图解释。

“我们不知道什么国民卫队。真的，我们真的不是。”

“且听听他们的话。”

话语在头顶回响，仿佛从天而降。丹东利用庞大的身躯从后排观察情形。科德利埃俱乐部的头目这么一说，前面的人也停手不再殴打他们了。你们俩，有什么话就快讲吧。

“俺们既不是拉斐德的手下，也不是右派的卧底。”

“那你们究竟是何人！”

“如你们所见，不过是喝醉的落魄士兵罢了。”

“问你们呢，你们在这里做什么？”

这么一问，两个伤员对视一眼。有种难以启齿的感觉。对此，这边气不打一处来。

“说不出吗？如此说来果然还是……”

“不是，不是。”

其中一人回答道，我们没有官人们常挂在嘴边的见解。我们不关心政治。对我们来说谁胜谁负都一个样。

“那就快说！你们究竟藏在这要做什么？”

“……”

“你们不回答的话，我们也不免怀疑……”

“我说，我说，是脚脖子。”

另一个伤员回答。但听者仍然不得不保持沉默。话虽然清清楚楚地听到了，但没理解它的意思。

“什么意思？什么脚脖子？”

“就是说脚脖子啊。那个，就是那个上下楼梯的脚脖子。”

“那又如何？”

“你看啊，官人。说的是从摆动的衣角看白色的脚脖子，那可值得一看咧。”

“原来指的是女人的脚脖子。”

马拉笑个不停。你们啊，专门躲在楼梯下面偷窥女人的脚脖子，兴奋地想着运气好的话，说不定能看到更里面吧。

“你们可真干得出来。”

此事以苦笑结尾，但仍有数秒的沉默。真相出乎意料、令人失望，其中还包括杞人忧天的不快，到底还是不免感到愤怒。

打破沉默的是一阵叫骂声。

“下贱玩意！”

“做出如此不知廉耻的龌龊事。”

“你们把这里当成什么地方了！这可是神圣的祖国祭坛啊！”

“啊。”

德穆兰不禁出声。这可不行，他看到前排有人要揍这两个伤员了。有人揪住他们的衣领往手边拉，另一只手握紧拳头高高举起，但是不能诉诸暴力。无论出于何种理由都不能。

“住手！今天可是署名运动！你们要是如此野蛮的话……”

德穆兰挤进前排，无论如何都要阻止这一切。但有一只巨大的手从上抓住了他的胳膊，此人是丹东。

“别管了，卡米尔。”

“但是要是弄出暴力事件的话……”

“可不要介入暴力事件。没什么大不了的，和署名运动、和政治运动都没关系。”

马拉也持相同意见。只不过单纯地驱赶流氓罢了。何谈追责，反倒应该受到表扬才对。

“这样妇女们也能安心参加署名运动了。”

德穆兰看了看妻子突然明白了，露西尔一脸胆怯的神情。想来这也不无道理，人群那边拳打脚踢还在继续着。

骨头和骨头碰撞，发出沉闷的响声。沙地上分布着连同唾沫吐出的血迹。无论出于何种理由，眼前发生的毫无疑问是暴力事件。

“可那与此无关。这没什么办法。”

德穆兰说着，一边推着妻子的胳膊一边离开骚乱中心。昏迷的两名伤员被拖走了，被强制驱逐出战神广场，祖国祭坛恢复成和平署名的舞台。

25

陷阱

判断失误了。不应该那样轻易地下判断。罗伯斯庇尔悔恨得咬牙切齿。

不该放松警惕。现如今必须慎重再慎重，容不得丝毫疏忽。不能消极悲观，稍微想想就明白了。

——稍有不慎，便会慌张不已吧。

心中早有料想，但没有预想到随之产生的情况。罗伯斯庇尔变得如此慌乱，这对他而言也是一件屈辱之事。

——事情竟变成这样，现在要赶往议会……

罗伯斯庇尔这天也快步前往杜伊勒里宫练马场附属大厅。

路途仍和往常一样，空气却颇为清爽。人影稀疏，不需要人挤人，非常好走。不免有种违和感。但这种感觉可以接受。正因为如此才感到急不可耐。

七月十七日是星期日。主的安息日四下静谧，议会也休息。但议员们被叫来了。这个时间正是准备好前往战神广场的时候。

得知要召开这次非同寻常的会议，罗伯斯庇尔却没有做什么准备，空虚地坐在座位上。他还处在昨晚斐扬俱乐部成立带来的冲击之中，对于这一切的意义还没有琢磨清楚。明明怎么想都想不明白，但还是无法停止去想。但真的没有闲工夫仔细琢磨了。

——怎么可能有这工夫呢。

罗伯斯庇尔如今想来，这也合乎情理。不管怎么说对手已经做好了准备。应该要明白成立斐扬俱乐部并非结束，反而，不过是一个开始。

“停止路易十六的权力，直至国王接受宪法为止。”

议会如此发话，开头也有点让人摸不着头脑。重复昨天通过的德穆尼埃提案这一决议究竟是作何打算？罗伯斯庇尔焦躁不安，也认为现在这样做没有意义，可连他也不免感到意外。

“换句话说，议会是打算对外承认路易十六毫无疑问是法兰西国王，只是处于停职之中。”

我可不承认这样的解释。不，这种论调不符合常理。罗伯斯庇尔一边愤愤不平地嘟囔，一边立刻哼着鼻子表示反对。在此期间，他感到自己像被人猛击了后脑勺似的。

“如果认可国王的地位，那就要遵守绝对不可侵犯之原则。否定这一原则的言行必定被当作否定宪法的暴行。”

“……”

“认为应该立即惩处路易十六的不光是叫嚷着推行共和制的家伙们，还有废黜王位一派和拥立摄政一派。”

“……”

“要是发生暴力，就丝毫没有辩解的余地了。遗憾的是今早格罗斯·卡洛似乎发生暴动。”

罗伯斯庇尔也听说了此事。但那应该是因公共事业缩减而无奈失业的人们的集会。他们主要的诉求是就业谈判和工资上涨，如何处置路易十六应该不在他们的议题内。

“现在战神广场上也有人公开宣称废黜陛下王位。散布歪理邪说，请求人们签名附议、煽动众人，不止这样，他们还对观点相反的人们施加暴力、排除异己。”

不能再袖手旁观了。罗伯斯庇尔心中有了结论，但就在此时，传来了好像提前做好准备的发言。

“这可太野蛮了。如此一来可没法好好讨论了。”

“如果放任这种运动的话，毫无疑问，甚至连作为国民代表的议会也会很快遭到压制。”

“应该立刻劝说巴黎市，马上解散这可恶的运动。”

“不，现在已经到了需要颁布戒严令的时候了。”

“这些都还不如直接请求拉斐德将军介入来得快吧。”

“无论如何，要立刻派遣国民卫队前往战神广场。”

罗伯斯庇尔不免疑惑，为何一时间众人意见一致了？上午，国民制宪议会就达成了新的决议。

“无论个人还是组织，凡利用文书发动人民抗议者按叛国罪论处。”

罗伯斯庇尔对此不屑，飞奔出圣奥诺雷路，直奔雅各宾修道院。此时，他瞥了边上一眼。

——是斐扬俱乐部的家伙。

罗伯斯庇尔此时后悔得不得了。

如果没法不想，那就想个明白。是啊，稍微一想马上就明白的事。这些家伙的目的就是阻止署名运动。格罗斯·卡洛的骚动和战神广场上的暴力都正好给了他们口实，他们只不过无耻地利用了一下而已。

——他们真正的目的是摧毁雅各宾俱乐部。

罗伯斯庇尔如今完全觉醒了。这一切从开头全部都是设计好的，一个精心设计的陷阱。这些家伙为了巩固自己的计划，十五日在雅各宾俱乐部接受了起草声明的提议，并且反过来将其用作检举材料，在十六日的议会上力主恢复国王职权。

"必须立刻取消决定！"

罗伯斯庇尔大叫道，此时他的声音近乎悲鸣。因为请求市民签名的声明按照该决定算作发动人民抗议的文件。就此不管的话，到了下午国民卫队赶来，会把主要会员以叛国罪逮捕，关闭雅各宾修道院，禁止俱乐部活动。

"那么，就请你们取消昨天的决定。"

中午，雅各宾俱乐部召集紧急会议。自然是针对上午的议会决议商讨对策，但因为斐扬俱乐部脱离，会员人数变少了，会场中有种不稳定的气氛。即便在目前这么少的人中间，大家的认识还存在着微妙的差别。或许从早上开始就在外活动的人和基本坐在屋子里烦恼的人之间本就存在差异吧。

商讨的对象主要是共同斗争的科德利埃俱乐部的活动家们，他们被紧急从战神广场召集到这里。

26

无畏的撤退

“事到如今可没有退路了，马克西姆。”

最先回应他的是德穆兰。理应抗议，这一点罗伯斯庇尔也不得不承认。我明白这不念情义。这事的确做得不负责任。

“可是，你们在战神广场殴打伤兵了……”

“没有的事，我没有打任何人。”

“一道参加署名运动的打了人，这是事实吧。”

“这……”

“你们放任不管，不就如同你们也打了。动用暴力一切就完了，卡米尔，你没有想到吗？”

“我想到了，想到了。可是，动了那点皮毛……”

议会检举的战神广场暴力行为说到底就是那件事，也就是众人将藏在楼梯下偷看女人白皙脚脖子的两个伤兵惩戒了一番。教训得可能有点过头了，但不过就这么点小事。罗伯斯庇尔也明白这一点，他继续说。

“卡米尔，这不是程度的问题。”

“可是，马克西姆。要说的话，这也和政治毫无关系。”

“你和我解释算是什么呢。”

这么一说，德穆兰不说话了。罗伯斯庇尔也清楚，自己又摆出前辈的样子施压了。看到后辈脸上满是不服的表情，自己的做法也是卑劣的行为，到头来还是会感到愧疚。啊，我明白了。我说这番话也并不是要责备你。

“再追究殴打伤兵的事没什么意义了。”

丹东接上话。卡米尔的解释无用的话，也不用把马克西米连的话当作追究责任。要怪的是抓住这么点小事闹个不可开交的那帮家伙。要撒怒气的话应该朝他们才对。

“也就是做出荒唐决议的议会，还有影响议会的斐扬俱乐部。”

“就是说嘛，就是说嘛。”

这回轮到佩蒂翁说话。不可饶恕，真的不可饶恕。他们打的算盘就是要一下击垮雅各宾俱乐部。他们不是等待雅各宾俱乐部自行消失，而是费尽心机要搞垮我们。这才是他们的恶毒之处。

“斐扬俱乐部是打算成为独一无二的‘宪法之友社’，但现实如他们所愿，可真令人恼火。看穿了有陷阱，没道理眼睁睁掉下去。”

“所以就垂头丧气地投降了吗？”

马拉言语中夹带嘲笑之意。话虽如此，因为要推翻之前的豪言壮语，索性就发表彻头彻尾的失败宣言了嘛。

被这样一说，一些人生气不满了。布里索等人一下沸腾了。不，马拉先生，这么说不妥当吧。

“我们也很懊悔。我个人的话可是无比愤怒。自己写的声明文章变成废纸，当然会有这样的感受。只有吞下这份苦果。但被你说得如同是败犬一般，那可就过了吧……”

“我们也知道这很不体面。”

佩蒂翁再次站出来说。他也感到科德利埃俱乐部有些忘恩负义，可若拘泥于体面，事情反倒简单了。抱着宁可玉碎的决心、沉醉于失败的美学就行了，但现实可没那么简单。

“你的意思是雅各宾俱乐部应该无所畏惧地撤退吗？”

“默默罗先生所言正是。只有不忘记斐扬俱乐部才是敌人，发誓一定要还以颜色，才能忍受眼下所面临的困难。”

“我明白了，明白了。但署名运动究竟会如何呢？”

沉默的德穆兰开口说话时，眼睛里已饱含泪水。罗伯斯庇尔心里想，我懂，懂你们心中的悔恨。啊，我也明白的。

德穆兰继续说，不，要是就这么结束的话，法兰西国民的全民奋起绝对无望了。

“必须要做点什么。面对荒唐无稽的议会绝不能就此罢休。必须要找到渠道表达不满，这不正是署名运动的目的吗？”

为了署名大作战游说奔走，比任何一个人都要卖力的正是德穆兰。一开始德穆兰便是找罗伯斯庇尔这个朋友商量此事，了解来龙去脉的不是佩蒂翁、不是布里索，罗伯斯庇尔认为自己应当开口。

“卡米尔，我明白。但是，还是放弃吧。”

“放弃？！”

德穆兰猛地抓住他的衣襟，泪水飞出沾湿了罗伯斯庇尔的脸庞。接下来理所当然地听到哭声。放弃？！好不容易到了这一步，竟然说出放弃。那么什么也没做成，就此结束吗？我们还没有走投无路，却放过这帮家伙，任他们胡作非为吗？

“马克西姆，明哲保身算是无畏之举吗？”

这期间，罗伯斯庇尔感到自己要被打了。不，被打也实属情理之中。只要还意识到自己存有卑劣之心，就有可能被打一顿。但布里索出手挡在二人之间。住手，德穆兰。我不是不能理解你悔恨的心情，可这是两回事。

“怎么？只要署名运动成功，雅各宾俱乐部没了也没关系吗？”

佩蒂翁喋喋不休。

“德穆兰你的意思是，现在反正斐扬俱乐部成立了，无论如何雅各宾俱乐部都是风中之烛了，所以现在再谈存续毫无意义，是吧？”

不，要是单单只有雅各宾俱乐部也就罢了，可罗伯斯庇尔会如何呢？香榭丽舍那里似乎出现了可疑的文章，打着罗伯斯庇尔的名号主张实行共和制。这很明显是对他的狙击，要是不收手的话，最先遭到逮捕的便是你十多年的老朋友。听了这番话，德穆兰松手放开了衣领。

佩蒂翁沉着下来继续说。

“再找新的机会吧。”

“我懂了。可是佩蒂翁先生，请回答我一个问题。还会有新的机会吗？”

“我也无法下结论说一定会有……”

佩蒂翁词穷。但另一方面，德穆兰也没有深究。

雅各宾修道院的图书馆里沉默持续着。大晴天的白天阳光正盛，窗边盈满日光，更突显由图书馆改成的集会场地处于阴翳之中。找不到光明的前路。要想打破这沉重的气氛需要某种暴力。

“署名运动还是雅各宾俱乐部，这不是一道选择题吧。”

丹东粗犷的声音预示着暴力的来临，但他还打算讲道理。我说这不对吧。

“不用雅各宾俱乐部的声明，也不必用雅各宾俱乐部的旗号。署名运动只需要俺们来就好了吧。雅各宾与斐扬之间的战争和俺们科德利埃俱乐部没有半点关系啊。”

“话虽是这么说……”

“那么就决定了！佩蒂翁先生。”

丹东大手一挥。这可不赖。俺们单独来做，这样也不赖。科德利埃俱乐部的众人拥入玄关，丹东并不掩饰脸上的不满，接着淡淡地说：

“那么，马克西姆。俺们也祝愿雅各宾俱乐部重建。拉克洛老师，刚才开始您就没有说话，但真的拜托您了。”

拉克洛的确也在场。或许是由于自己起草的声明无处堪用而感到十分失望，又或许是由于地方署名运动发起以来积累数日的疲惫，这个活力满满的人也变得有点驼背，看上去苍老了几岁似的。

“所以啊，看看，卡米尔你也打起精神来。到今天的努力不能就这么全白费了。”

丹东重重地拍拍后背一边安慰垂头丧气的同伴，一边离开了雅各宾俱乐部。啊，郁闷的表情可和这么好的天气不搭啊。

27

战神广场

“结果到底还是变成这样了。”

德穆兰听到这句嘀咕不禁苦笑。

开始决意举行署名请愿大作战，重新集结起革命力量，但到头来好像不过是自己在演戏似的。连自己都不免感到滑稽。是啊，从开始就没有说定任何事。雅各宾俱乐部内部有自己的状况。

——即便勉强劝说参加也没有用处。

现在看来不勉强才是正确的。斐扬俱乐部的企图在于击垮雅各宾俱乐部，因而决定同他们团结在一起之时就已经陷入不利局面。

虽然对不起罗伯斯庇尔，但一同堕入地狱可算了。科德利埃俱乐部独自开展反而有利。只满足于草根的市民运动也没什么值得非议的。

——想来虽然如此感慨但……

但不知怎么一切都好像非常顺利，德穆兰感到。

一天的署名运动就要结束了。一直声嘶力竭地呼喊，至少也感到一种充实。出汗心情舒畅，还有余力回顾发生的事。不仅不埋怨雅各宾俱乐部，反倒感到些遗憾，这或许也同样是因为心有余力吧。总之一切平稳无事。

并没有沉寂下来。战神广场如今仍热闹着。时间已近晚上七时，但可能由于是尚未到日落时分的夏日，人来人往并不比白天少。厨师、裁缝、工匠、木匠、咖啡店招待、擦鞋匠，甚至无业游民，大多数是巴黎市的市井阶层，形成独有的气氛，纷繁且充满活力。可一旦嗅到危险的气息，这些便全都消失了。

夕阳映射出所有事物的阴影，同时将残留的沙场染成朱红，这份情貌也夹杂其中，德穆兰才能感到平静，终于能够长舒一口气了。

事实上没有发生任何粗暴之事。科德利埃俱乐部在署名运动中匆忙采用了弗朗索瓦·罗伯特的声明。要求废黜路易十六王位，同时建立共和制、解散议会。“建立新的行政力量，需要认真地进行重组。因而也必须要召集新的宪法制定组织。”文中委婉地表达，仅仅停留在暗示的层面上。

即使分发给战神广场上的人们，他们也不会仔细阅读，也没有叫嚷着激进话语的人。劳动者们对罗伯特呼吁的回应体现在另一个方向上了，他们要求的是增长劳动报酬。

——幸好没有被盯上。

国民卫队在午后来过一次战神广场。按照约定在空中放一枪，拉斐德的副官命令立即解散集会，但我方提出诉求。

我们只是在法律许可范围内进行署名运动，并非打算搞破坏。所有事宜也一丝不漏地报告给市政厅了。国民卫队一听也就乖乖撤退了。

——没有发生任何暴力行为。

德穆兰眯起眼睛望着傍晚热闹但平静的节日情景。不光有深色的外套，各色阳伞如花绽放，众多披着颜色明亮的薄衣的妇女也在散步。

“卡米尔，这下早超过六千人了。”

露西尔也来告诉他。女人参加运动没有什么不好的。虽然担心她抱着节日心情参加不好，但战神广场上早就是一派节日气氛了，露西尔也在场帮忙到最后。

六千人不用说指的是署名人数。妻子把六时为止的统计结果告诉了德穆兰。

“这可不赖吧。”

丹东也走过来。仅用了一日便在巴黎这一个地方收到这么多署名，成果可真不坏。不，这是保守的说法，可以称得上重大成功。

“所以，我说了嘛，卡米尔。着眼点不坏，议会的做法把国民当猴耍，大家都对此不满。他们不知道该如何表达，找到一个发泄口就好了。”

德穆兰转变目光，重新眺望祖国祭坛的基座。去年的庆典上写着“国民、宪法、国王”，但不知是谁把“国王”的部分去除得一干二净。是啊，到底人民已经无法沉默下去了。

“还是可惜了，雅各宾俱乐部的退场。”

“你是说也想要地方的署名？”

丹东问道。德穆兰无奈地点点头，想到事到如今也没什么办法了。我说，不满的不单单是巴黎吧。法兰西国王逃亡这事可以在全国范围内激起千层浪。

“果然还是想对此加以利用，集合足够多的数量，代表国民质问议会。”

“那么就还不能让雅各宾俱乐部垮台吧？”

丹东反问。德穆兰没有马上理解他的意思，没有说话，试图掩饰自己的难为情。是啊，等待雅各宾俱乐部东山再起后还有其价值。

“话说回来，斐扬俱乐部的那些达官显贵没把地方放在眼里，或者是觉得地方太弱了，总之，是这样一种氛围。”

“是这么回事。比起来，雅各宾俱乐部……”

德穆兰想说土里土气，但他没说出口。

最开始并不土里土气，是后来变成这样的。或许该说，是后来仅仅留下了土里土气的部分。

“是啊，的确在地方上很强。因为当时在雅各宾俱乐部内有地方的强人活动。这些人现在还留在俱乐部里……对了，丹东，所以你才来为拉克洛老师鼓劲吧？”

应该说是慧眼独具，德穆兰不免感慨。

这次署名运动，地方对雅各宾俱乐部抱有期待。所以，全国联络委员拉克洛出马了。即使只是和科德利埃俱乐部团结的一派，也会得到地方的支持。现在执政党离开、成立斐扬俱乐部，被留下的罗伯斯庇尔一众要想从头再来的话，必然会把立足点放在地方上。

丹东用力点头后总结说。

“得以重建之日，毫无疑问雅各宾俱乐部将会从地方得到数以万计的署名。倒在这里未免过于可惜。如今要紧的是集中精力渡过眼下的危机。”

回过头来，俺们在地方没有立足之地。俺们在巴黎总归能够坚持下去。不知道需要等待多久，应该不会等待太久，俺们也会凭借俺们自己的力量坚持下去。在丹东的鼓励下，德穆兰为自己感到羞愧。

也是为了驱散心中的苦楚，不禁夸赞这位豪放磊落的伙伴。

——丹东并非只是个粗人，原因就在这里。

丹东虽不以思路清晰见长，但或许因其发达的政治嗅觉，又或许从更原始的意义讲他拥有一种判断人会如何行动的直觉，所以他总能展现出这种类似千里眼的特殊能力。

“哎呀，这可不得了。嗯，不管怎么说，今天的成果不坏。”

德穆兰如此总结。此时，手掌感到出汗的柔软，握住他手的当然是面带笑容鼓励他的露西尔。德穆兰也笑着回应她。

“之后的事，值得期待。”

“那当然如您所愿，德穆兰老师，俺们出发吧。”

丹东微笑着，做出倒酒的动作。他的意思是事情差不多结束了，大家一起到普罗可布咖啡馆欢聚到深夜，这不正也是政治的一种妙趣。虽然自己所说的“之后的事”并非此意，但当然这也不坏。

“怎么样，夫人也难得一同去吧。”

丹东问道。德穆兰看了看妻子。

看不出是想去还是不想去，妻子微笑着像是等着德穆兰发话，这也并没什么不好。但是，怎么办好呢。露西尔酒量不错，要是我一个人醉倒的话，面子上这可过不去。

“卡米尔，我平常不喝酒的。”

“偶尔喝却能喝，才是最恶劣的吧。”

马拉开玩笑说，紧接着默默罗、罗贝尔、埃贝尔、肖梅特、法布尔·德·埃格朗蒂纳等人也靠近过来。什么、什么，又去普罗可布咖啡馆？请客的话就奉陪。说什么呢，你这家伙真是没用啊。他怎么会有钱喝酒啊。

“真没办法，喝酒吃饭全部由俺丹东来付。”

真让人佩服，不知道出于什么原因，丹东也不缺钱。据传说其背后有资助者，但与他相熟的德穆兰一个也不知道。

“你们啊，麻利点，赶紧收拾好。”

这么一催促，众人都开始行动起来。

——大鼓的声音……

传入耳朵。德穆兰虽然感觉听到了，但最初也苦笑着认为自己听错了。

科德利埃街的同伴们开着玩笑，一个人也没有停下脚步。大家都在做善后工作，收拾未发的传单、摘下招牌、折叠署名用的桌子，没人在意。

——但是。

咚咚咚，大鼓的声音的确传进耳朵。声音变得越来越大，从声音浑厚的情况判断有相当的数量。

“各位，有大鼓的声音吧。”

德穆兰确认道，同伴们也回应说听到了。搞出这么大的动静，不可能听不见。

“肯定又是国民卫队，这帮家伙。”

“说什么呢，埃贝尔，这样也无所谓吗？”

“反正和俺们没什么关系吧。”

可不能着了虚张声势的道了。法布尔·德·埃格朗蒂纳一脸不耐烦地断定说。马拉挖苦道，哎呀，这可太见外了吧。你这种态度毫无同情心呀。那帮家伙可在意得到其他人的关注了，想得不得了。

“说到底，拉斐德阁下太寂寞了。”

28

国民卫队

众人笑起来。被誉为“两个世界的英雄”的拉斐德其身上展现出软弱，这一点遭到众人嘲讽。这是只有在政治圈里浸淫的人才能够理解的感受，众人皆捧腹大笑。

所有人笑作一团。是不是该一起笑呢？德穆兰到底没有笑。他觉得如果也一起笑的话，自己会产生一丝焦躁。

“大鼓的声音正在接近这里。”

德穆兰说，但众人不以为意。

“是在卢森堡宫集结的部队要去什么地方吧。”

“如果不是的话，那就是在市内巡逻的部队正要返回荣军院附近吧。”

“是吗。”

“卡米尔，你多想了。”

丹东最后劝告道。国民卫队要是继续若无其事地抬着成捆的折叠椅来到战神广场，情况也只是重复上午的罢了。

被他这么一总结，德穆兰也感觉这应该是比较现实的看法了。是啊，可能的确是我多想了。因为白天也让国民卫队无功而返，众人的乐观也并非没有来由。自己早上前往市政厅时同样也因为多想遭到嘲笑。从两年前的七月经历巷战的经验来看，早有打算是再好不过的，但因此得了疑心病可不痛快。

“总之，抓紧时间走吧。”

露西尔催促道，德穆兰也点点头。是的，运动不能再继续下去了。抓紧撤离为上策，国民卫队来或不来都无所谓了。总之，趁着心情尚好，前往普罗可布咖啡馆是最好的选择。

即便不这样，战神广场的情况也不会有变化。即便我们收尾再快，人也一点都不会少。贩卖食物的露天摊子反倒开始多了，这样下去在战神广场畅饮的人肯定也不在少数。

妇女们撑的阳伞还四处皆有，如同花儿一般盛开。人声鼎沸却秩序井然的节日舞台想必也没国民卫队什么事了。

——但他们来了。

尘土飞扬，国民卫队穿过专门为节日搭建的装饰大门，进发到战神广场来了。他们迈着齐整的脚步，如同阅兵式一般分列成两队。

继续行走的兵团像是看守练兵场外围。换句话说，祖国祭坛位于中央，被全面包围了。士兵分散站开，甚至有人小心地拖拉着大炮。

——和在巴士底广场看到的一样……

果然人数上万。两万还是三万，都是令人战栗的数字，但和白天来的规模一样。

清场不过是做做样子的话，他们又会撤走吧。若是硬要强来的话，我们马上撤走就是了。科德利埃俱乐部的同伴们心里是这么想的，可众人脸上还是不免露出严峻的神情。

“他们是在找人吧。”

埃贝尔说出不同的看法，肖梅特也赞同。

“桑泰尔老爷又要搞事情吗。”

这位大资产家，同时也是以精力旺盛著称的政治活动家，他的确不见踪影了。默默罗像突然想起来似的说，这位老掌柜刚刚离开战神广场了。

“他好像说什么国民卫队撤退了，他去圣昂图万路看看情况再联系。”

“那可不就是桑泰尔老爷了吗，在那边搞出麻烦事来了。”

“所以就要来讯问我们了吧。”

“要是真的，这不是马拉老师的拿手好戏嘛。糊弄一下就好了。”

只有丹东默默在做收尾工作。啊，我什么都不知道，什么都不知道。这时候要是和狗或什么对上眼的话就完了。

包围圈慢慢缩紧，一向胆大的丹东故意背过身不看，但他身上也看不出和往常有什么不同。可德穆兰发觉不对劲。有点怪。丹东擅长“法式拳击”萨瓦特，从不惧怕兵士、刀剑，一般情况总是先挑事的人今天却四平八稳。

德穆兰一边捡拾祖国祭坛周围的垃圾，一边小声对妻子说。听好了，露西尔，一定要抓紧我，绝不要松手。

国民卫队行进的脚步使地面稍稍震动似的。从四面八方围上来的人群使得夕阳下的广场有点像进入黑夜一般。

原本闹中有序的节日气氛变得越发紧张起来。当然了既然有白天的经验，大可不必惊慌失措，但又重复一次心情不免糟糕。

“喂，拉斐德亲自出马了啊。”

“并排的是巴伊市长吧？”

“这下搞大了啊。”

“糟了，糟了。桑泰尔老爷果真搞出事情来了。”

“话说，俺们没事吧。”

“有女人、儿童在场呢。肯定不会做出格的事，但丹东、马拉、德穆兰几人，如果发生情况最好还是赶紧逃跑吧。”

“另外，那面红旗究竟是什么意思？”

在得到回答之前，国民卫队已经摆好了阵型。他们逼近过来，在距离祖国祭坛二百法尺（约六十四米）的地方停下了。

前面一排是步兵，后面一排是骑兵。步枪队和炮兵队的排布也考虑了交叉火力。见此场景，德穆兰有种不祥的预感。但更让他在意的是很多国民卫队士兵远看上去满脸困惑。

如果单纯出于威慑的目的，不，哪怕是要用武力强制清场，士兵们不会到了现场仍然显得困惑不解。虽然下令让他们摆好队形的家伙们如今十分不安地东张西望。

——这究竟是什么情况，我们也想知道……

气氛僵硬，却感受不到杀意。但能感受到包含蔑视的敌意。这种奇怪的感受下，所有人的脸上都无可奈何地露出疑惑的神情。真是的，他们这是想干什么？

“他们不会打算开枪吧。”

“怎么可能。就算这是巴黎的外围，但也不是什么荒山野岭。”

“是啊，巴黎人不可能坐以待毙。”

紫色的云层在空中流动。过了七点，马上就要天黑了。对方想在天黑前解决问题，国民卫队有了新动作。巴伊市长从队列里出来，取出一张纸。虽然他好像提高音量朗读，但周围环境嘈杂，德穆兰完全听不到。

“说什么呢，说什么呢？”

问了问其他人，但没人知道。怎么回事。虽然我们想表现出诚意，但如果无法正确传达信息，也没办法回应。首先，署名运动主要谋划者科德利埃俱乐部也好、协助支持运动的人们也好都被一股脑儿围在这里，甚至连个看热闹的都没有，从那么远处打招呼，被困的伙伴可怎么应答？

“这是最难办的。巴伊市长终究也只是一个学者。”

德穆兰嘀咕道，他必须要和丹东一起挺身而出，就在他要向前迈步的时候。

砰一声干脆的声音传来。似乎是枪响，但出于威慑的空弹白天也听过了。不行，现在不能慌，就在这么想的当口再次传来枪响。

已经不再是单发，而是砰、砰、砰连续的枪声。枪声大作，仿佛震动空气使得脸颊开始抖动。

“……”

德穆兰眼前一片空白。听到枪声，这我明白。射击多发子弹，这我也明白。可是，有人被枪击中了？站在外侧的人们一个接一个地倒下了？妇女们的阳伞乱窜到空中？但这不可能啊。一边想的同时，他闻到铁锈的气味。

脸上感到湿润，一摸发现手指红了。不是夕阳的缘故。卷起了混杂血腥的烟尘。

悲鸣震耳欲聋，连同空气一起震动。枪声没有因此而停，反倒再次响彻练兵场。

——我们明明手无寸铁……

明明不过是空手来办的署名运动而已……无论如何难以置信，但事实残酷地摆在德穆兰眼前。

现场发生大骚乱。人们慌不择路、四散而逃。不论往哪里跑，全都被包围了，无处可逃。至少向中心躲，那里有祖国祭坛。可要是往上爬，就会变成活靶子。

“露西尔，听好了，千万不要放开手。”

支撑德穆兰的仅有那柔软的感触。他牵着她的手，现在只有拼命逃跑。完全不清楚何处才有出路，但他明白绝不能放开妻子的手。

——只要保住性命……

听到了枪声。悲鸣夹杂其中。但自己还活着，露西尔的手也还是温暖的。跑，总之只有拼命跑。

“可事情怎么会变成这样？”

德穆兰不禁悲叹。巴黎不是战场……在这平和的礼拜天……向毫无防备的无辜之人大开杀戒……

29

戒严令

罗伯斯庇尔使劲抓挠着头，声音越来越大。

他用指尖抓挠发根发出声音，手指完全变白仿佛撒上白粉。

——如同死人之手一般。

连自己都吓了一跳。而让周围人惊慌失措的恐怕不仅是头发，他的衣着打扮也是平日从未有的邋遢。

七月十七日已经过去了吧。深夜里不少人聚集在雅各宾俱乐部。当然，人数用两只手也能数得过来。要是换成平常时间，情况就更可悲了。

多半人被斐扬俱乐部拉拢走了。剩下的会员脸上也看不到满意。罗伯斯庇尔更感到孤军奋战。但他并不完全孤独，事实上还有几人紧紧追随。

他自己比任何人都讨厌在众人眼前邋遢不堪。暴露出的丑态让他自己生出无可忍耐的自我厌恶。即便如此罗伯斯庇尔终于抑制不住从别处迸发出的猛烈情感。

“冷静，罗伯斯庇尔先生。整个雅各宾俱乐部只有靠你了。请你冷静下来！”

“冷静？现在还能冷静吗？”

别人安慰他，但罗伯斯庇尔反而更加激动。他不是不清楚这样不体面，也明白靠他一己之力不会有什么改变。可仍然怒火中烧，而且愤怒也绝不妥协。

“都打出红旗了！”

巴黎市内的红旗意思是戒严令。国民制宪议会认为战神广场上有五万暴徒发起暴动，已经无法用寻常手段维持治安，事态已显露出内乱的端倪，所以建议该地区政府采取行动。巴黎市接受了建议，请求国民卫队出动，全域戒严令立刻生效。

“什么五万暴徒啊！”

一天里来过战神广场的总人数有可能到五万人，但是当拉斐德和巴伊率领的国民卫队三万人到达时，也就数千人。不，当夜幕快降临时最多也就超过一千人而已。

——再加上，没有政治方面的企图。

多数人是来参加节日庆典的市民，发起署名运动的科德利埃俱乐部也正在收拾准备离开。巴伊连清场的意思都没有表示，只是单方面地宣告通知，马上拉斐德就下令开枪。

无辜的市民平白无故地受到加害。报告说被枪击致死的至少五十人，多的话也有推测说五百人的。不管如何，战神广场的确是一番地狱景象。

——在那里发生的是屠杀。

罗伯斯庇尔怒不可遏，决不能容许战神广场发生这样的屠杀，同时他也遭到事件的意义严重打击。

——国民卫队是资产阶级的民兵队。

用法律用语解释的话，即由积极公民构成的组织。他们攻击了参加节日庆典的市民。假定其中多数是参加署名运动的人，以贫困层为主的消极公民应该不在少数。但如果是这样的话，革命结束了。

——积极公民要自己做主宰者。

他们将消极公民严格地从自己内部区分出去，把他们看作被统治者，不承认他们参与政治的权利。当有一天消极公民想要发声的时候，他们就一边或是不屑或是嘲笑，一边横加暴力。这就是战神广场事件的本质。

——已经回不到原来了。

法兰西已无自由、平等、友爱。王侯贵族统治下的人们过去被称为第三等级，如今所有人身为国民、公民，人皆平等，却已经无法像从前那样团结一致。因为消极公民不相信积极公民。因为贫困者把富裕层视为敌人。

罗伯斯庇尔越思索这起事件越发想到现在的情况正如死去的米拉波所言。

“其他的神殿正在建成。那里不允许其他人进入，是一个狭窄而且妄自尊大的神殿。”

绝对不能把议员变成新的贵族。绝对不能允许政治为有钱人服务。同时为了制约资产阶级的独大，应该要拥护国王的大权。这是米拉波的见解。

罗伯斯庇尔只能再挠挠头，这种见解越来越显得睿智。在国王路易十六逃亡发生之后，到现在才认可这种见解。国王在瓦雷纳被捕带回巴黎，完全失去国民的信任。

如果把国王当成自己的傀儡就天下无敌了，斐扬俱乐部的家伙们真是为所欲为。他们不仅仅在议会说着傲慢无礼的话，还染指战神广场大屠杀。

罗伯斯庇尔想知道他们是什么时候决定动手的。这是他们为了雅各宾俱乐部设计的陷阱吗？还是因为我们撤回声明后举起的拳头无处可放呢？又或许是在科德利埃俱乐部决定独自继续署名运动之时决定的呢？

——不管如何，他们是打算如何呢？

罗伯斯庇尔不住地弄乱头发。都不用发问，圣奥诺雷路上的雅各宾修道院里报告声已是此起彼伏。

“科德利埃俱乐部遭到关闭。”

“默默罗被逮捕。印刷厂里所有的印刷品都被查没了。”

“传言说丹东准备去英国。”

“听说马拉躲起来了，不用担心。”

“没有德穆兰的消息。也有人说他和夫人一起逃到乡下了。”

随着新的消息不断传来，罗伯斯庇尔感到自己的身体越来越冷，仿佛身体内死去了一部分似的。革命的确应该进行，虽然不一定像理想中那样顺利，但仍能信奉革命的荣光。可却发生这样的事……

——遭到了镇压。

不仅仅在战神广场，国民卫队现在正在整个巴黎行动。他们的行动早就超越了以维持社会秩序为名可容许的范围，所以说他们行的是镇压之实。而且是革命开始以来最大规模的镇压。这与旧制度没有半点差别。不，路易十六的话，不会采取这样的强制措施。

——但这帮家伙却……

罗伯斯庇尔使劲咬紧嘴唇，血都快要渗出来似的。

面对压倒性的暴力，痛感自己无力的这份屈辱并非初次。但过去仅是全身颤抖的程度。

说起和旧制度那时不同的话，一想到这次难道也要以屈辱而告终，就觉得血液在沸腾。我也是一个公民。不献媚于金钱、权力，基于与生俱来的权利，以完全不亚于任何人的自觉与自信，我有一种一步也不应该退让的信念。

——我也应该战斗。

这些想法也引发了罗伯斯庇尔的悔恨。斐扬俱乐部放弃论战，隐瞒了残酷无情的镇压计划，如果真是这样，雅各宾俱乐部也应该不退让地战斗下去。应该从正面对决，高举声明、堂堂正正打出废黜路易十六的旗号。因为无法对雅各宾俱乐部下手，所以才会袭击科德利埃俱乐部组织的署名运动。是啊，是这么回事。即便面对屠杀、逮捕、投狱，仍然应该战斗下去。不，正因为不论如何结果都一样，所以绝对不能逃避。

“差不多我也该出发了。”

罗伯斯庇尔说。他不再挠头，但也没有气力整理仪容。但他还能够自己站起身。

“出发，是去哪里？”

一个会员问。

“回住处。夜深了。”

罗伯斯庇尔说完笑了。继续在这聊天什么也没法解决。声音传到修道院外，只是扰民罢了。

30

圣奥诺雷路

繁华热闹的圣奥诺雷路到了深夜十分安静。

除了有野猫跑过，时有时无的声音和昨天为止的每日没有一点不同。国民卫队没有出动是因为白天撤回声明奏效了。我们被迫交出如此耻辱的失败宣言，斐扬俱乐部再如何厚颜无耻也不会轻易地出手。

——不，不仅如此吗？

寂静越深沉，越能听到金属吱呀作响的声音。这是雅各宾修道院大门的铁栅栏打开的声音。紧接着传来的无疑是脚步声，虽然听不清在说什么，但也能大致清楚是有数人在含糊不清地说话。

罗伯斯庇尔冷冷一笑，没有问是什么人。

“是国民卫队的士兵。”

几人在雅各宾修道院的前院转悠。收到来报，对此当然不会感到惊讶。到底是来了啊。罗伯斯庇尔露出自暴自弃的笑容，此时开始传来叫嚷的声音。

“你们这些坏心眼的激进分子！”

“又企图搞起义！”

“打算颠覆政府，还是打算在巴黎内搞出内乱？”

“喊着起义的名号，其实是抢劫。是打算趁机掠夺他人的财产！”

令人听不下去的咒骂声。但目前还仅限于故意讨人厌的范围。当然还是坚持战神广场的署名运动和雅各宾俱乐部无关。只要坚守修道院，这些家伙不会轻易出手。但也无法保证每个人都能克制。

罗伯斯庇尔明白政治中的潜规则。无论是议员、官员、法官，这些人只要想要，就会罗织出诸如违反宪法的罪名。

“所以一旦离开这里到外面去，就不知道会发生什么了。”

也有会员忠告道。也有别的会员随后说，现在佩蒂翁议员不是已经逃出巴黎了吗？罗兰等意志坚定的助手不也逃到乡下去了吗？

“布里索也一起。他也是科德利埃街的居民，所以最先决定逃走了。”

“罗伯斯庇尔，你的住处应该是在圣东日街吧。”

“说什么呢。”

罗伯斯庇尔笑出声音。气氛竟有些和缓下来，虽然自知这是被逼无奈的证明，已经无法压制下去。

雅各宾俱乐部的伙伴们似乎更加担心起来。罗伯斯庇尔先生，这不是吓唬人也不是开玩笑。你要是现在往圣东日街去的话，真就大事不好了。

“是玛黑区对吧。从圣奥诺雷路出发经过市政厅前。那里现在也已是红旗飘扬的镇压大本营。”

“不，早前国民卫队就在雅各宾俱乐部的前院里了。不仅仅出于讨人厌的目的，也许打算埋伏。”

“那么，我便不能住在这个修道院里了。”

罗伯斯庇尔边耸耸肩边想，难道我是要惩罚自己吗？如此愚蠢的自己不如早点被杀掉的好。还是说想逃脱无法肩负的重大责任呢?

罗伯斯庇尔还想到，推进署名请愿运动的正是自己。受到斐扬俱乐部脱离的影响，仍然决定雅各宾俱乐部参加运动；发觉陷阱推翻前言，同意科德利埃俱乐部继续单独进行运动，这一切都是我的决定。因此一切我都有责任。

——为什么，我……

罗伯斯庇尔意识到自己是领导者。有了自暴自弃的想法，会有人拼命阻止，因为自己被视为雅各宾俱乐部的领导者。

这并不是自己半推半就的想法。

“振作起来！”

被大喝一声，罗伯斯庇尔摔了一跤。表情呆滞、大张着嘴，一边揉搓着麻木的脸颊。

有人伸出援手，手掌敦厚，此人年长到可以作罗伯斯庇尔父亲了。罗伯斯庇尔，振作起来！雅各宾俱乐部只能靠你了。你要是被逮捕了，再没有人出面伸张正义了。

“所以，请你无论如何都要好好的。”

“啊，啊。”

“罗伯斯庇尔先生，我有一事与你商量，可能到我家坐坐？”

还可以暂且躲避风头。提出此建议的人名叫莫里斯·迪普莱。

此人下颚四方、身形矮胖，给人以强烈的压迫感。眼神坚定，是个人物。迪普莱是木匠的头目。

他身上有种缺乏和蔼的手艺人气质。靠着家具制作和木匠活，收入并不赖，政治意识也不低，所以才成了雅各宾俱乐部的会员。

“啊，这么回事啊。你加入雅各宾俱乐部是……”

“并不仅仅因为我家在附近，但真的很近，就在圣奥诺雷路三六六号。”

从雅各宾修道院出发可以走后门。罗伯斯庇尔听了便准备行动。

后门在圣堂的东侧暗处，专门做了隐蔽。

只要不是边大声讲话边行走，即便两人同时走，也不用担心被前院的国民卫队发现。出来的地方是拉索迪埃尔街，接着穿过圣洛克新街，转入小路。罗伯斯庇尔也知道这条路线。

但前路不明。如今已是深夜，而且选的是没有房屋窗户亮光的支路。

是走磨坊街，还是阿让特伊路，或是小冠军路？感觉绕了很大一圈路。也可能是从黎塞留路到达皇家花园的背面。但不论如何，不知道究竟往何处去。

即使如此没有停停走走，全靠迪普莱，不愧是本地人，他精通这个区域的道路。中途也听到似乎是国民卫队军靴的响声，但迪普莱都巧妙地改变了方向，罗伯斯庇尔只要跟随其后就好了。

——可是……

自己也要战斗，不想逃避。虽然心中固执地想着，但听从出逃的建议，一边汗流浃背一边在都市独有的毛细道路上默默前行。罗伯斯庇尔不禁自问这是为什么呢？明明并非出于本意，这是为什么呢？也并非听从命令的立场，这是为什么呢？

想不出有什么合适的答案。但莫名地有种似曾相识的感觉。而且，莫里斯·迪普莱的后背虽然没有那么宽大，但也给人一种手艺人特有的安稳感。

——仿佛父亲的后背……

难道我小时候也曾经追随过父亲的背影吗？对于孤儿罗伯斯庇尔来说没有能够确证的记忆，或许迪普莱的背影唤起了他心中父亲的形象。

不管如何，不能一直追随身后。最后是要攀越围墙，来到一个像是后院的地方，大小大概够几棵树生长。

迪普莱长舒一口气。在罗伯斯庇尔看来，他是暂且安心下来了。

莫里斯·迪普莱走向远处主屋，从他不客气地敲后门的动作来看，这应该就是他家了。

虽然如此，已经是凌晨时分。没那么容易得到回应。总算叫醒时，屋里的家人也没办法平静地迎接他们吧。

“谁啊。”

传来尖锐的叫声。声音带着颤抖，是女人的声音。

“是我！”

“是爸爸吗？”

“是，有客人一起，把妈妈也叫起来吧。”

橙色的光线一下子从窗边照射出来，能看到人影在动，里面沙沙作响，要等个两三分钟吧。

门栓打开的声音传来。后门刚一打开，一双纤细的手便招呼他们进屋。

“请进吧。”

看到一片白色。给人柔软的印象，并不仅是因为睡衣的样子，或许也因为闻到一股甜甜的香气。

迪普莱开始介绍，这是埃莱奥诺尔、维多利亚、伊丽莎白。

“除了一个出嫁，家里还有三个女儿。真是的，家里吵得要命。”

然后，这是我的妻子弗朗索瓦兹·埃莱奥诺尔。和小儿子与外甥一起生活，那两个家伙没起来。介绍之间，罗伯斯庇尔这边大吃一惊。

迪普莱问，罗伯斯庇尔先生，发生什么了。

“哦，没什么。”

罗伯斯庇尔有点慌张。我是马克西米连·罗伯斯庇尔。你们应该早就听说过我了吧，我就是雅各宾俱乐部年轻的领导者。在引见的中间，他的心脏怦怦地跳个不停。这也在所难免。

“抱歉我失礼了。”

罗伯斯庇尔赶快整理头发和衣服。

第九卷　战争的足音

Il faudra attaquer vous-mêmes les puissances
qui oseront vous menacer.

“如果有邪恶势力加害于诸位，

则必须由诸位亲自动手消灭它。”

（1791 年 10 月 20 日　布里索在立法议会上的发言）

1

迪普莱家

房间里摆着一套书桌和椅子，再就只有床，显得单调无味。

房间位于上层，听得到院子里树叶的响声，打开窗户风也吹入。空荡荡的印象愈加强烈，但这正是可以不掺杂念的理想工作场所，罗伯斯庇尔正在奋笔疾书。

“我认为，诸权力不能平等地推行，自由便不可能实现。如果所有公民没有被赋予平等的权利，在这种情况下无论用什么手段都是不可能实现自由的，只能眼看着一小撮人支配所有，社会被束缚。”

黑色的墨水时不时飞溅，冲击白色的纸张。重读一遍写下的文字，似乎比平常更加激昂。

不能感情用事。自己也并非受情感煽动而成事的类型。反倒是跟随情感而动的结果，往往是不能发挥出实力。自己只有冷静地通过理性思考来面对。罗伯斯庇尔虽然有这样的自觉，但正在忘我地写着檄文，没打算做出改变。

后背越来越弯，仿佛捕食猎物的肉食动物一般，一时间心情变得具有攻击性。不，我必须变得有攻击性，罗伯斯庇尔自己心想。不能感情用事，但也不能心如止水。

——怎么说，政治靠的是愤怒。

战神广场大屠杀令他感同身受。

言论遭遇暴力镇压，无辜的民众被不分青红皂白地杀害。理由诸如谴责议会的决定、主张废黜国王、组织署名运动等等，总之侵犯了掌权者的利益。不，更本质的是，这种一边歌颂着平等原则一边专断独行的做派本身才是无法让人忍受的，这完全是双重标准。

——这就是恶，要把它击退。

罗伯斯庇尔愤慨了。不，是一下向绝望的谷底滑去了，但总算调整过来，将其变为愤慨。这就是恶之存在啊。

自己有理想，对方也有其他的理想，双方一起互相琢磨，探索更加好的现实。在议会占据一席之地，光是听着听上去好的话，不知不觉间错认为这就是政治，但在现实世界中存在着绝不认同的、绝对的恶。

故而，不能容忍恶的愤怒才是政治的原动力。事实上政治的使命是不容许恶的社会。所以才发动革命。心中的想法越清晰越不打算使用献媚似的语言。

不要被片面的共鸣所带动，拒绝部分的妥协，必须一心击倒邪恶。罗伯斯庇尔一边给自己鼓劲一边又开始奋笔疾书。

传来敲门的声音。

“罗伯斯庇尔先生，我把饭给您拿过来了。”

木门的外面传来一位女性的声音。

罗伯斯庇尔突然一下站起身。他慌张地捋顺头发，整理好歪斜的领子。同时以一种讨好的、套近乎的语气说，已经这个时间了？还没黑天，完全没注意时间。盛夏到底天长啊。谢谢你。

“请进吧，请进。”

进来的人是埃莱奥诺尔·迪普莱。

一七九一年七月十七日，罗伯斯庇尔接受了雅各宾俱乐部成员莫里斯·迪普莱的好意，暂且在他家躲避一晚。可到了早上，巴黎仍然戒备森严。

“关于战神广场事件，议会是打算发表什么宣言，或者拿出正式的结论吧，目前动向令人不安。”

迪普莱告诉罗伯斯庇尔。

所以还要多加小心，还是不要外出走动为好。我家里方便，先躲一段时间。迪普莱劝说罗伯斯庇尔。他答应下来，暂且先待一天观察一下情况。迪普莱安排妻子和三个女儿赶快打扫，快到中午时腾出一间屋子给罗伯斯庇尔。

既然要回归政界，理所当然也要写文章，他们还为罗伯斯庇尔准备了书桌。他迫于形势接受了好意。但到今天七月二十三日，过去了七天。

“真的太劳烦你们了……”

罗伯斯庇尔客气地说道，挠头间埃莱奥诺尔已把盘子放在桌上空处，熟练地进行用餐准备。

莫里斯·迪普莱家是个大家庭。家庭成员有妻子弗朗索瓦兹·埃莱奥诺尔，三个女儿埃莱奥诺尔、维多利亚、伊丽莎白，儿子杰克·莫里斯，甚至还照顾着孤儿侄子。副楼住着莫里斯的木匠弟子。

当然房子地界也大。用巴黎街区的标准来看可以算得上相当大的。

迪普莱身为木匠中的老师傅，在制作家具之余还修造房子，口碑甚好。得知其甚至涉足房屋租赁也不算意外。不管怎么说，到底能够出得起雅各宾俱乐部会费，生活状态明显属体面的资产阶级。

尽管如此，富有人家特有的令人不快之处，要让罗伯斯庇尔来说的话也并非完全没有，但这也许只是外在看来受到贵族影响而造成的误会。

迪普莱家的氛围可以说是接近寻常百姓的。虽然也有用人，但家里人从不对他们颐指气使。三姐妹不以大小姐自居，勤恳地工作。其中埃莱奥诺尔因为是长女，协助着作为女主人的母亲，把大家庭管理得井井有条。

把饭菜拿给罗伯斯庇尔抑或传达口信、信件的多是埃莱奥诺尔。但正因如此，罗伯斯庇尔反倒没那么容易抬起头，只能不好意思地低着头。

“一天给我拿来这么多次……不，饭菜的话，真的，我可以自己下楼到餐厅去，没有关系的。”

埃莱奥诺尔脸色一下变得惊恐起来。危险还远没有消除，要是您自己到餐厅，不小心被人看到，万一要是那人报告给斐扬俱乐部就糟了。那就失去劝留罗伯斯庇尔先生您的意义了，我也会被父亲严厉责怪的。

罗伯斯庇尔感到他对迪普莱家的好感越来越强烈了。

父亲有威严，这说明作为一家之长受到大家尊敬。换句话说，家庭内部有着坚定的伦理观，而且得到了贯彻。

“十分感谢。”

罗伯斯庇尔答道。

事实上，莫里斯 · 迪普莱没有夸大事态的紧张程度。昨天七月二十二日，萨鲁议员在议会上对战神广场事件作报告，提出设立特别法庭，找出组织“叛乱”的主谋加以惩处。今天二十三日应该也会继续审议提案的可行性，此事只要没完就还不能放松警惕。

不仅如此，此提案使得逮捕罗伯斯庇尔的可能性大大增加。怎么说，萨鲁都是三头派的心腹，他还担任斐扬俱乐部的秘书长。

“是啊，真的救了我一命。”

罗伯斯庇尔重复说。莫里斯·迪普莱的担忧是有道理的。他的善举可以称得上豁出性命的，对此罗伯斯庇尔当然打心眼里感谢。可是说实话，还是有些为难的。

其实，虽然仅仅交谈数语，屋子里的空气就已经变得甜腻起来。

——像这样来访房间的话……

眼睛应该看什么地方好，罗伯斯庇尔感到困惑。而且，也不是小女孩了。虽然可能还算不上成年人，至少身体已经成熟。

这个年龄嫁人的也不稀奇。不，正是完全适合的年龄，听说迪普莱家的二女儿已经出嫁了。

——所以，埃莱奥诺尔来访的话……

不，不能用看女人的眼光看她。这是救命恩人家的女儿，要遭天谴的。

——现在还没有正眼瞧过她。

是胖是瘦，胸部大吗，臀部丰满吗？就是丹东谈到女人最先提的那些，现在仍说不准，作为一名绅士可不打算失礼。

作为健全家庭出身的姑娘，埃莱奥诺尔不会有放荡的想法。虽然时间不长，但狭小的房间里别无他人，只有两人独处一室。

2

埃莱奥诺尔

一下传来笑声。

楼下的餐厅，家人们也开始用餐。应该会喝点餐前酒吧，罗伯斯庇尔此时此刻也感到口渴，口渴得不行了。

——不，不行。

我不是那种人。我绝非那种净瞎想的下流男人。尽管如此，有时思考起政治的话题，会感到提不起兴趣来。想到了，有可能是那么回事。

——都怪米拉波。

那是在凡尔赛一同工作的时候。到访他的房子，偶然看到赤裸的女人。至今能想起那场景。

——如同层层波浪一般……

雪白的、巨大的臀部，如今正在我的房间里低吟着，罗伯斯庇尔拼命打消自己的念头。愚蠢，究竟在想些什么？马克西米连！那是其他人。虽然为人妻，但正处妙龄。或许出身贵族，所以那份妖艳的美感不知怎么的带有颓废的感觉。有着普通家庭女孩所没有的肉欲，给人风尘般的印象。

——埃莱奥诺尔的话……

长得可爱、眉清目秀，但嘴唇厚实、有光泽，有种肉感。所以，仅仅直视她说话，心里便怦怦跳个不停……

——不，不行。

埃莱奥诺尔和米拉波的情人毫无共通之处。可仍不免引人浮想联翩。但女人的话也不是谁都行。不，不，所以现在必须要思考政治。必须要排除杂念。即便如此斥责自己，但还是不知道眼应该往哪看，心中的困惑丝毫没有改变。

心想必须得说点什么，但没有合适的话题。

“今天也很热啊。”

刚说出口罗伯斯庇尔后悔了。愚蠢，说了些什么不着边际的话。虽然如此，顺势看向窗户，算是侥幸。窗外看到的是晚霞，也称不上话题，但听到她说。

“怎么，那只小狗还在叫着啊。”

下午早些时候记得往外看到过。罗伯斯庇尔走到窗边往下看向内院，是同一只毛茸茸的褐色小狗。小狗以同样的姿势坐着叫唤，听起来有点哀伤。

埃莱奥诺尔也来到窗边。像是有点不耐烦似的，看上去有点胆怯。

“声音吵吗？耽误您工作吧。真的抱歉。”

“不，我没有那个意思。工作中精神集中，几乎没有任何杂念进入。狗的叫声完全不在意。只是在想为什么会这样叫呢。你看，像是在哀伤地诉说。”

“也许是因为肚子饿了吧。”

“食物呢？”

“母亲说不能给它。”

“为什么呢？它是迪普莱家养的狗吧。”

“并不是的，狗是弟弟捡来的。”

迪普莱的小儿子杰克·莫里斯，还是一个十三岁的少年。这么说多少像少年会做出的事，捡回被丢弃的小狗。

当然他会求父母想养着小狗，但父母都不允许，命令他把小狗丢到原来的地方。但杰克·莫里斯认为不能那么薄情，便自己努力找愿意领养的人，在此之前先放在自家。

“那么要尽快。狗要是习惯了就麻烦了，这段时间不给食吃。”

这是迪普莱家的女主人弗朗索瓦兹·埃莱奥诺尔下的通知，小狗因为没有食物而叫唤，身在餐厅的杰克·莫里斯听到叫声也不免伤心难过。埃莱奥诺尔解释说。

“愿意领养的人还没有找到吗？”

“是的，还没有。”

埃莱奥诺尔回答说，然后看着自己的左手，手正在揉着右手。就像杰克·莫里斯对小狗的感情一样，她也不禁对弟弟感到同情。

“要是这样，我来养吧。”

罗伯斯庇尔开口说。埃莱奥诺尔的心情稍稍轻松了一下，泪眼望向他。真的吗？

“罗伯斯庇尔先生愿意领养的话，弟弟一定也开心……”

“啊，不。”

罗伯斯庇尔伸出手制止，他后悔了。不，自己口出轻率之言。养总归想养，但自己只是借宿于此。在没有跟主人说清楚之前，无法决定养与不养。

“暂时还无法返回圣东日街的住处……”

“是啊。”

埃莱奥诺尔脸上起了阴云。阴影渐浓，也许因为太阳马上要落山了。不，请您不要介意。这个请求本身强人所难。

她边说边准备点燃蜡烛，罗伯斯庇尔心中感到焦躁。点亮房间后，埃莱奥诺尔也该离开了。她本来是送饭菜来的，送完便要马上离开。但是，再多一会儿……

“有什么我能够做的就好了。”

不要白费口舌了，罗伯斯庇尔对自己感到厌恶。但是他这么一说，埃莱奥诺尔出乎意外地手抵住下巴若有所思。对了，要是这样的话，可以这样吗?

“罗伯斯庇尔先生，还是请您养那条小狗好吗?”

“可以的话我当然想养，真的。可是……”

“不是请您来养。狗的小窝由我家准备。照看小狗也让我弟弟做。只是口头上说是罗伯斯庇尔先生的小狗。这样一来父亲母亲都不会薄情地说让丢掉小狗了。”

“这么回事啊。可是，就算是形式上，也不好什么都不做吧……”

“那样的话，就请罗伯斯庇尔先生为小狗起个名字吧。”

“起名是吗?”

罗伯斯庇尔从楼上往下望，院子里仍然传来叫唤声，天色已暗，已经看不清小狗。而且能想起来的特征也有限。

“布朗，怎么样？”

“布什么？……”

“布朗，英语棕褐色的意思。”

“哇，罗伯斯庇尔先生还会英语呢。”

两人四目相对，罗伯斯庇尔一下慌了。我不会英语，要是真有英国人跟我说话，我肯定惊慌失措，完全无法对话。只是英国是议会政治的老手，也经常会成为沙龙上的话题，因而记住了几个英语单词罢了。

“不是，称不上会……”

罗伯斯庇尔不免脸红了。为什么会如此害羞，他自己也无法解释。

于是一下回过神来，后悔自己大言不惭。不，不好意思，似乎是自己误会了。

“眼下不是得意忘形地给小狗起名的时候。”

“不，没有得意忘形。是我请求您为小狗取名的。”

“但我是个成年人，我应该有所判断的。而且，我给贵宅添了很多麻烦，愿意为我提供藏身之所，我竟还要把养狗一事推脱给你们，这可真是……”

“我不觉得是添麻烦。”

罗伯斯庇尔被打断，叹了口气。埃莱奥诺尔说话坚定，令人意外。请不要再说添麻烦之类的话了。

“而且，父亲反而很高兴呢。”

“高兴？”

“是的，父亲以您为骄傲。”

埃莱奥诺尔继续说。罗伯斯庇尔在雅各宾俱乐部中算得上出色的革命家，斐扬俱乐部的那些小白脸和您毫无可比之处。罗伯斯庇尔是开创新时代的英雄，如今虽然正处困境，但在不远的将来一定会回到带领法兰西前进的位置。将这样一位大人物请到我们家，对你们都是无上光荣。我父亲每天都在说这些话。

想象得出迪普莱的样子。但是罗伯斯庇尔还是感到难为情。不，令尊因为是雅各宾俱乐部积极热心的会员才会有如此想法。对我未免高估了，但我作为一名议员会尽力达到他的期望。

“这也只是参与政治者的道理罢了。对于迪普莱先生来说重要，但对你们整个家庭来说毫无关系。令尊再如何看重的人，也不过是未曾谋面的陌路人罢了。”

“才不是这样！”

这次埃莱奥诺尔也坚定地否定。因为父亲对于罗伯斯庇尔先生的夸赞也并非从昨天才刚开始的。许久之前就对家人们谈起过，十七日那天晚上我自己也感觉并非和您未曾谋面似的。

“而且父亲还这么说过，罗伯斯庇尔先生在家里的这段时间，你们都要把他当作亲哥哥一样看待。”

“哥哥。”

原来如此。听完罗伯斯庇尔的心情轻松下来。

3

健全的

哥哥听起来并不坏。至少能让人安心。

也许这样心里会更舒服。这样就容易了，被称为兄长的话相处起来就不会尴尬了。

“要是把我看成兄长的话，我也感到十分感激。其实，我的弟弟和妹妹还留在家乡。”

两人继续说着，罗伯斯庇尔偶然发现自己可以看着埃莱奥诺尔的眼睛讲话了。似乎这是第一次直接看着她的脸。她笑起来，眼角的痣也显得可爱。

“弟弟叫奥古斯丁，妹妹叫夏洛特。我对他们来说应该不是个称职的哥哥。所以接下来，埃莱奥诺尔，我会把你当作另一个妹妹。不，对你的弟弟和妹妹，我也一样看待。”

说完罗伯斯庇尔再次脸红了，不该说这些话的。也不能含糊了事。因为，我给迪普莱家添了麻烦。

“不，我又得意忘形了。我真是愚蠢。心想着如此能够如同兄妹般亲密，但又忽略了自己的处境。”

“我们是真正的一家人……”

“如果真的是一家人，那也许意味着危险。但我到底是外人。尽管如此，要是我藏在这的事暴露的话，也许会牵连到迪普莱家的各位。当然会有恐惧，但我还想着给狗取名、兄妹相称……”

“请不要在意。要是有什么危险，父亲也把危险一同接受，也会感到骄傲的。”

“可是，你们不同。”

“没有不同，这是父亲的家。”

埃莱奥诺尔毫不迟疑地说。罗伯斯庇尔再次感慨这可真是健全的家庭，所以自己也不能一味要求他们付出。罗伯斯庇尔没有停下来。

“可说真的，还是害怕吧？”

“不。”

“不用勉强，没关系的。”

“没有勉强。罗伯斯庇尔先生，巴黎站在你一边。”

她还是没有迟疑。不仅如此，说话那一瞬间埃莱奥诺尔的表情明亮。眼下还不能放松警惕，但也并非净是悲观的想法。这也是莫里斯·迪普莱告知的他自己关于情势的判断。

也就是说，巴黎并非与斐扬俱乐部同一个步调，而是同情雅各宾俱乐部和科德利埃俱乐部。对于战神广场事件也是持“战神广场大屠杀”的说法。

假设是为了维持社会秩序，单方面地使用暴力也是错误的。更值得一提的是礼拜天的署名运动等政治活动也属于平稳的一类，对此镇压明显做过头了。这是社会上普遍的看法。

这话不假。不，这是理所当然的反应。但是罗伯斯庇尔心情上无法简单地赞同。

说到舆论，究竟是什么范围内的舆论，这一定点并不确定。大多数是在贫困线挣扎的无产阶级吧，也就是消极公民的意见罢了。罗伯斯庇尔害怕的是这一点。

不是认为这没有价值，也不是认为这可以被无视，如果他们没有受到尊重，也就不算实现真正的民主主义。但眼前的现实往往背道而驰。礼拜天发生在战神广场的屠杀就是例证。

若是以稳健的资产阶级为主的积极公民的大多数谴责战神广场大屠杀事件，那政局的变化才值得期待。否则，无法动员起所有人。斐扬俱乐部的态度会更加强硬。雅各宾俱乐部和科德利埃俱乐部的领导者们则不会有复出的时日。

——我想自己去确认。

但是藏在迪普莱家，无法直接地感触舆论。能做的只有不断想象着迎来期待的喜报。

“巴伊市长已决定辞职。”

埃莱奥诺尔为他带来了有利的消息，关于礼拜天下令戒严的巴黎市长的消息。因为繁杂的政务身心俱疲，没有信心继续担任职务，这是辞职的原因。在某种程度上也算是心里话，但这是迫于舆论压力作出的决定，这点也并非无法推测而知。

也就是说，不只是一部分无产阶级市民在发动骚乱。这使得巴伊认识到，要留在市长的位置上已经很困难了，毫无疑问压力也来自掌握政局的资产阶级那里。

——要是这样的话，议会那边也……

可能不得不放弃追究战神广场“叛乱”的企图。如果自己的支持者也皱眉头的话，到底连斐扬俱乐部也无法继续傲慢地坚持下去。

“我也想这样想……”

罗伯斯庇尔在窗户边低声说。突然一下转向屋子内部，那里发出了巨大的物品响声。

门被粗暴地打开关上，似乎是从下层，应该是从玄关处传来的。没有打招呼，响起大踏步的脚步声。不会是要上楼来吧？

——难不成是来逮捕的巡警？

刹那间一阵战栗袭来。但罗伯斯庇尔马上下了决心。埃莱奥诺尔，你不用担心。等他们进屋来，我会像个男人一样站出来。

但是，埃莱奥诺尔的表情仍然很轻松。她发现罗伯斯庇尔脸色惊讶，便解释起来。

“是父亲的脚步声。”

父亲一直在外面，现在应该刚刚回来。她所言不假，紧接着听见莫里斯·迪普莱的声音，他呼唤着，罗伯斯庇尔先生，罗伯斯庇尔先生，声音之大让人感到是要把不用罗伯斯庇尔下楼用餐的心思全部白费似的。叨扰你了。十分抱歉，打扰用餐。请让我上楼来见您。

迪普莱也进来了。怎么，埃莱奥诺尔，你也在这。啊，原来是送饭来了。没事，也不是什么需要回避的事，就一起听听吧。

“罗伯斯庇尔先生，议会把萨鲁的议案否决了。”

“啊？”

“就是斐扬俱乐部领头的提出的那个可笑的提案啊。”

“就是说战神广场相关的人士……”

“没错。开设特别法庭完全被否决了。是啊，议会也不会追究任何人。”

雅各宾俱乐部不会遭到追究。科德利埃俱乐部众人的逮捕令很快会取消。罗伯斯庇尔听到这个消息震惊之余，没有注意到莫里斯·迪普莱伸出的手。

“恭喜！”

“啊，啊，谢谢。”

罗伯斯庇尔被宽大的手掌握住手，紧紧地握住五个手指，他才终于完全理解话的内容。

——总之，正义还没有废弛。

听了这话，罗伯斯庇尔兴奋得不得了。健全的精神尚存，也许这算是百姓的正义。而且法兰西的这件宝贝不是例外，可以说是社会的主流。资产阶级也好，积极公民也好，和这些表面的区别无关。在迪普莱这个健全的家庭里，正义也顽强地存在着。

——那么我也要同正义同行。

罗伯斯庇尔吐露心声，这是他看到了应该前进的道路。不，一直以来都看到的道路，但应该加倍努力，在百姓中焕发出更大的光彩。心中实现志向的愿望越来越强烈。

4

伤痕

圣奥诺雷路上飘舞着一片片白色，推开铁栅栏，踏入前院，已有无数的纸片散了满地。

越往前走，越多纸片粘到小腿，沙沙作响。纸片折着的、破损的，高高低低，铺满白色，看不见地面。

纸上当然印着字迹。

手写的、印刷的，不管哪种都是充满恶意的檄文。读到敌人的诽谤中伤当然不足为奇，但如果同伴写的东西也散乱其间的话，那情况就严重了。

明白这一点是因为瞥见纸上的标题便知道是左派的报纸。难以想象这是专门从别处运来的，只会是原本保存在这里的。

——难道建筑物的里面也被践踏了？

大门上还贴着写有“革命的敌人”“叛徒”的纸。推开门，终于进入雅各宾修道院，里面果然乱糟糟一片。

一样散落着纸片，有的是印刷品，还有烛台、羽毛笔、墨水瓶等书写工具，不知怎么回事竟也有外套、假发、女士内裤等等，到处都是泥。

——被入侵了。

怎么都摆脱不掉这种印象。

这简直难以置信。雅各宾俱乐部和遭到关闭的科德利埃俱乐部不同，形式上没有受到任何处罚。集会场地也并未被巡捕查封，和往常一样进入自由。

——话是这么说，但这也并非会员能够安心集会的地方。

至少领导者们逃到其他地方、潜伏于地下，躲避着国民卫队的眼线。不，没有追捕之虞的人也决心划清界限、不接近半步。雅各宾修道院从十七日深夜开始几乎一直是无人状态。

——认准这一点的是……

侵入者是兴奋的国民卫兵吗？还是斐扬俱乐部的那伙人乘虚而入？或许和政治没有关系，只是单纯的盗窃。又或许是带着醉酒的女人胡来。不管怎么说，越看这些残留下的伤痕越会发现程度之甚。

——这是战神广场的伤痕。

礼拜天的杀意甚至波及圣奥诺雷路。一边自身体会到这一点，一边往里走，发觉有人专程聚集在图书馆内。

和想的一样，会员们也重新回到了被抛弃的雅各宾俱乐部。怎么能就放任这里荒废不管呢？于是会员们立即着手展开重建。

——面前最紧要的是大扫除吧。

进了门，就会看到正在专心拖地的罗伯斯庇尔的侧脸。这当然算不上令人愉快的工作，但心情仿佛仍然很好，表情轻松，时而发光似的。

佩蒂翁和布里索也在捡纸屑。拉克洛在应该是遭到投石的窗边，正收拾着玻璃碎片。

甚至拜雅和格雷戈瓦牧师也参与了打扫。十六日受斐扬俱乐部拉拢的那些人中也有返回雅各宾俱乐部的。

——人到底是有良心的……

斐扬俱乐部终究不是久留之处。不管用多么漂亮的话语粉饰、不管拿多么诱人的利益许诺，那种杀人不眨眼的魔窟满是鲜血，血淋淋的，在那待五分钟都无法忍受。站在门口，脑海里浮现了这些话。

罗伯斯庇尔看过来。

“怎么了？卡米尔。”

德穆兰被问到，轻轻挥挥手。好啊，马克西姆。

“什么好啊。卡米尔啊，你可真是的。”

罗伯斯庇尔腾地一下奔过来，来到德穆兰身边，把手放在他肩头。拍拍他的肩头，仿佛在确认德穆兰是否受伤似的。

“怎么，马克西姆？不要这样，我身体什么事都没有。”

“卡米尔，真的没事吗？没有身受重伤，好好的啊。好好地回来了，太好了，在那种情况下竟……”

他的意思是从战神广场大屠杀的漩涡中回来吧。罗伯斯庇尔说着，眼睛涌现泪水。

在为我担心啊。不，这和个体无关，是出于对那种邪路本身的气愤，为发生的人间惨剧而哀伤恸哭。我自己也是的，每想起那个礼拜天发生的事，便心绪复杂、无法平静。

——但是。

德穆兰也开心能够平安重逢。自己主动来到雅各宾俱乐部，心里也并非不想见到同伴。但面对满含热泪的罗伯斯庇尔的迎接时，并没有想抱头痛哭的想法。

——马克西姆，你当时又不在那里。

德穆兰没能说出这句话。他心里明白，罗伯斯庇尔并非坏人，也并不是要弃署名运动于不顾。他是为了挽救雅各宾俱乐部，假如他想弃之不管的话也没有被追究责任的道理。

但也没打算要他一同冒着枪林弹雨。不曾经历生命危险的人，不想听他说三道四。有为战神广场大屠杀愤慨的资格的，只有我们。能够为悲剧哭泣的，只有我们。但也不想说出这些话，没有打算摆什么特权。

——可是……

德穆兰也搞不清自己内心的想法。但那时在战神广场有人牺牲了。人不在了，就再也无法为再会而喜悦，更别提哭泣和愤怒了。

德穆兰也明白自己只是迁怒于人。自己表现出的也只有不体面。

罗伯斯庇尔继续感动而泣。卡米尔，太好了。太好了，卡米尔……

“是啊，总算是……”

德穆兰终于应声了，脸上的笑容显得有些不自然。

他自己也讨厌献媚的态度，但要修正并非易事。明明焦躁不已，还得继续说点什么。心里也有自责的想法。啊，不用多说，战神广场可真太惨了。不分青红皂白地开枪，离开的出口甚至被堵塞，就像巴黎传言的一样，完全是一场屠杀。可你看，怎么说好呢，同样悲惨的场面自打一七八九年夏天以来已经经历过很多次了。或许说习惯了也可以吧。

“是啊，我也好不容易才捡回一条命。”

“所以，卡米尔，你之前究竟去哪儿了？露西尔也安然无恙吧。”

德穆兰对突然转换了话题感到气愤。之前指的是十七日到今天二十四日吗？十七日的事就这么结束了吗？

轻飘飘地一语带过，听完令人感觉不适。有冲动想大喊告诉他不能这么简单地考虑问题。但另一方面不得不说德穆兰也不擅长采取对抗的态度。不回答对方的提问，反倒发起火，这样做好像想糊弄过去似的，那心里又会变得厌烦起来。

心中产生自我厌恶，这种想法愈来愈强。即便回答，但好像在找借口似的，声音愈来愈小。

“乡下。”

“乡下的话，卡米尔，难不成去吉斯了……”

“不，离开巴黎，郊外的乡下。待在迪普莱西家的庄园。”

“啊，露西尔的老家。”

恍然大悟之后，罗伯斯庇尔便不再说这说那了。

5

不平

德穆兰心里却没有放下。

唯恐因猛烈的羞愧而脸色一下变红。说什么你不在场，而我身处战神广场的漩涡之中、早就习惯战场了，大谈自己如何特殊，其实不过是被保护罢了。

——既不是逃出生天，也不是躲藏起来，也不是被同伴掩护……

身受资产阶级的名门迪普莱西家权势的庇护。想到这，便也无法像开玩笑一样重提战神广场事件的始末，只能以献媚似的不自然的笑容应付了。

哎呀，那是最糟糕的情况。飞溅的血沾到脸上，中弹后的人像人偶一样无力地一个接一个地倒下，国民卫队完全包围了人们，战神广场上再无脱逃之处。

如果像丹东那样无惧枪林弹雨前行、宛如神鬼一般展开肉搏战，那说不定会是另外一种结果。在他的带领下打开求生之路，像其他同伴那样爬行逃走，说不定能够逃出生天。但是德穆兰是和妻子在一起。

“……”

妻子越是紧握住他的手，身体越动弹不得。只会正好是一个好靶子。

怎么说，女人更容易吸引注意力。而且露西尔虽已是人妇，但不知怎么，如同一位华丽的名门闺秀似的。

在架好机枪瞄准的一方看来特征明显、格外引人注目。

——所以才能准确地找到人。

不要开枪、不要开枪，这边，请快点！是迪普莱西先生的亲戚吧。好了好了，请往这边走。国民卫队的中队长对他们说。同为资产阶级出身，过去和岳父有过密切来往，也认识露西尔，所以他马上下令停止射击，前来救助他们。

——我们能捡回一条命是因为是实施屠杀一方的亲戚……

德穆兰慌忙地打消这种想法。这只不过是心里掠过的一丝想法，要是被谁知道了那就糟糕了。因为我也成了被诅咒的背叛者，无法给在战神广场遭到杀害的人们一个交代。

——不，因为……

迪普莱西家并非下令战神广场大屠杀的罪魁祸首。就国民卫队而言，他们也只是执行上头的命令而已。真正邪恶的、应该受到诅咒的是下令行凶并强迫士兵执行的那些人才对。是拉斐德，是巴伊，是在幕后运作的斐扬俱乐部。

证据就是巴黎谴责的声音也越来越高。甚至稳健的资产阶级也不免皱眉，认为这一事件明显过头了，包括迪普莱西家在内的富有家族。

德穆兰抬起头来。

“逮捕令被撤销了，是真的吧？”

“怎么，卡米尔？”

“已经不需要担心被逮捕了吧。所以，马克西姆，我才急着返回巴黎，总不能一直待在乡下。”

“太好了。卡米尔，非常欢迎。”

一通大扫除结束后，人们自然而然地在集会场地开始了对话。并非俱乐部里听众聆听政治讨论的形式——有主持人、讨论者依次上台，而是所有人围坐在一起，每个人都可以自由地发言。

讨论的主题自不用说，当然是雅各宾俱乐部重建的策略。

“因此，费德尔，是时候抛弃试图影响斐扬俱乐部的想法了。而且，斐扬俱乐部发表了宣言，划清了界线。宣言公开声称他们才是真正唯一的‘宪法之友会’。已经没有任何余地。任何试图改变他们的想法都是白费心思。可以说这是一封宣战书。要是提出和解之策，反倒只是被嘲笑。这种愚蠢的做法只会降低我们自己的品格。”

滔滔不绝说着的是罗伯斯庇尔。

声调高亢的话语里有几分紧张感。手舞足蹈，时而像换了个人似的，让人感到夸张。更重要的是，他几乎在讲台上自说自话唱独角戏，反驳所有人的意见，在此之前甚至阻止数人插嘴。

反观德穆兰，虽然算是有会员资格，但之前出入科德利埃俱乐部比较多。面对当下科德利埃俱乐部被封锁的惨淡情形，心中支持该俱乐部的想法却更加强烈。虽然不想出风头，但无法忍耐完全旁观讨论。

——马克西姆有点得意忘形了吧。

此前不久的雅各宾俱乐部，想要出风头也无从发挥。不光是德穆兰，连干劲十足的罗伯斯庇尔也一样，只有一部分极左同伴认真倾听是无法拥有控制全局的存在感的。

——但如今完全是一幅独奏会景象吧?

辩论家巴纳夫不在。迪波尔、拉梅特也不在。勒沙普里安、朗瑞奈、拉博·圣艾蒂安等，这些即便在议会上也能侃侃而谈的议员会员也全部不在雅各宾俱乐部了。

也就是说，因斐扬俱乐部的成立而获利最大的人其实是罗伯斯庇尔。德穆兰不怀好意地笑了。原来如此，所以他才想拼命保护雅各宾俱乐部。毫不犹豫地表明失败，而且没有丝毫后悔地抛弃科德利埃俱乐部，无论付出多大的牺牲也要保护的，就是残存的自己的天下。

“……”

快别想了，德穆兰反省起来。真奇怪啊，卡米尔。做出如此低劣的猜疑之举完全是醉汉的做法。啊，不是这样的。事情并非出于某种目的而变成这样的。并非把成为俱乐部领头人作为目的，不过是偶然间产生如此结果。

留在雅各宾俱乐部的少数议员会员被当成实质的领导者而遭遇大麻烦。罗伯斯庇尔的遭遇也听说了，藏匿在勉强算是雅各宾俱乐部会员的迪普莱家，昨天为止不提外出了，连房间都无法踏出半步。

话题回到雅各宾俱乐部的重建，在罗伯斯庇尔不在的期间，先前提到过的费德尔等留下的会员们提出的方案似乎是说服斐扬俱乐部。

虽然这是没有可能的消极做法，但主要成员逃的逃、藏的藏，都不露面的话，当然会变得越来越懦弱，但这也并非没有道理。

“而且从目前的情势考虑的话，不得不赞同罗伯斯庇尔的意见。并且分裂也不过十天，过去并肩作战的双方竟然会有这么多分歧。当然了，和斐扬俱乐部没有任何妥协的余地。”

说话的是一直以来的盟友佩蒂翁。这位极左议员会员中的二号人物近来不和罗伯斯庇尔同席，而和布里索同席的情况更多。听说他们都是沙特尔出身，他们并非在家乡认识了。但来到巴黎后因为同乡的友谊他们加深了友谊。

布里索不是议员会员，和德穆兰一样不过是一介报人。虽然可以毫不犹疑地承认他是一位敏锐的辩论家，但以前没有引人注意。在现如今的雅各宾俱乐部里，他能发挥相应的作用了。

“行不通的。完全行不通，团结起来已经行不通了。因为斐扬俱乐部里只有积极公民了吧。他们不是用高昂的会费来限制会员资格，而是直接写进会规里。这可真不得了。”

“所以我在想，反倒给斐扬俱乐部下通牒，会不会才是重建雅各宾俱乐部的第一步？”

罗伯斯庇尔再次抢过话头，甚至从椅子上站起身。不应该单方面地宣布决裂。一方面明确一直以来雅各宾俱乐部才是“宪法之友会”，未来也将继续承担“宪法之友会”的大义，另一方面同时也宣告诀别。

出席人数虽然不过三十余人，但得到了满场的掌声。德穆兰也毫不迟疑地鼓掌。虽然他也同意这一番话，但完全赞同之时发觉自己被焦虑俘获了。

——沉溺于文字游戏又能如何?

心中产生不满，战神广场上可是有人死了啊。德穆兰甚至冲动地想发泄心中的愤怒，但他拼命忍住了。不能说出口。一边非议文字游戏，一边拿出武器，那我们不就和斐扬俱乐部是一丘之貉了。怎么可能堕落到他们那种地步，必须要凭借语言斗争了。

“这虽然的确是非常重要的……”

“怎么了，卡米尔？”

罗伯斯庇尔问道。你说重要的还是什么来着。

德穆兰本来是心里想着的，但不自觉地说出声。虽然多少有些慌张，他回答说，我也认为诀别宣言的确非常重要。

“可是雅各宾俱乐部无法恢复与斐扬俱乐部一战的气力。”

“关于重建的具体方针当然也打算进行讨论。”

罗伯斯庇尔含混地回应说。这的确是正题，所以必须要直面当前严峻的局面，罗伯斯庇尔皱起眉头。

“所以请不要再提同斐扬俱乐部和解之类的提议了。”

费德尔接受了这点，但仍然显得没有底气。虽然是这么说，但我们明显处于劣势。

“雅各宾俱乐部目前有六十余名会员，议员会员的话算上重新返回的人，有罗伯斯庇尔、佩蒂翁、勒德雷尔、比佐、科罗内尔、卢瓦尔、圣马丁、格雷戈瓦牧师、博梅思、安托万等人，可以罗列出所有人的名字。另一方面斐扬俱乐部拥有二百六十余名议员会员，总会员数也不下五百人。这样怎么都无法与之抗衡。”

“请加上‘在巴黎’。”

说话声充满自信，但回音柔和，明显不是罗伯斯庇尔。笑逐颜开举手示意的人是全国联络委员肖代洛·德·拉克洛。

6

誓言重建

此前精神萎靡的拉克洛完全恢复了状态。脸色也好多了，看起来仿佛年轻了几岁。这可是个好机会，请允许我讲两句，斐扬俱乐部的优势只在巴黎。

“根据我的调查，斐扬俱乐部自成立之日几乎同时向全国八十三个省派遣使者，劝说所有四百个地方支部以及协作俱乐部加入他们的行列。”

这是身为雅各宾俱乐部全国联络委员的拉克洛的强项。但与他满面喜色相对的是没有任何值得高兴的地方，只是让众人实际感受到斐扬俱乐部的实力。

“但是。”

拉克洛继续说。重点在但是。就在地方对于出人意料的“宪法之友会”分裂感到疑惑不解的时候，他们听到的是战神广场大屠杀的消息。

“地方在高压之下被迫要求表态，他们越发感到不能再忍受斐扬俱乐部了。还是要返回雅各宾俱乐部这个初心。”

这是证据，拉克洛一边说一边拿出一大摞纸，放在桌上发出咚一声沉重的响声。

“这是一周里各地方支部还有协作俱乐部寄给我们的书简。”

拉克洛拿起数张读起来，这是“宪法之友会”凡尔赛支部寄来的，说是他们把来访的夏尔·德·拉梅特不留情面地赶了出去。这是来自“友爱协会”的代表塔利安的书简，大意是他拒绝了斐扬俱乐部的提议，表示要继续同雅各宾俱乐部携手共进。“社会之环”也同样，表达要继续“与最热诚的祖国护卫者一道，也就是和罗伯斯庇尔、佩蒂翁两位议员共进退”。

“不管如何，目前还无法下结论说地方支持雅各宾俱乐部。”

拉克洛最后断定说，不，现在为止才一周时间，还无法掌握实际的数目。但感受当前的氛围可以说，地方俱乐部的三分之二，或许四分之三选择留在雅各宾俱乐部或者维持协作关系。

“正义不会式微。”

罗伯斯庇尔振奋地说，声音稍带颤抖。啊，是的啊。果真如此。法兰西土地上的正义还没有式微。正义的精神正在崛起，拒绝承认当下的不正当之举。

——这不是理所当然的吗。

在旁边听着的德穆兰心里不禁想到。而且，成立斐扬俱乐部的那些家伙们一直以来就轻视地方。与之相对，留在雅各宾俱乐部的都是一直重视地方的人士。重建只有依靠地方，这点看法丹东在七月十七日的时候早就看破了。

正义没有式微，这不用再次强调。愤慨于议会胡来的人们绝对不在少数。正是确信于这种可能性，众人不才计划发起署名请愿运动的吗。

——问题反而是我方伸张的正义目前被完全击溃了。

德穆兰无法释然，但雅各宾俱乐部反倒轻松地转向兴奋。对啊，把地方当作根据地重建。是啊，与法兰西尚存的正义为伍。议员少就少吧。可能会耗费时间，但我们贯彻我们所相信的就好。是啊，雅各宾俱乐部这样做就好了。

——那科德利埃俱乐部该又如何?

丹东现在仍在英国逃亡，没有听说马拉再次露面的消息，也没有默默罗被释放的音讯。雅各宾俱乐部的重建在科德利埃俱乐部处于毁灭状态的情况下是没有胜算的。

“管他呢。”

罗伯斯庇尔继续说。斐扬俱乐部想做什么就随他们去。不论他们怎么做，又如何呢。不做徒劳的争执，我们就走我们自己的路……

德穆兰胸口如同裂开一般作响。他马上说，你说斐扬俱乐部随他们去，不论他们怎么做都没关系是吗?

“别开玩笑了，马克西姆。”

“怎么了？卡米尔。”

“你说的关于斐扬俱乐部的话。”

德穆兰站起来，他原本站在讨论队伍的外侧，但此时他不断向前走，逼近罗伯斯庇尔近处。并非如此吧，绝对不是。

“让斐扬俱乐部为所欲为那可就糟了。”

“但是我们也无法改变他们。我们只能做我们自己能够做的事……”

罗伯斯庇尔试图反驳。摆出前辈的架子，你总是这样。把我看成软弱的后辈，总是压制我。但这次不会让你得逞的。德穆兰不后退，反倒更加跃跃欲试。这种看法就是太过于天真了。

“战神广场上，可是有人被杀了啊。”

“这……”

“杀人的那些家伙还好好地活着，他们受到应有的惩罚了吗？怎么可以让他们继续恣意妄为？马克西姆，在这种情况下你还能说得出法兰西的正义之类的话吗？”

“……”

“摧毁斐扬俱乐部！让他们尝尝生不如死的滋味。如若不然，我咽不下这口气。”

德穆兰一股脑说完后发觉罗伯斯庇尔失语了。他大大地睁着眼，表情完全没了气势。

遭遇了滑铁卢，一时还无法恢复。德穆兰自问究竟是谁将这个刚强的优等生说得无法反驳，这下轮到德穆兰自己感到狼狈了。不，怎么说呢，总之，大声说出来没什么。

“我只是……”

“德穆兰，你有什么打算。”

问话的是布里索。德穆兰被这么一问，一时却回答不上来。只是不能这样放任斐扬俱乐部下去。绝对不能这样放过这帮妄自尊大、飞扬跋扈的家伙。

“我们也不是不想以牙还牙。”

布里索自己继续说，我们也想报复。但是敌人在议会拥有压倒性力量，企图设置特别法庭审判组织署名运动的科德利埃俱乐部以及被怀疑参与的雅各宾俱乐部，在舆论的帮助下好歹成功阻止了，但不可能转而发起反攻。远远无法到审判战神广场大屠杀这一步。

“可雅各宾俱乐部可以发起相关的声明吧。”

“意思是指明屠杀者正是斐扬俱乐部吗？”

佩蒂翁说，确实应该这么做。现在正好与舆论为盟，无论是声明也好，檄文也罢，小册子、贴纸也没关系，总之应该大张旗鼓地检举他们的行径。

“无法在法庭上做出裁决，那么就让他们在社会上走投无路……是吧？”

“能做得到吗？”

罗伯斯庇尔重新抬起头。他们会说这只是完全出于恶意的诽谤中伤。此举不会反倒降低雅各宾俱乐部的品格吗？

“但是，什么都不做的话……”

“我没这么说。”

优等生重新找回了自信。不，他的脸上写满了不论如何都要找回自信的神情。我也不认为应该无罪赦免斐扬俱乐部。可是，要治他们的罪需要确凿的证据。

“不如在雅各宾俱乐部内成立战神广场事件调查委员会。”

这是罗伯斯庇尔的提议。七月十七日究竟在练兵场上发生了什么？究竟是谁策划的、谁下命令的、谁执行的？彻查事实真相，如果查到屠杀的犯人，要预先剥夺他辩解的机会。

“沉着应对，你可能还很愤怒……”

罗伯斯庇尔看了一眼德穆兰。他一瞬间感到狼狈，但他回答说，不，不叫沉着应对。我只是希望你能够下定决心去做。

“那就决定了。”

布里索说。雅各宾俱乐部成立战神广场事件调查委员会。

“除此以外，誓言重建雅各宾俱乐部还有对斐扬俱乐部的报复，诸位都意见一致了吗？”

最后佩蒂翁说，理想的实现当然需要准确判断后的目标。但是现实政治则不可避免地具有斗争性，请各位一定要记住这一点。

7

夫妻生活

——要说喜欢什么，没有比夫人的臀部更喜爱的了。

路易心里这么想是因为他终于实现了左右两手抓住那柔软的部位。

得到释放的刹那，如海浪般摇摆，路易有种扑哧一下深陷其中的错觉。他一边醉心于舒服的感受，一边想为何妇人会拥有丰满的臀部，莫非是女人这种生物丰饶的象征？没有女人的男人的人生会如何贫瘠。心中感受到的想法继续着，如此才能确认自身的幸福，这是法兰西国王路易十六的习惯。

夫人当然是指玛丽·安托瓦内特。

路易没有妻子以外的女人，他也不想有。要是有那多余的时间和体力，不如再和玛丽·安托瓦内特多交合一次。路易不免有种信念，他认为这才是正确的夫妻相处之道。

——算起来，今晚是第八十二次吧。

路易记着次数。虽然没有记录在笔记本上那种恶趣味，但他记得总共八十二次所有的地方和时间，每一次都能够想得起来。

结婚以来二十余年，这个数字是多是少，路易无从判断。不，比起平常的夫妻这个数字应该算少的，他有这种冷静的自我察觉。因为婚后最开始的七年里完全没有同房。

——没人教过他。

人尽皆知先王路易十五过着放纵的私生活，或者说除了玩女人其他什么正事都不做。尽管如此，却没人能给后继者路易十六以指南。

虽说是先王，但路易十五是祖父，和路易十六之间还有他早逝的父亲。他的父亲也就是王太子路易，因为反抗轻视其母王后的父王，过着严格自律的私生活，模范般地经营着自己的家庭生活。

——什么都不懂的小孩子总算经历人事，却不免有种罪恶感……

在安排下，路易什么都不懂就与奥地利公主玛丽·安托瓦内特结婚了。所以，路易那时什么都没有做。

王太子妃进而成为王后，在这个过程中却一直没有怀孕的消息，身为妻子似乎也相当焦躁不安。但包括玛丽·安托瓦内特在内，没有人能够告诉他们应该做什么。

——因为我是法兰西国王。

身处至高之地位，很少有人会对其多嘴多舌。有的话也只有同样地位的人。

——对内兄奥地利皇帝约瑟夫二世……

应该感谢他才对，路易想。他自我分析，这应该是自己时至今日仍对奥地利有所偏袒的根源。但要说如果不是一七七七年邀请他访问凡尔赛的话，现在会如何呢?

内兄皇帝给予了建议。虽然只是让路易不再纠结内心的一点小建议，但在此帮助下，路易完成了任务。如果有人能够跟我说的话，我也不会不去听。

——但却是孤独的。

自己从开始便喜欢玛丽 · 安托瓦内特。正是体验了王者的孤独，自己对于许配的妻子并不是毫不关心的。

不，明确地说，路易从第一次见面便坠入爱河了。虽然可能并没有很好地表达出来，但他打心眼里爱着妻子。

成全了搁置已久的房事，心绪越来越高涨起来。正因为此前不懂其中奥妙，还可以忍耐，一旦体验之后就再无法孤身入夜了。

“……”

路易想到，身体一离开，马上感受到下腹湿冷的触觉。女人与此相对的部位也同样会突然冷却下来吗？如此一来难道不寂寥吗？难道不悲伤吗？

不，从前也十分在意，为此还实际做了一番调查。虽然被嫌弃，但这是丈夫的权力，无法阻止。他发现了妻子的秘密，偶然间发现了藏在阴毛之下的黑痣。这个秘密连妻子自己此前都不知道，因而路易高兴得不得了，由此满足了，也不再纠结了。

——要是之前能够早点弄明白的话……

路易明显有懊悔之意。想要做，更多，更多地做。或许应该称之为悔恨，不管如何到今天为止的夫妻生活距离满足还路途甚远。

比平常的夫妻少这也没办法。问题是这没法轻易地挽回。事实上，就在最近，很久没有同房了。

为了有孩子，两个人一同努力。第一子生于一七七八年，第二子生于一七八一年，第三子生于一七八五年，早夭的第四子是在一七八六年。

即使产下公主，两人为了能够有王位继承人仍然表现得热情高涨。王子降生令人安下心来，但关于王位继承的梦永不会结束，再者考虑到婚姻外交，再生一个、两个更保险，路易对于自己应该完成的使命从不后悔。

——这一切也全部完成了。

路易并没有萎靡不振。但是玛丽·安托瓦内特从女性的责任中解放出来，她一直在小特里亚农宫闭门不出。

那栋建筑也算得上卢梭式的"自然"风格，拥有一座田园风的庭院，仿佛置身农家一般。虽然也在凡尔赛界内，但却与主宫殿完全不是一类建筑。王后虽然先前便居住在此，但在第四个孩子夭折后，她就待在里面闭门不出。

——我一个人睡觉。

并不是没有同住一个屋檐下过，但还是分房睡的。至今为止过了几年分房生活，就是说几年里都没有圆房。如果要准确时间的话，那就是在得知王后怀了公主后，必须谨慎注意、暂时不能同房，那是在一七八五年十二月六日夜，第七十四次以来。

——那一次是最后一次吧。

曾经也想过，夫妻就是这么回事吗？只要有了孩子就不再强求了，也曾经试着有过这种达观的想法。已经不再是活力四射的年轻人了。漫漫长夜也并非不可忍耐。

老大不小了还操弄下半身实在滑稽，也这样给自己泼过冷水。但那时三十七岁，干涸得也太早了，路易心里也不是没有过如此想法。

——说起祖父路易十五……

在六十四岁去世前，还与活色生香的杜巴丽夫人形影不离。人啊，不会那么容易就干涸的。反倒是正处在应该讴歌人生的年龄。

——潜入小特里亚农宫……

即便突然主张丈夫的权利，玛丽·安托瓦内特也好、别人也罢，都不会有半点怨言。路易虽然曾这么想过，但结果从没有突然袭击妻子的卧房。每日被法兰西国王的公务追在屁股后面……假如真有时间，要是被当作下流无耻之徒可就不好了……

——也传出过有情人的绯闻，令人不快……

不，如今能够正视自己的心意，这可能就是没有硬来的最大原因吧。自己已经变得强势，路易抬起埋在枕头里的头并伸出手。

“请不要，陛下。”

玛丽·安托瓦内特嘴上拒绝，但并没有逃开。她没有背过身去，而是放松身体，任由路易爱抚。

路易见自己被接受了，胆子大了起来。他潜入被子里，鼻尖被女人的膝盖顶到了，但感到她在偷笑，肚子上的肉也在微微抖动。这就是夫妻，果然是夫妻。我们能够回到夫妻的状态。

——瓦雷纳逃亡的失败应该可以算作一桩幸事吧。

路易放弃恶作剧，从被子里伸出头，转而尽可能温柔地抚摸着妻子变白的头发。

——这可是真美啊。

受到重大打击头发一下全白，但玛丽·安托瓦内特原本头发带有金色，如今更接近银发，在光线下熠熠生辉，从年轻时就有一种华丽的感觉。流言传什么头发白了，倒显得有些恶意。

路易不屑地一笑。说什么心力交瘁快要丧命了。不要说死了，玛丽·安托瓦内特最近反倒容光焕发，有种娇艳之气。

——证据就是八次。

从在瓦雷纳被抓到返回巴黎至今，同房已有八次。

停了一段时间但又重新开始了。仅仅就此，路易感到好像有了大收获，而且把积累数年的怀疑一扫而空，他十分开心。关于玛丽·安托瓦内特的情人，费尔森只是个不中用的家伙，已经非常清楚了，根本谈不上通奸、幽会。妻子也多年未曾有过，心底也暗暗地期盼着能够与丈夫路易再次有肌肤之亲。

路易一边心里总结，一边向对方确认：

"夫人，其实，不坏吧？"

"您指什么？"

"瓦雷纳出逃的计划遭到致命失败，一时间绝望了。但不知何故，回到巴黎后却并不全是坏事。"

路易说着，移动中指。玛丽·安托瓦内特膝盖紧闭以此逃开，一时间说不出话。

"巴纳夫是吧……"

"嗯。"

"还有迪波尔、拉梅特，被称为三头派的三人正在为我们而奋斗啊。"

8

《皮尔尼茨宣言》

八月也快要结束了。国民制宪议会正在完成其最后的使命。议长杜尔于八月七日向议会提交宪法草案全文，为了九月能够完成制定，敦促所有议员开始最终的检查。

凭借宪法奠定君主立宪。最重要的是关于国王权限的讨论，当然没有被抛弃不管。但从之前的革命态度来看，讨论已经变得反对改革了。

国王拥有关于立法有条件的否决权，这一定得到了承认。而且国王作为官僚机构和军队的最高指挥者，继续拥有各个大臣的任免权，也能够参与各国大使、将军的选定，还保留特赦的权力。

令路易开心的是，国王的地位仍然神圣不可侵犯，在国家中的地位既不是侮辱性的“首席官员”，也不是无聊的“执行权之长”，仍然是“世袭的代表者”。

能够代表法兰西这个国家的不是国民、不是议会，还是非得任元首的法兰西国王不可。在这点上，终于恢复了判断力。

自己虽然批准了《教士公民组织法》，但一直以来不能赞同。一直说要将其作为宪法的一部分，但也没有写入，这样一来就变成了普通的法律。从路易的心情上来说更容易向宪法宣誓，因为变得和信仰问题毫无关系了。

而且《教士公民组织法》不过是普通法律，那就有了使用否决权的余地。督促议会修改法律条文，法兰西国内的拒绝宣誓教士们甚至罗马教皇都可能会有妥协的空间。

——这正是盛情款待。

路易想着，自己看透了议会的让步，瓦雷纳事件是正确的，在出逃以前表示反对并不是没有用的。要是老老实实的，现在不可能看到如此周到的宪法。

“干得不错，巴纳夫他们。”

不用说，这一切都是三头派主导的。听说他们与拉斐德、巴伊的一七八九年俱乐部一同设立斐扬俱乐部，可能应该称他们为“斐扬派”吧，不管如何力量剧增，这一派如今在议会中无人可敌。

——这都是为了国王而谋划的。

巴纳夫还有迪波尔、拉梅特，他们完全承继了春天逝去的宫廷秘密顾问米拉波的衣钵。

“可是比起米拉波来感觉有点靠不住。”

这是玛丽·安托瓦内特的回答。

这次也是王后负责联络，路易自己写信或者直接会见有损于法兰西国王的尊严。另外，在路易看来，女性的直觉可能更优秀。

“到底是夫人啊。”

玛丽·安托瓦内特的判断恐怕没有错。路易综合各处的情报，经过仔细思考，他也判断巴纳夫他们还是靠不住的。

三头派也好、斐扬派也好，他们现在展示出席卷议会的势头，但要论政治力量，似乎还没什么值得称道的地方。

米拉波缺乏人数的优势，却能凭一己之力垄断议会，随意地操纵大众。和他比起来简直是成人与小孩过家家的区别。

路易的低估虽然听上去也很奇怪，但瓦雷纳事件的善后工作并不值得嘉奖。无论如何绑架事件的说法太过了。捏造得过于幼稚，硬来的手法过头了。

“上个月还发生战神广场大屠杀，最后似乎引发了社会的不满情绪。”

玛丽·安托瓦内特继续说。那件事也令路易目瞪口呆。发动武力镇压是最后的最后才应该采取的手段，而且通常只起威慑作用，假如不奏效应该马上撤下，才是上策。下令开枪在政治意义上是下下策。

路易也回应说，不一定是巴纳夫下令的。说不定是拉斐德那个轻佻的人发动的。

“不管如何，事实就是在政治上不得不后撤了。”

“这可真难办。要是米拉波伯爵能够死而复生的话就好了。”

玛丽·安托瓦内特顺口说。但路易不得不吐露心声，要是米拉波死而复生的话就讨厌了。

路易很愿意大方地承认米拉波的实力。但那个人做得过分。面对他，自己没有反驳之力，有时会感到压力越来越大。要是被那个大男人控制的话，就得乖乖地言听计从了。

——所以啊，还是巴纳夫正合适。

这是路易所能接受的。这样轻松，也不会受制于人了。掌握主导权的是我，下命令的人是我法兰西国王路易十六。

瓦雷纳事件的最大收获是国王的存在意义得到了确认。哪怕国王反对，议会也只会推动君主立宪，而绝不会将国王排除在外。要取代法兰西国王可没那么简单。他们除了默许也没有其他办法。捏造出绑架的说法，不仅提高国王地位，还给与权力，除了重视国王没有其他办法。

——他们是打算把我当成傀儡吗……

这可是痴心妄想，路易想。怎么说，法兰西国王是无法取代的。轻易能够被取代的是内克尔、米拉波之类的政治家。

——他们才是我的棋子。

轻松点好。这回巴纳夫等人要是能力不行或者对我不利的话，马上抛弃他们，可以轻易地替换掉。最大程度地运用国王尚有的权力，巧妙地把政治家当作棋子，才能在这未曾有过的危机中打开局面。

——我的战斗才刚刚开始。

路易开始认为如今的自己可以战斗，不，是必须要战斗。否则法兰西的民众无法幸福。国政改革甚至革命，想要贯彻执行，能够依靠的只有法兰西国王一人。

——证据就是政治家他们总是在进行权力斗争。

撒谎、歪曲理想，甚至暴力，用这些手段的全部目的是为了自保。而不得不自保的理由是自己的地位没有得到保障。

法兰西国王则不同，是神圣不可侵犯的国家元首。正因为如此，“我”没有私欲，不会日思夜想着自保，而能贯彻只为民众的政治。和无所作为的昏君不同，我路易十六是关心国政、意欲改革的国王，不论使用什么手段都一定要夺回实权。

“《皮尔尼茨宣言》发布了吧。”

路易转换话题。玛丽·安托瓦内特可能感到有些突兀，但她也应该知道这件事。

一七九一年八月二十七日，奥地利皇帝利奥波德二世和普鲁士国王威廉二世在萨克森选帝侯的皮尔尼茨宫会谈，当天发表联合声明。

两位君主在声明中称，对法兰西革命的定义是“欧洲各君主、王侯都有共同利害关系的问题”，在“恢复法兰西国王完全的自由，鉴于诸王的权力、法兰西国民的利益，可以确立君主立宪制的基础”上，“全员一致认为应立刻采取必要的武力”。

“我已经发出抗议，不要他们擅自行动。”

路易继续说，他感到妻子皱起眉头。

“是对兄长说吗？”

玛丽·安托瓦内特是奥地利皇室出身。不仅去世的约瑟夫二世，就连利奥波德二世也是她的兄长。说到老家的事便无法心平气和了吧。

路易微微一笑，安慰妻子说。

“不，是对弟弟们。”

要论《皮尔尼茨宣言》的实际效果，对于逃亡国外的普罗旺斯伯爵和阿图瓦伯爵的影响更大，也就是路易十六的两个弟弟。

两个王弟顺着《皮尔尼茨宣言》向法兰西发表公开信，规劝王兄不要承认宪法，如果承认了，那也是被迫的，他们不会承认，大声疾呼要纠集流亡贵族们与诸王联合。

“真是的，这也太擅自妄为了。”

“是吗？原来是这样。”

玛丽·安托瓦内特的声音多少恢复了一点开心。是啊，利奥波德哥哥的话，虽然发表了《皮尔尼茨宣言》，但似乎并不是真心考虑开战。

“我知道。他正忙于处理波兰领土分割。内兄并不打算在法兰西发动战争。”

“我有时会希望哥哥能够认真考虑开战，但也没有办法吧。我们要建立君主立宪吧，总之在这场革命中是要拼死捍卫王室的地位。要是引发战争的话……”

“不，夫人，这不是坏事。”

“……”

“是的，战争也不是件坏事。”

玛丽·安托瓦内特突然一动，抬起上半身。白色的乳房在摇动，路易感到十分有魅力，一边笑着继续说。当然我不会主张战争的，也会给弟弟们发去抗议的书信。但如果法兰西国民认为《皮尔尼茨宣言》是挑衅而极其愤怒，那也没有理由加以劝解。

“如要发最后通牒的话那就发。我会毫不迟疑地批准。这样一来，万一开战，你的兄长会向法兰西派军吗？”

“可是陛下承认了宪法……”

“哈哈，哈哈，难道君主立宪是夫人所期望的吗？”

“那么……”

“引入各国军队，特别是奥地利军队，借着他们的力量一扫法兰西的革命势力，复兴法兰西国王的至高权力。除了这样没有其他办法。”

路易面对瞠目结舌的妻子淡淡地说，说一套做一套也是政治啊。不过是表面上支持君主立宪，但实际上最大限度地利用现有的权力引发开战，同时秘密与各国联合，借助他们的军事力量恢复绝对王权。

“这并不是简单的事，但这一切都交给我一人。”

路易说着搂住妻子丰满的腰部。像在探索似的慢慢地移动，这次玛丽·安托瓦内特没有拒绝。淫靡的气氛中共同向着第八十三次推进。

9

最后的议会

一七九一年九月三十日，议长杜尔在主席台上高声宣布：

“国民制宪议会完成了国家宪法的制定。宪法平等地保障君主制与自由。本议会的目标已经达成，我宣布本议会即日解散。”

在快要宣布结束的时候，罗伯斯庇尔已经站起来了。他离开了自己的议席，径直向练马场附属大厅的出口走去。

背后高喊着“万岁！”。宪法万岁、议会万岁，最后还听到议员喊万岁的话语传来。不，我不想听。匆匆逃出现场，但一旦听到了这些话，罗伯斯庇尔的内心不免感到愤慨。

——成为议员后已经过去两年五个月了吧。

确实感受到岁月的重量。两年五个月很长了。连自己都难以相信，但这的确没有错。

开始被称为议员是在一七八九年五月，那是在阿图瓦辖区选举后作为第三等级代表出席全国三级会议的时候。议会名字从国民议会到国民制宪议会，开会地点由凡尔赛到巴黎，但议会还是如开始召集时一样，议员的资格除非自己放弃否则不会改变。

——所以一直工作到现在。

在经过像隧道一样的长廊时，罗伯斯庇尔停下脚步。闭上眼的一瞬间，两年多的记忆全部涌上脑海。

凡尔赛议员游行那是相当兴奋。但第二天就变成了对等级歧视的愤慨。第三等级宣布要自己成立国民议会，在网球场宣誓不制定出宪法绝不解散。连国王的解散命令也置若罔闻。

刚刚成功说服第一等级的一部分，便遭遇军队出动，在其压力下议会一时间面临解散危机，但巴黎的民众起义，攻占了巴士底狱。

以此为契机直接导致了革命，同时议会也采纳了人权宣言，废除封建制，着手进行行政改革、教会改革，但最先需要的是制定宪法。

——回想起来真是如梦一般的日子。

罗伯斯庇尔回顾着发生的一切。秉持自由、平等、友爱的精神，承认人生来平等，也就是废除等级，在革命到来以前这一切不过只是卢梭写在纸上的论说，完全停留在梦想阶段。

——虽说如此……

一旦成为了现实，那梦想也不一定完美了。

——现在不是沉浸在感性的时候。

罗伯斯庇尔重新向前迈开脚步。不能在此停留下去了，至少我不能停下来。没有心情和其他议员一起大唱万岁。

因为禁止再选的法律通过，国民制宪议会的现职人员不能参加下次立法议会的选举。就是说，今年九月三十日经历议会解散的全部议员都在这一天失去议席。尽管如此，万岁、万岁的叫喊声仍然响彻会场。

失去议席不一定要感慨。更何况大半的议员去职后感到高兴，被限制行动在凡尔赛和巴黎两年五个月后终于能够回归故乡。

禁止再选的提案能够被轻易地接受，也是由于议员们归乡心情下期待着议会的解散。

不仅仅只有恋家的。大多数人是资产阶级，担心不在家期间公司会陷入困境。如今又传言粮食歉收、景况不好，在此背景下想早日回归本业，有如此心思的人也不少。

当然还有对议席恋恋不舍的人。下野之后，不少人会继续开展政治活动。但他们仍然会为制定宪法而感到骄傲，议会的解散画上一个句号，应当是值得高兴的事。

"但是，对我而言这是遗憾的解散。"

罗伯斯庇尔吐露心声，不禁咬紧牙关。

八月七日，宪法委员会将宪法草案提交议会。议会从八日开始对全文进行审查。宪法制定也进入尾声，换句话说这是可以提出异议的最后机会。

罗伯斯庇尔当然劲头十足。他与佩蒂翁、勒德雷尔、格雷戈瓦牧师协商，目标是废除剥夺贫困者参政权、优待有钱人的马克银币法。可是事与愿违。

——被抢了先手。

宪法委员会在八月十一日的审议上提出撤销享有议员的被选举权需满足一马克纳税额基准的规定，但同时将成为首次集会选举人资格的基准由十日薪金的纳税提升至四十日。

"为了更好地选出立法议会议员，与其限制参选人不如确保选举人的质量，这才是上策。”

宪法委员会代表杜尔如此陈述修改的原因。

——开什么玩笑。

罗伯斯庇尔愤慨。

其心可昭。只撤除了纳税额一马克的基准，也就是所谓的支持废除“马克银币法”，这样做避免了恶名，但其实现属于金主的政治、由金主操纵的政治、为了金主的政治的意图丝毫没有改变。

当然了，该提案从提出当日起就遭到猛烈攻击。佩蒂翁、勒德雷尔、罗伯斯庇尔依次登台呼吁废除宪法委员会的提案，但拼尽全力也只是迫使议会在第二天十二日继续审议。

格雷戈瓦牧师的反对最终被驳回，八月二十七日“废除马克银币法”以及“就选举人资格的提高纳税额”的提案通过审议。不光没有摧毁马克银币法实质上的作用，其恶劣的本质反倒隐藏得更深了，可以说罗伯斯庇尔等人全面失败。

九月三日，议会表决经过最终修改的宪法全文。路易十六在九月十三日通过，十四日进行宣誓。如此一来，制定宪法一事尘埃落定。

——结果什么都没做成。

国民卫队的入队限制也向选举法看齐，没有废除对积极公民和消极公民的区别对待。国王大权没有遭到削弱，反而得到了加强，另一方面，百姓集体请愿遭到法律禁止。

——还是无法改变现状。

罗伯斯庇尔感受到十足的挫败感。

战神广场大屠杀之后舆论反转，本该是绝佳的机会。在议会解散前的最后攻势，没有完成使命前绝不辞去议员一职！尽管干劲十足，却什么都没有做成。

以雅各宾俱乐部的名义提交的《关于七月十七日战神广场》的调查报告遭到无视，斐扬俱乐部的霸权仍然如磐石般稳固。

“人民共同体需要的是安定而非自由。必须要说安定是最重要的。政治的自由带来的不过是多余的幸福，而不是人民所需要的。”

雄辩家巴纳夫在八月三十一日的议会上演说。开玩笑呢，开什么玩笑，心中有无尽的怒火。现在出了门我便不再是议员。无论有什么样的愤怒，也无法在议会讲台上倾诉了。

——尽管如此，我的政治活动不会结束。

革命同样不会终结，绝不能让其终结。罗伯斯庇尔大呼一口气，迈开了脚步。

“这是开始的第一步。”

有人说，像是看透了他一样。罗伯斯庇尔转过头，原来是热罗姆·佩蒂翁。他在罗伯斯庇尔离开议席后追赶上来，想着既然是一同倡议革新的盟友，如今更要共同行动。

原来如此，同伴变少了。少了许多。全国三级会议的开头，在争论议员资格审查方法的时候，那是志同道合的议员共同战斗的开端。布列塔尼人俱乐部刚开始活动的时候有勒沙普里安、朗瑞奈、拉博·圣艾蒂安、穆尼埃、巴纳夫等人。

那时佩蒂翁还不是那么出众。但拉斐德是最坏的例子，并非只有出挑才是好的。哪怕需要时间，最重要的是贯彻信念。只要坚持正义，早晚会超越常人。

——最开始并没有那么重要。

要说没什么存在感，连当时的我也不过是被时代大势所埋没的。不，我被叫做“猴子”，待遇在人之下。罗伯斯庇尔不禁苦笑。那时米拉波势头正盛，其他人都暗淡无光。

罗伯斯庇尔不再苦笑，随即思考。受到人民爱戴、席卷议会的那位“革命的狮子”假如现在尚在人世的话，他会在七月十六日选择留在雅各宾俱乐部吗？还是会选择转向到斐扬俱乐部呢？

——不知道。

倒不如说，参加哪个俱乐部之类的事对于大丈夫米拉波来讲，好像并不是重要的问题。

——我则不同。

罗伯斯庇尔不得不承认自己的上限。他必须依靠雅各宾俱乐部。不和同伴共同奋斗的政治活动是站不住脚的。然而几乎所有人都转而参加斐扬俱乐部了。雅各宾俱乐部剩下的是以佩蒂翁为首的为数不多的人。

至今为止在革命舞台上奋斗的议员们全部卸任了，正因为如此，接下去俱乐部将成为政治活动的主体。俱乐部越来越重要，可现在雅各宾俱乐部仍处于劣势。

提案委员会、入会审查委员会、全国联络委员会等原有的三个委员会，加上新设的调查报告委员会、会员监督委员会，虽然机构改革在不断进步，但会员数量不增加的话，这些全都是无用功。别提报复斐扬俱乐部，就连好转的迹象都没有，在这样的情况下到了议会解散的日子。

——即便如此，只能干了。

罗伯斯庇尔对自己说，并非没有同伴。

追随来的不只佩蒂翁，还有从旁听席赶来的布里索、老朋友德穆兰，甚至还有结束地下逃亡的马拉和从英国回来的丹东等人。

——阴影处还有人影。

是啊，科德利埃俱乐部的人也在。那里至今为止并不是议员会员的天地，而是那些专门从事市民活动、街区活动、集会活动的充满活力的革命家们的。

德穆兰、马拉、卢斯塔罗、埃贝尔等人将辛辣的文字印刷成铅字，以此为武器。这样说来，雅各宾俱乐部的布里索也是个中前辈。罗伯斯庇尔接下来也要写，刊发报纸也在考虑之中。

“总之，继续向前，前进！没有可以畏惧的。”

罗伯斯庇尔说完，佩蒂翁一边打开门一边大大地点头。雅各宾俱乐部、科德利埃俱乐部的其他人也大声地呼应。总之，前进！向着美好的未来前进！

大门慢慢打开，光线照射进来。眼前一阵刺眼，紧接着袭来的是巨大的音浪。

10

市民之冠

罗伯斯庇尔警惕起来，但马上就明白过来用不着紧张。

开始突然听到的音浪马上变成了乐曲。顺着声音望去，原来是国民卫队的乐队在左边靠着斐扬修道院的外墙演奏。

“看起来比用武器熟练嘛。”

有人小声嘲讽道。估计那人是德穆兰。

“花高昂的学费跟音乐老师学习，这也是资产阶级的爱好。”

演奏的确非常棒。国民卫队应该是在感谢离场的议员们。

要表达感谢之意的不只有国民卫队。听到有人随着乐曲的拍子同时欢呼。

秋风渐凉，天清气朗。杜伊勒里宫练马场狭长的地方十分热闹，人群围了个水泄不通。国民制宪议会解散，在完成了制定宪法的伟业后离开会场。市民们想热闹地欢送议员们。

巴黎事实上变得如同过节般热闹。九月十四日宪法颁布后，战神广场上空升起了三色旗式样的气球，庆祝气氛因而更加热烈。在此之后，所有道路上都能见到四处载歌载舞的欢快景象。

——但是这不是在欢送我。

罗伯斯庇尔想到。至少他没有心情一起庆祝。他对宪法并无好感，它不能使法兰西迈向幸福，正因为如此他早早地离开呼喊万岁的会场。

理解或者不理解宪法实质的人都欢快着，不，比起能从宪法得益的人，尚且没有发现被宪法所抛弃的人反倒不明所以地欢天喜地。世人大半，不，甚至连大半议员都没有认真考虑过宪法的好坏。

虽然如此，如果回想革命前的状态，一般人可能都会认为成功制定宪法本身就是一个壮举了，大多会积极地评价此事，满怀喜悦。

罗伯斯庇尔无意谴责庆祝的天真情绪，所以才淡然处之并打算尽快离开。但却没想到一下聚集了这么多人欢送议员卸任……

罗伯斯庇尔多少有点发怵，他向练马场的沙地走去。鼓掌喝彩的声音越来越大，他心中也不禁感到情况愈发不妙。他低下头，不与任何人有眼神交流，加快脚步通过。心想这才是万全之策，一边却哑然失笑。

与佩蒂翁双目交汇，他同样也低着头。哎呀，这可糟了。真是不好办。既然不能发火动粗，那逃离这才是上策。

本该马上就能脱身，但在罗伯斯庇尔和佩蒂翁眼前几步，巨大的影子挡住了去路。

他俩抬起头，迎接他们的是笑容满面的人们。

“请戴上市民之冠。”

其中一人一边说一边递上用橡树叶子制作的头冠。

这是专门为卸任的议员们制作的头冠。并非“王冠”而是“市民之冠”，众人说着俏皮话。但罗伯斯庇尔毫无接受之意。今天没有心情庆祝，自认为担任议员没有做成什么配得上戴冠的成就。不，干脆不工作的家伙，或者即使在工作但总在政治上操弄阴谋诡计的家伙们也接到了同样的头冠，那么我就特意不戴。

“不，我就不必了。”

“我也是。”

佩蒂翁也紧接着说。从刚才开始的苦笑也更趋僵硬。罗伯斯庇尔想着自己的表情也一样吧，但他只顾着找寻逃离路线。可是没那么容易找到。如今练马场沙地人群聚集，已经连一条过道的空间都不剩了。

——这样一来无法庆祝议员退场了。

议员们结束高喊万岁，马上就要陆续出来了。可挨个递上头冠，这又得制造更大的拥堵。担心别人的事是因为这种情况会令人吃不消。要说罗伯斯庇尔的真实想法的话，多少也有点生气。请让我们过去。要欢送的话请对后面的议员，先让我和佩蒂翁过去。

但道路阻隔无法通过。没有丝毫办法是因为拦住去路的净是年轻姑娘。眼前仿佛围绕着热心的雅各宾俱乐部会员莫里斯·迪普莱家的三姐妹埃莱奥诺尔、维多利亚、伊丽莎白。

邋遢之辈无法承担为议员递上头冠的大任，大略能猜出是这个原因。无法发火动粗的话，罗伯斯庇尔就只能咋舌了。不，不擅长应对。实话说，最不擅长同年轻姑娘打交道了。

众人不可能听到罗伯斯庇尔的心声，但其中一位女子和其他人不同。说不同是因为她怀抱着一个婴儿，虽然年轻却显得成熟干练，肯定是因为身为人母的缘故吧。

罗伯斯庇尔感到多少有救了，他感觉能同她讲得通道理。令爱可真是可爱啊。是女孩吗？祝她健康成长。眼下还有其他事，请让我借过一下。

“不好意思……”

“可以请您抱抱我家孩子吗？”

“我说了，正有急事。议员的话，后面会陆续出来的……”

“我想请罗伯斯庇尔议员抱抱她。”

“……”

“请罗伯斯庇尔议员，还有佩蒂翁议员一起。”

罗伯斯庇尔没能明白她的意思。他只能和同样目瞪口呆的佩蒂翁彼此对视。

“我的意思是请祖国的父亲抱抱孩子。”

人群中欢呼起来。是啊，是啊，俺们能指望的只有罗伯斯庇尔议员和佩蒂翁议员了。也只想为两位奉上市民之冠。这样做多少表达我们的感激之情。

听到这话的同时，人群中持续着欢呼喝彩。

“贫民的守护者正在此。”

“马克银币法那种恶法，他们是战斗到最后一刻真正的勇者。”

“民主主义的代表。只有你们二位为了自由与平等勇敢直言。”

“真正的立法者只有两位先生。其他议员都是腐朽不堪。”

“谢谢！真的感谢你们！”

“请不要放弃！即便不是议员，也请不要抛弃我们。”

听了一众发言，罗伯斯庇尔终于理解了。

国民卫队乐队演奏的声音更加高昂了，大概是后续议员出现了吧。资产阶级民兵队的确应该庆祝宪法成立。他们要迎接的毫无疑问也是满足于本次解散的议员们。不，练马场上聚集的人大半都处在节日氛围之中。

——但眼下的这些人则不同。

他们毫无疑问对这次制定出的宪法感到不满，他们不打算任由议会欺骗。岂止如此，他们对政治的腐败感到愤怒，同时要求更进一步的改革。因为如果不改变，那绝对无法争得幸福。所以他们不会错过为此而奋斗的人们。

即便失败了也不会放弃他们，会更加鼓励他们继续奋斗。

“我们的努力……”

“没有白费，罗伯斯庇尔。”

佩蒂翁在旁点头催促，罗伯斯庇尔走向那位母亲。

“请让我抱抱令爱。”

“拜托您了，罗伯斯庇尔议员。”

说话间罗伯斯庇尔手上接过柔软的小生命，他如同宝物一般对待。必须要保护她，必须要保护这个小生命。无论是何人，不分高低，只要是在法兰西出生的孩子都与生俱来地拥有作为人的权利。我们一定要建设一个能够追求幸福的社会。

“不愧是祖国的父亲。”

人群中反反复复说着。真是国父啊。罗伯斯庇尔议员，还有佩蒂翁议员，只有你们二位才是真正的国父啊。

罗伯斯庇尔感铭至深，一时间看不清孩子的面孔。不自觉间已经热泪盈眶，眼前的世界开始变得氤氲起来。至今为止的努力都不是白费，在确认了这一点后今后要更加努力。是啊，远没有结束。还没有失败。只要有人们在背后支持，我就能够战斗。一定可以取得最后的胜利。

人群持续沸腾，罗伯斯庇尔如同被欢呼声推着继续向前走。心中点燃了新的希望，向着更有力量的复兴迈出第一步。这第一步是真的不赖。

11

立法议会的开端

一七九一年十月一日，按照既定的日期立法议会成为法兰西新的立法机构。

地点在巴黎，用作会场的建筑也不变，还是杜伊勒里宫练马场附属大厅。虽然周围的景象没有变化，但站在会场，感觉完全换了一个地方似的，大约是因为眼前的人们换了一批。

——全部议员都是新面孔。

德穆兰甚至有种感动。

就在几年前不久对选举一无所知的人们现在已经很平常地投票选举议员。选举法是恶法，很难称之公允，但对选举本身的感慨却绝不在小。

——法兰西政治正在一步步成熟起来。

同样站在旁听席放眼望去就会明白了。全国选举出的七百四十五名新任议员绝非乌合之众。

今天是十月二十日，开幕已经过于三周了，但在这么短的时间里议会的派别已经大致清晰了。

左右的区分也被新的议会继承下来了。革新派坐在左边的议席，保守派占据右侧的议席。德穆兰出于新闻报道的角度分别挨个仔细采访了议员，他如获至宝已经能掌握大致的数据了。

不出所料占绝对多数的是平原派或者叫沼泽派，人数在三百五十人上下。他们既非右亦非左，占据了中央议席。就是说稳健派的议员占据优势，这自国民制宪议会时代以来便没有改变。

——这是理所当然的结果。

德穆兰一边苦笑一边想到。即便政治日趋成熟，可中间立场绝对不消失。

他们并非持有自己独到的政见，也不愿承担支持一方的责任。有这样想法的家伙在这世上占了大半，他们便成为了最多数，这样的情况下人当然选择中立。再没有比平原派或称沼泽派更轻松的了，这回右边好，这回左边好，摆出一副主子架势选择支持一方。

——但他们不会因此感到羞愧吗?

德穆兰虽然不得已克制，但他也想问问他们看。

事实上受到私下动员的议员不在少数。他们从在各自的选举区成为候选人开始，已经有支部的推荐和协作俱乐部的支持了吗？还是当选议员来到巴黎后受到热心的劝诱呢？不管如何，己方的议员数过半了，才能够讨论派别。

“右边是斐扬派，大约二百五十人。”

雅各宾俱乐部的话，在国民制宪议会时期被认为是左派。原以为分裂出去的、现在从属于斐扬俱乐部的议员们还会霸占着革新的议席，结果这回他们坐到了右侧。

还有一个情况是保守派的贵族和反对革新的高级教士完全不见了踪

影。本来前任就不能继续保有议席，这些家伙也没有向立法议会渗透自己的后继者，在议会当中完全失去了一席之地。

转回来看，支持君主立宪的斐扬派变成了相对保守的一方。他们要与左派、中间派划清界限的话，自然偏向了右侧的议席。

——但情况还不仅限于此。

从前的右派并非完全消失了。他们仍然占了几个议席，哪怕没有议席，他们在议会之外也是一派不容小觑的政治势力。他们并非从斐扬俱乐部、雅各宾俱乐部分离出来的，而是与一七八九年俱乐部传承下来的一伙右派有所交集。

斐扬俱乐部也向老右派积极示好以求勾连，而且展开行动的不只有在旧势力中颇有影响的拉斐德、塔列朗等人。

三头派迪波尔、拉梅特、巴纳夫如今主导着斐扬俱乐部，同时对议会中的斐扬派施加影响。虽然他们称不上背后的实权者，但他们三人似乎明白自己已经下台，只是做一些水面下的工作。

到了八月，巴纳夫和马鲁埃会谈终于实现。皮埃尔·维克托·马鲁埃是右派的大人物，和拉斐德同为里昂人，从前便有交往。巴纳夫通过这条线直接同马鲁埃谈判，希望他能够支持斐扬俱乐部并望其理解三头派的政见。

德穆兰曾与马鲁埃有过节，自己写过的报道被他告发过，在德穆兰看来他是仇敌。传说他在卸任议员后投入路易十六麾下，做秘书或侍从之类的事，如今应该是受人唾弃之辈。

与这等人士结盟，巴纳夫也是的，究竟世态要衰败到如何地步呢。如今已经不再愤怒而是感到悲哀了。

——也就是说也与王宫有联系……

奇怪，奇怪。三头派要捍卫的是君主立宪路线，所以编造出绑架事件不追究瓦雷纳事件。可是他们在国民制宪议会后期发觉优待王室之举做过头了。重要的是“立宪”，因而需要“君主”，所以并不是不得已才让步的。

“……”

德穆兰目睹巴纳夫甚至同亚历山大·德·拉梅特一道进入杜伊勒里宫。

是见国王还是王后呢，总之肯定是与王室会谈了。而且德穆兰亲眼所见便有十月六日还有十二日两次。想来三头派早就……说不定早在巴纳夫代表议会迎接在瓦雷纳被捕的路易十六一家时就开始了……在巴黎沉默不加谴责时就已经……

——与王室有联系不是件恶事。

德穆兰对此也并不是不了解。过去米拉波也曾与王室互通。但说到这位最后的英雄，德穆兰感觉他自始至终有着毫不动摇的信念。他明确地知道为了保卫革命、让民主主义在法兰西的土地上生根发芽，需要王室这个权威压住资产阶级以及代表他们的议员，所以才精心地保护王室。

——三头派究竟是否有可与米拉波比肩的政治理念呢?

他们不过是大财主们的走狗罢了。口口声声要维护资产阶级的利益，这下沦落为王室的走狗。不，在两者的压力下，他们认为先镇压穷人的不满才是紧要的，甚至不惜破坏来之不易的民主主义。

——他们甚至还染指战神广场大屠杀这样极其残忍的事件……

德穆兰一时间头上涌上一股热血。绝不容许，绝不能放过斐扬俱乐部。必须要为战神广场那个礼拜天发生的事复仇。哪怕再小的材料也要毫无遗漏地收集，只为告发他们的行径。收集报道活动中无论要用上多么肮脏的手段也在所不辞。

德穆兰之所以能发现三头派与王室勾结是因为他蹲守在雅各宾修道院附近。他乔装打扮成乞丐，未被往来的人们怀疑。虽说这是采访，但几乎与侦探无异。

——现在不是挑剔手段的时候。

德穆兰虽然钻牛角尖，但说到最近，他还是尽量注意避免胡来。因为危险就在身边。就在他跟踪至杜伊勒里宫时差点被增加的负责警卫的近卫兵逮住。

对战神广场事件的愤怒也稍有缓和，因为丹东从英国回来了，潜伏的马拉也重新开始活动。让德穆兰稍微松口气的是，新议会里逐渐呈现出来的派别区分。

革新的左派中哪怕稳健的议员也支持修改宪法。瓦雷纳事件、战神广场大屠杀接连发生后，与一部分激进派主张极端不同，支持共和主义的占据主流，与斐扬派完全对立。从现有的实力来看绝对不是能够与斐扬俱乐部抗衡的，但如今一看情况并非全然悲观。

——雅各宾派正毫不屈服地奋斗。

雅各宾俱乐部到底是在地方上有实力。经各支部支持而当选的议员一到巴黎便自然地前往雅各宾修道院。

拥有工商业中心波尔多的吉伦特省，一下推选出韦尼奥、加代、让索内、杜科四位前途光明的议员。

加上来自科德利埃俱乐部的巴泽尔、夏波、梅林·德·蒂永维尔，此三人也出生于吉伦特省。他们开展草根市民运动，使得巴黎的议席不全被斐扬俱乐部占据。

他们在议会里自称雅各宾派，与雅各宾俱乐部的议员们团结一致。加起来看实力不容小觑。

——总共大约一百四十人。

但相较斐扬派仍有不少差距。虽然这是无可改变的事实，可与濒临毁灭以及悲观的时候相比，这个数字要令人高兴不少。

12

新手议员

当然数字仅仅是数字。无论斐扬派也好、雅各宾派也好，都无法单独获得议会过半数。他们都必须得到平原派的支持不可。

这就意味着在追求数量的同时，也对同派议员的素质有高标准的要求。这在全员皆新手的情况下自然显得有些严苛，但新雅各宾派似乎做得不赖。

——比如，轮椅斗士库东。

乔治·奥古斯特·库东来自奥弗涅中央高原，他是康塔尔省选出的议员。年纪三十有五，有法律学背景。在克莱蒙市政府工作数年，这次选举中开始从政。

库东因重病下半身瘫痪。但他能够坐在轮椅上自如地操纵手柄，可以精力充沛地来回移动。德穆兰对其有非常高的评价，认为他是出色的人才。不，他所做的议员活动可谓勇敢，无论拍手称快者还是畏难退缩者，任谁来评价都不能不认可。

十月五日，初次登台的库东突然提出议案，应该废除“陛下”“殿下”等敬称。国王驾临立法议会时议员可以保持坐姿。他的理由是，时至今日，这已不再包含对国王的挑衅与不敬之意。如此发言使得现场颇为震动。

这是对斐扬派下的战书。库东在开幕式上首先提出异议，斐扬派在国民制宪议会末期对王室献媚的手法是否有违常理。

——这近乎暴行。

库东想必对斐扬派的报复有思想准备，但他不害怕。十月七日的议会上，他质问是否应对拒绝宣誓的教士加以惩罚。《教士公民组织法》过于宽容了，他的进攻丝毫不留情面。

不希望严格施行的正是国王路易十六，斐扬派领会这点，将《教士公民组织法》从宪法的一部分降格为一般法律。这是众所周知的。库东再次向斐扬派开炮。

轮椅上的斗士因为其瘫痪的身体反而更加不惧生命危险。他经常挂在嘴边的口头禅是"我的身体并不惧怕死亡"。斐扬派啊，要来便来。你们想要重演战神广场大屠杀的穷凶极恶，那就冲我乔治·奥古斯特·库东来。他直接挑战的态度给众人增添了勇气。

不想忤逆斐扬派的议员们，还有潜藏在中间平原派明哲保身的议员们开始为自保的行为感到羞愧。自称为雅各宾派的议员层出不穷，一下达到一百四十人。这里面库东的贡献可谓不小。

——这样一来能成事。

本来由于战神广场大屠杀，一般民众倾向支持雅各宾派。雅各宾派在议会上也没有坐以待毙，接下去使得斐扬派陷于守势从而奇迹般地扭转局势也绝非不可能。

证据就是在十月二十日的议会上势头正盛的也是雅各宾派。

——虽然如此……

站在讲台上的脸如马面般的长脸男人，乱糟糟的短发并不起眼，但也无愚蠢之感。滴溜溜转的眼睛有种让人无法违抗的力量。

“诸位议员，请回想一下《皮尔尼茨宣言》的屈辱。它把我们国民为了祖国未来发起的革命称为‘法兰西问题’，而且诸国一致准备武装介入的消息业已传来。世上可有这样单方面的做法吗？”

神圣罗马皇帝一等究竟有何惧，普鲁士国王又如何伟大。激情如火发言的是雅克·皮埃尔·布里索，在多数会员离开加入斐扬俱乐部后，他仍然以会员的身份继续支持雅各宾俱乐部的那个布里索·德·瓦尔维尔。

布里索在巴黎辖区参选，成了议员。时年三十七岁，正处于迈向成熟的年龄，又是斗志正劲的新闻人。过去便受到世人瞩目，顺利当选也在意料之中。

——如果我也参选的话……

因为是同行，德穆兰心中不免遐想。他从前也曾以议员为目标，难免心里还有无法割舍的感情。

——不，我的本分是通过活字来启蒙大众。

如今再转而参选议员，我的新闻人之魂不会允许。不能犹豫不决，这样可太丢人了。德穆兰好歹说服自己，但他的心情仍然无法排遣。

德穆兰不参选议员的理由还在于，他判断继续发行报纸能发挥更大的政治影响力。

不必说议员之功不在一朝一夕。假如当选了也只是无名地埋没于众人之中。虽说所有议员都是新人，并立足于立法议会，但背后仍有俱乐部控制。没有那么容易崭露头角。

——有如此情况，可布里索已经有了大人物的威严了，不是吗?

布里索在雅各宾俱乐部里有一股可以称为布里索派的势力，集合了韦尼奥、加代、让索内、杜科等一众吉伦特省当选的有前途的议员。他们也可以被称为“吉伦特派”，其中布里索是领导人。

斐扬俱乐部脱离后，雅各宾俱乐部的确人才不足。此势力弥补了其中的缺漏并日益崛起，同时在整个俱乐部中，布里索也逐渐成为领导者的其中一员。

“……”

总感觉不甘心，如同被耍弄一般，这样自责或许不像话。事实上这并非没有根据。德穆兰移动目光。

最先看到的是夸张的鹰钩鼻。探出鼻子满场眺望的佩蒂翁如同一只从高处物色猎物的猛禽一般。

他坐在旁边的旁听席，因为他失去了议席。但如同三头派之于斐扬俱乐部一般，佩蒂翁如今是在背后掌握雅各宾俱乐部的实权者。

巴伊辞职后，据传佩蒂翁要自己参选巴黎市市长。

同样表明参选意愿的拉斐德由于战神广场大屠杀辞去国民卫队司令，打算转而担任巴黎市市长。他依旧是愚不可及、毫无节操。但有斐扬派的支持，他仍然是大热门。

与其对抗对佩蒂翁而言一定是苦战。当然即便会失败，雅各宾俱乐部也会举全力动员选举，一定要让其尝尝苦头。

科德利埃俱乐部方面——更准确地说是丹东——干劲十足。他自称巴黎就交给我、草根选举动员无人能与俺匹敌，刚刚回国便表现出公民运动专家的积极性。

——难不成巴黎市长真的会是佩蒂翁。

期待越来越高涨，其存在感愈来愈强，没有一丝萎靡不振。

旁听席上的佩蒂翁不时把目光聚到身旁，与邻座小声交谈。邻座是位已近初老的绅士，脸颊瘦削、额头突出的缘故，能够看清其头骨的形状。

此人名叫让·马利·罗兰·德·拉普拉提耶，据说在里昂任工业监督官。他与佩蒂翁显得十分熟络。

还有瑞士银行家克拉维埃、著名作家孔多塞等人，大力支持着布里索派或可称为吉伦特派的议员活动。

所以布里索派的崛起就不难理解了。但这么广泛的势力是在短暂间整合的吗?

佩蒂翁、布里索、罗兰、克拉维埃等人的友谊德穆兰并非不知道，即便是这样他也没想到他们会成为一股政治势力。只有共和主义者孔多塞原本与拉斐德交好，如今刚刚转向，但其他人至少一年前便互相支持合作了。

——显示出如此浩大的声势也是必然吧。

德穆兰排遣自己无法释然之处。这不过是个人的情感，不过是妒忌之类不健全的情绪。把这些排除后，德穆兰终于可以积极地评价判断了。

总之，从国民制宪议会到立法议会、从前任议员到现任议员，在继承上最成功的当属佩蒂翁、布里索一派。

都是老面孔，规模比较小，政见也相对一致。与斐扬派建立新俱乐部、为和其他派别联合而奔走，进而以数量取胜的做法相比，他们的做法或许更少龃龉。

——布里索派做得更好。

再次回到个人的情感上，这样的情况并非坏事。布里索、佩蒂翁一派仍然属于雅各宾俱乐部。

通过他们的活跃能够抑制斐扬派的横暴，进而能够为战神广场事件复仇的话，就不该对之加以否定。是啊，帮助佩蒂翁组织选举活动的丹东也应该想得一样。难不成他们也会像斐扬俱乐部那样，成立布里索俱乐部……

——想多了。

德穆兰让自己冷静下来。斐扬俱乐部一事的确令人受到冲击，受伤刻骨铭心，因而才会动不动就担心，担心这个、担心那个、担心重蹈覆辙，没完没了，这也是在所难免的。像斐扬派那样不知廉耻的家伙继续出现的话，就连法兰西也无法容忍下去。

13

主战论

难以想象布里索会脱离雅各宾俱乐部独立。

第一，他们和雅各宾俱乐部的其他会员甚至科德利埃俱乐部的会员都没有交恶。也完全没有三头派在脱离之前显露出的那种冷冰冰的淡漠感。要论关系不好的话，最为不合的不正是自己么，德穆兰不无自嘲地想。平常他们还都表现得和和气气。

第二，没有相互倾轧，也没有根本的意见对立。因为只要标榜共和主义，即便是君主立宪也能接受，但关于要求路易十六退位一事绝不相让。至少现在对倒向国王的斐扬派持批判态度。

也反对基于纳税额的选举人资格标准，支持废除积极公民、消极公民的区别。关于《教士公民组织法》也都支持，不容忍拒绝宣誓的教士。

越想越觉得布里索、佩蒂翁从雅各宾俱乐部独立并不明智。

——不……

布里索继续演讲。是啊，是这么回事。法兰西何去何从、法兰西人要如何处之，他国之人岂能知晓。尽管如此，他们还找借口说什么王室之间都是亲戚，妄图干涉。

“而且还威胁使用武力干涉。这可真令人气愤。”

德穆兰一边听着手舞足蹈的热烈演讲一边想道，那天布里索登台是代表立法议会的外交委员会。

法兰西人多半对《皮尔尼茨宣言》感到愤怒。

普鲁士、英国、俄国特别是奥地利的名字被愤怒地提及，在这种情况下，奥地利皇室出身的王后的口碑则是前所未有之坏。

斐扬派在大众当中的支持率越来越下滑，其缘由也是他们被看成在讨好玛丽·安托瓦内特。

“但是，另一方面我也感到悲哀。像奥地利皇帝这样的愚蠢之辈也颇为罕见。更是没见过普鲁士国王这样的蠢夫。比起与伟大的国民培育友情，他们更愿与贪婪的盗贼交好。”

他提到的“伟大的国民”当然是指法兰西人民。“贪婪的盗贼”指的是流亡国外的贵族。与图谋在法兰西卷土重来的贵族为伍的君主是愚蠢的，因此才为他们感到悲哀，这是布里索想说的。

“就随他们吧。但那时诸国等待的将是我们的报复。自由人民的逆袭可能不会那么顺遂。是啊，那正义之锤或许很久才会来。但其威力可是惊世骇人的，完全能够扫除敌人的铁锤。”

“……”

“现下《皮尔尼茨宣言》的威胁正是诸国王侯害怕我们的反证。是啊，他们害怕法兰西革命。为什么？因为会给诸国点燃星星之火。国民主权的实现并不仅仅是法兰西人独有的愿望。”

布里索的话没错。人权宣言不仅仅是法兰西的瑰宝，而是受万民敬仰的全人类的至宝。

“法兰西高涨的革命精神慢慢向其他国家外溢，振奋了诸国国民。与其等待自行扩散，不如自己积极地传播。这也是法兰西的使命，对此应该有所认识。奥地利皇室憎恨的话，不能对比利时坐视不理，绝不能不管托斯卡纳。奥地利的命运让奥地利人民自己决定，比利时、托斯卡纳正处于武力征服之下。不仅仅是王侯对于人民的征服，这也是由外国主导的对本国的侵略。《皮尔尼茨宣言》的恫吓下，我们可以断言，排除其支配才是正义。”

这些话就连与布里索不对付的德穆兰也深感认同。

在自己的报纸《法兰西和布拉班特革命报》也十分关心此事。应该传播革命。不应当由法兰西独自享有革命，应该把革命理想传播到世界的各个角落。

“所以我们要挥舞铁锤。我们要采取主动。这也是为了法兰西。在千年隶属关系之后获得自由的人民需要战争。战争能帮助我们稳固自由。是时候把拥护自由、维护自由的国民性展示给整个欧洲看了。新的十字军即将诞生，为了普遍自由的十字军！”

德穆兰听着心中一紧。情感亢奋，快要落泪似的。可即便如此……

“各位，决心下宣战布告吧！”

外交委员布里索公之于众的观点明显是主战论。他确凿的话语在会场里回响时，德穆兰一下回过神来。

宣战布告究竟是向谁宣战呢？奥地利，还是普鲁士？或者英国？俄罗斯？还是萨丁尼亚？

再说，是所有国家的人民都想要站起来，但要支持所有，法兰西将以一国之力与整个欧洲的王侯为敌。只要意识到这是多么不像话的事，马上便会冷静下来。

——战争过于唐突了。

遭到国外挑衅，应战之心的确会被激发。传播民主主义、为理想献身之心令人感动流泪。但是……

战争不是纸上谈兵。战争并非已经迫在眉睫。战争需要花钱，也需要物资，也需要人。会有许多人死去。

这绝对不是能够简单决定的事。

不，要说是逃避考验的话，那或许是无耻了，也不配有谈论理想的资格。哪怕战争再怎么不得了，如果是为了正义，都不应该逃避。德穆兰心想，可他到底还是无法同意布里索的主战论。

——与斐扬派的斗争……

会如何呢，他不禁想问。一定要复仇吗？这是现在最应该考虑的吗？

“别开玩笑了，布里索。”

“法兰西正在重建之中。还不是能够开战的时候。”

“你是想这个国家败亡吗？是要主动成为诸国的饵料吗？”

“究竟有何企图。是想与奥地利为敌，刁难奥地利出身的玛丽·安托瓦内特王后吗？”

叫嚷质问全都来自议会的右侧。斐扬派应该是反对战争的。原来如此，对革命气运无所谓的党派在面临战争威胁时，也会突然寻求急速的改革。

可真不顺心。虽然布里索的话里也有吸引之处，但难以避免唐突之感。卑劣的斐扬派的发言还算有常识。

至少听起来符合常识。中间的资产阶级议员们应该支持斐扬派吧。议会中可无法通过宣战布告。更何况执行权之长国王也不会批准的。是的，战争绝不会发生。

——如今，还……

德穆兰大口地呼吸。不可能，绝不可能，他在心里默念。但他没那么容易相信自己的话。

会发生战争，早晚会发生，无可避免。他心里的预感越加强烈。怎么说，布里索派是有实力的。只消听听这番话便知道他们比斐扬派势力更大。

——至少大众是狂热的。

难不成、难不成？德穆兰心里焦急地想，他都想确认清楚到底会如何。战争啊，这样可以吗？马克西姆。

“……”

不见老友的身影。罗伯斯庇尔也在九月末失去了议员一职。他不会在议席上，虽说如此他也没有坐镇旁听席。他在雅各宾俱乐部的发言有分量，但却不见其踪影。

——难道马克西姆已经离开巴黎了？

德穆兰一边嘀咕“他走了”，一边重新试图深呼吸。战争没那么轻易开始。即便是布里索，也不见得有多少真意。也许只是用于政治斗争的工具罢了。是这样的吧？与反对战争的斐扬派过不去。到底是雅各宾俱乐部的伙伴啊。

——讨厌布里索的不正是你卡米尔本人嘛。

德穆兰试图让自己冷静下来熬过去。但要克服却需要不少努力，因为他心中已经满是沉重的不安。

14

归乡

不好酒。可能因为身材瘦小，罗伯斯庇尔酒量不大。

平常也不喜好喝酒。但这天到了傍晚，他自己前往酒馆。没有同伴，一人坐下，只点了一杯啤酒。

酒来了，他用舌头只舔食上面，仍然喝不惯。

——只是独有的苦味并不讨厌。

这里提起酒并不像巴黎一定是葡萄酒。到底是北方，对于栽种葡萄来说有些太冷了。苹果酒、啤酒等成为替代。

——这是怀念的故乡味道。

罗伯斯庇尔返回了阿图瓦。过去是皮卡第州阿图瓦辖区，因行政改革改名为加莱海峡，但这片以阿拉斯为首府的土地仍然是其出生的故乡。

失去议席的罗伯斯庇尔最先想到的是归乡。当选全国三级会议议员，坐上与同僚们共同租借的马车离开阿拉斯前往凡尔赛是一七八九年五月的事，距今已经过去了两年半。

——自那之后一次都没有回来过。

离开这么长时间，显然在出发时是完全没想到的。全国三级会议一直没有明确开会时间，但罗伯斯庇尔当时认为会开两三个月，最长也不过半年。

当时他毫不怀疑自己还会继续做律师，甚至接受了几项工作。位于阿拉斯的拉伯图尔街的出租房应该还是老样子。现在妹妹和弟弟还住在那儿，没有解除租约。自己的房间应该还和离开时一样。

加班时总是使用的桌子还如同往日摆着笔墨用具，文件堆放着，法律书还翻开在读到的一页，只有墨水瓶里的墨水可能蒸发了。

——总之想回去。

虽说如此，但不像其他议员那样挂在嘴上，说什么想家了或者担心家业云云。甚至还有恨不能离开国家政治的没用家伙，与其说他们是思乡，不如说他们是想甩手不干。这难道不是没有理想、没有信念、没有政见的证据吗？他有点看不起。

人们各有各的情况，自己也并非不明白。但对自己不适用。既不经商，也就不用担心乡下的公司是否顺利。没有妻子也没有孩子，巴黎的独居生活也没什么不能忍受的。

实际上罗伯斯庇尔在这两年半没有感到一点不便。

也没有不满和懊悔。对啊，在凡尔赛、在巴黎为之奋斗的工作具有真正的价值，是牺牲归乡也在所不辞的一番大业。为了全法兰西的未来的话，从没考虑过闲散在家。

相同的使命感现在仍在胸中燃烧着。不曾有卸任议员就此退出政治的想法。若说只是思乡或者还有工作需要处理，那都不是原因，只为那些的话，现在应该仍待在巴黎。

改变想法踏上归乡之路有其他完全不同的理由。

——想与人们在一起。

这个想法使罗伯斯庇尔踏上革命之路，现在又使他回归原点。

没有了议席，现在应该与之共进退的不是议会，而是普通的人们。罗伯斯庇尔开始明确地意识到不要被人民的代表、祖国的意志等词语绊住脚步。

继续居于权力的周围带来的危害中最为恶劣的，可在斐扬派身上看到。他们编造出国王绑架事件，对此有人表达异议，他们便发动战神广场大屠杀加以镇压。他们遭到人们的非议却仍然要实现富裕层的理想世界，已经完全脱离了世人。

——绝不想变成那样。

现在是这样想的，但上述危害或许并非事不关己。自己也变得听不到人们的心声了，不，应该是害怕听不到。

——证据就是被迪普莱打了耳光。

被战神广场大屠杀以及紧接着的镇压弄得狼狈不堪，沉浸于自命不凡的正义中，失去了对正确价值的认知。

当然正义仍然是正义、理想仍然是理想，一定要贯彻下去。倾听人们的心声，没有自甘堕落地耍滑头、没有狡猾的利己之心，不容许丑陋的借口。可是不能搞错了正义、理想。人民中间才有法兰西的良心，绝不能弄错了。

——为此需要同人们在一起。

这是罗伯斯庇尔给自己的告诫。为了不让其成为空话，应该需要掌握人们的实际情况。

——因此，首先是故乡。

回到家乡是在十月十四日，已经过去了一周。

时至今日重新回顾，应该回到原点的判断没有错。但同时不得不面对烦恼之事。罗伯斯庇尔长叹一口气，想到这时来杯酒也不赖，于是喝了一大口。

——首先是乡下的坏处。

罗伯斯庇尔先生回来了，家乡大为骚动。

也不是预料不到。虽然自己也并非做了什么了不得的工作，但一旁同乡的同僚们则一事无成，更是什么都没做。要说在巴黎多少能排得上号的议员，在阿图瓦辖区，不，放眼整个皮卡第州也只有自己了。罗伯斯庇尔对此心里有数。

——很可能会有一定程度的欢迎。

罗伯斯庇尔知道这一点便觉得不痛快。隆重的仪式是自己最不擅长的。过去见到大人物还乡、英雄凯旋时受到拥戴，脸上笑眯眯的。再没有比这更丢人的事。

可也算久经社会，固执地坚决推辞终究显得不成熟。他明白这一点，只希望不要太夸张。如果是好友备上简单的菜肴欢迎的话，无论如何也会出席。罗伯斯庇尔怀着这样的心情归乡。

——结果如何?

他把归乡的消息写信提前告诉妹妹夏洛特，没忘记嘱咐妹妹不要惊动周围。妹妹照此保持沉默，但弟弟奥古斯丁把消息散播出去了。

他跑去雅各宾俱乐部阿拉斯支部，兴奋地报告此事。这下不得了，巴黎本部的大人物回来了，支部也被煽动起来。

——结果几乎成了观摩会。

现在想来也感到羞耻，这种心情更接近屈辱感。

夏洛特和奥古斯丁准备了四轮马车来到阿拉斯近前的巴波姆迎接，正巧遇到从巴黎派来的国民卫队大队。

他们都是来自巴黎，认识这位经常把议会搞得沸沸扬扬的革命家。无论是否和罗伯斯庇尔有共同的改革理想，他们都知道他是一个敢于直言的名人。

国民卫队没想到竟然在这里能相遇，都非常高兴。不仅午餐招待了他，甚至三十名军官陪同他前往阿拉斯。

租来的四轮马车在骑兵队的护卫下前进，变成了滑稽夸张的游行。居民们也加入了欢迎的队伍。

阿拉斯还有乐队出来迎接。经过了精心挑选的年轻姑娘们也在市门前列队，向罗伯斯庇尔乘坐的马车献上橡树叶的桂冠，即在巴黎也流行的“市民之冠”。期间群众熙熙攘攘，把本来不宽的街道堵了个水泄不通。狂热的人们络绎不绝地跟着来到拉伯图尔街的住处。

“罗伯斯庇尔万岁！罗伯斯庇尔万岁！”

“我们阿拉斯的骄傲！”

“人民的守护者长命百岁！”

欢乐的话语包围了马车，车上罗伯斯庇尔正在发怒。夏洛特，我是怎么跟你说的？奥古斯丁，你这是打算干什么！

“万岁、长命百岁等等是对国王、领主的献词。我并非为了听这些奉承的话才奋斗至今的。我在议会拼上性命，可故乡的人们还没有得到启蒙，一切都白费了啊。”

罗伯斯庇尔无法抑制内心的焦虑。

因为他感觉自己受到了侮辱，认为自己被当作爱慕虚荣的人。当然我也有欲望，但不是名誉，而是理想实现之欲。无论被人厌恶或误解，我都将按照自己的道路前进。这种利己之心被世俗认为无异于卑鄙的野心，才有此节日般的骚动。

15

酒馆

罗伯斯庇尔又喝了一口啤酒。

妹妹和弟弟也有点后悔，仿佛做错了事。两个人或以出人头地的哥哥为骄傲，或想借此向世人夸耀，罗伯斯庇尔也明白他们只是单纯的高兴。

再怎么说是时隔两年半的重逢。他们兄妹三人是孤儿，从没有分开这么长时间过。除了巴黎游学期间，可以说完全没有过。而且离开的是依靠的长兄。

终于能够重逢当然会高兴。多少有点做过头了，但遭到训斥就不合算了。

——可是，我们……

信念仍要贯彻到底。罗伯斯庇尔多少有点晕眩之感的脑袋里突然想。他叫住酒馆的侍者又点了一杯啤酒。当然不是因为想喝，可是，现在必须喝。

说是故乡，这里是距离阿拉斯有点距离的通往贝蒂纳路上的酒馆。虽称为酒馆，莫如说是附属于驿站的旅店一层用来给住客喝酒的地方。

罗伯斯庇尔也是住客中的一员。他不需要徒有其表的盛大欢迎，但仍然要在雅各宾俱乐部的地方支部露面。请他去演讲，他必须不知疲倦地开展政治活动。

刚刚归乡，以十六日阿拉斯演讲为始，明天十月二十三日在贝蒂纳，后天二十四日在里尔，日程紧凑。

虽然不能计划在小城开演讲会，但小城的支部一个不落地前往。罗伯斯庇尔在故乡仍然全心投入工作、一直在路上，从这个意义上看，比在巴黎走的更多。

在这个旅店住一晚正是在移动的途中。

当然，雅各宾俱乐部的地方支部提出要准备马车送他到下个城市，并安排住宿，如同对待王公贵族一般。但罗伯斯庇尔坚决拒绝了。

乘坐公共马车移动，途中的旅店并非多么高级。或许店家认为酒馆里无所谓，甚至为节约蜡烛，周围昏暗仿佛快要看不见自己的手。

但也并不是什么也看不清。为了能容纳更多客人排列紧密的桌子旁还是能够看到其他几个住店的客人。

“国民卫队能有什么用。”

说话的人似乎也是住客。

——正巧有空房间……

当下决定在此住宿。罗伯斯庇尔从中感到，这是一位与此地不相称的周身精致的绅士。一头白假发粉末飞舞，在这种偏僻之处有何用？一见到不禁感到惊讶。

但那人已显醉态。下流的表情反而与这粗鄙之处相称。

“那些民兵从巴黎来到巴波姆，究竟是什么打算啊。”

绅士继续说。

罗伯斯庇尔感觉可能与自己有关系，所以不禁侧耳听着。想听到这些的话则必须住到没有名人的郊区旅店，事实上他也正有此意。

说视察则夸张了。再者视察被观察者会准备好，反而看不到真实的样子。所以，要与人们在一起。这样就能知道在巴黎担任议员时无法得知的实情。不仅仅停留在思想信条、主义主张等观念性的实情上，而要最大程度地掌握事情的全貌。要得到最好的钓鱼成果，郊外的酒馆正是最完美的垂钓场所。

“大致为了防备国境吧。”

和那人说话的是戴着围裙的旅店店主，他摸着自己的秃顶接着说，瓦雷纳事件后布耶将军逃亡了。

“这附近到洛林一带国境的守备有些单薄，议会也正在考虑对策吧。”

“布耶将军逃亡一事可真是痛心啊。”

绅士也点头称是。应该说正规的国王军已无用处。快要没有用武之地了。空有数量，如同无物。

旅店店主听了这番言论不由得露出讶异的神情。先生，如同无物是什么意思呢？

“正规军一直驻守在阿拉斯、巴波姆、里尔。从革命开始前一直在，士兵的人数也没有变化。总之只等代替布耶将军的司令官来。法兰西是天下闻名的将领之国，有罗尚博将军、凯勒曼将军、比隆将军，说起国民卫队还有拉斐德将军，这不是有许多可以替代者吗。”

“拉斐德已经辞去国民卫队司令官一职了。”

“这倒不知道……但其他的将军阁下……”

“我认为没什么可期待的，唉，算了。就算是有司令官了。可是，有连队长吗？”

“那当然有的。”

哪怕得到十分肯定的答复，绅士仍然表现得不可一世，脸上挂着嘲笑似的笑容。旅店店主不再说话，绅士继续问。

“那么，中队长呢？”

“肯定有啊。都有呢。中士也有。”

“中士。”

“……”

“中士的话平民也能当。我要说的是，听好了，老板，有平民出身的中队长吗？更不可能有平民出身的连队长了。”

“你是说到了这个位置全部都是贵族了吗？”

“正是。”

“我明白了。就是说先生的意思是一旦发生战争，贵族不会行动的，是吧？”

“有可能，有可能。嗯，开战的同时便逃亡可是非常有可能的。”

旅店店主听了他自信满满的回答，脸上显出似乎连呼吸都变得痛苦的表情。

皮卡第是国境地带。这并不是开玩笑。战争现在还没有开始，但有传闻说国境外的王室亲贵孔代大公正在做准备。他集合了科布伦茨的流亡贵族，正在整备军事打算杀回法兰西。

“可还有士兵呢。”

店主说。先生您也知道吧，中士之下的士兵大多是平民。他们不会逃亡，他们会为了祖国而战。一定会拼命作战保卫法兰西革命。

“不需要那些什么队长……”

这时绅士哈哈大笑。并非因为好笑，而是故意提高声音装作大笑。对不住，一下没忍住。话说，老板，没有队长什么的也不要紧吗？没有的话，只有士兵也能打仗？

“哈哈，老板，军队里是有上传下达的指挥命令系统的。”

“那是什么？”

“就是说没有指挥官，军队不过是一群乌合之众。要说能做的就是争先恐后地逃离战场了。”

“怎么会呢，不可能。”

会战斗的，法兰西国民不会逃跑。会为了祖国战斗。店主涨红了脸反对，酒馆黑暗，所以他的脸显得红得发黑。罗伯斯庇尔在一旁听着，也能够理解他的心情。但另一方面，这个惹人嫌的绅士所言也不能视而不见。

——贵族担任指挥官的话……

确实棘手，他不得不承认。

首先，如同绅士指出的那样，指挥官不在的话，指挥命令系统马上便陷入瘫痪。一旦瘫痪，整个组织就无法正常运作，变成一群乌合之众。其次，若由平民任指挥官，突然被提拔的话不知道能否胜任。

或许在中士层面，比如武器的使用、行军的方法、沙袋驻堤，平民较之贵族可能更为娴熟。但是在高度的战略战术层面，平民学习过多少呢。

即使有能够快速学习的知识，没有上过军校的人也无法系统性地理解。或许可以加急提拔军校在校的士官候补学生，但其中也大多是贵族子弟，即便不是也缺乏实战经验。

“真不甘心。可如今要打仗的话必须借助贵族的力量。”

罗伯斯庇尔嘀咕道。但是，不能相信贵族。能靠得住的是有军队经验的开明贵族，但他们究竟能帮助我们多少呢。

16

国境

只有叹息。但以叹息告终那就违背了自己要与人们在一起的誓言。或许可以说失去了对皮卡第的感觉，反倒变成了巴黎人。

——国境问题靠叹息是无济于事的。

因此旅店店主重新振作起来了。

“知道了，先生，我知道了。那就让他们没用吧。正规军已经起不了作用了。可是，还有国民卫队呢。”

“又绕回来了。”

绅士仍然一副气定神闲的神情。我刚才不是问过你了吗，国民卫队能起什么作用。

“他们是来守卫国境的。”

“果真吗？”

“是的，巴波姆的大队是从巴黎来的。听说还有攻陷巴士底狱的勇士。”

“巴士底狱又如何。”

“那可是巨大的要塞。要攻陷的话非得……”

“那不算攻陷。巴士底狱里只有三十多个病残士兵罢了。实际的战场上没有那样的要塞。”

“可是……”

“而且没有使用一门大炮。”

绅士不顾店主继续说。不会有如此手下留情的敌人的。胜利、胜利，大声宣扬，但那是巴士底狱方面举了白旗。要是他们坚守，结果还不知道如何。更别说还有五万援军赶到的话，起义的民众根本不是对手。

“关键是国民卫队的基础是民兵。不过是商人的儿子们花钱买来武器拿着罢了。”

和没有贵族的正规军相比谁更没用呢？值得看的是比较哪个更烂。旅店店主被驳倒，咬紧嘴唇心有不甘。

“要说国民卫队强的时候，也就在杀害同为平民的人时，就像战神广场大屠杀时一样。”

店主听了说不出话，只有嘴唇动弹，但咬紧牙关拼命抑制住一吐为快的冲动。罗伯斯庇尔也能够理解店主的不甘。太不甘心了，真想驳斥他，但又没有可以辩驳的地方。

——发生战争的话国民卫队是指望不上的。

罗伯斯庇尔的印象里他们悠闲得要命。对于驻守巴波姆的大队，他并非完全不知道其情况。

十月十四日归乡途中，还不止三十名军官护送他。翌日大队附属乐队造访阿拉斯，来到拥挤的拉伯图尔街的房子。乐队与居民混在一起唱歌、跳舞，玩得十分开心。其间没有一个拿着枪。

——过去缺乏守卫国境的紧张感。

要是战争马上开始的话……要是奥地利军发起进攻的话……要是连普鲁士军也加入的话……要是流亡贵族趁机报复的话……越想越感到不安。

——一旦开战，国境线一定马上被攻破。

应该指挥的贵族逃命，即便留在军队也会罢工，最坏的可能是与敌人勾结。如此说来正规军将会瓦解。战况一恶化，只会想着逃跑。或许会有有骨气的人把贵族出身的指挥官拿来祭旗，但也只会使状况混乱。

国民卫队迎战的话，当得到敌人进军的消息后只会害怕得想跑吧。他们也无法应战，他们不认为自己比任何人强。哪怕把枪递给他们、教授使用方法，一旦到了实际战斗，他们就会拼命抱头鼠窜吧。

你太胆小了，你这小子对自己的力量没有自信啊，你不过是书斋里读法律的家伙。国民卫队里尽是会被这样嘲笑的人。即使不是待在书房闭门不出的，也都是记账的、看守工厂的，或者自己开店、干手艺活的等等小资产阶级。

因而起不了作用。如不经过一定训练成不了战斗力。

——那么基于现状则必须避免发生战争。

必须千方百计地阻止诸国介入。罗伯斯庇尔在心里说。惹人嫌的醉酒绅士马上接着说。

“要是开战，法兰西必败，无论如何。”

“……”

“这附近在开战第二天就会变成战场。不，巴黎陷落也就一周。什么议会，立刻解散。什么议员，全部投入监狱。而流亡贵族陆续回国……”

“先生也混迹其中吧，是这么回事吧？”

旅店店主终于开口回应。愤怒之余，说完后嘴唇仍在颤抖，但另一方面绅士并没有特别胆怯。

“也许吧。说不定我也会混进去。到时穿着笔挺的军装。”

“知道了，知道了。总之先生也是贵族大人。到前天还在前线基地的某处工作，说不定还是军官大人呢。刚才我看到了，四轮马车上堆着山一样的行李。原来是这么回事，是打算接下来逃亡到国外吧。”

绅士不禁冷笑。

“有什么可笑的吗？”

“不好意思。因为你把我当成流亡贵族了。”

即便被不当一回事而感到焦躁，但也无法指责。因为必须得承认万民都有逃亡的权利。不管是贵族，还是平民，如今所有人都是平等的公民，那么就需要承认其人权。

——但是……

罗伯斯庇尔喝了一口啤酒。如果说没有值得羞愧的想法那也是假话。就是这样的人才把法兰西搞坏了。要是放任为祖国的不幸而高兴的家伙，那么必定带来的是灾祸。证据就是流亡贵族在外国纠结团伙，邀各国军队寻找开战时机。其中的逻辑已然非常明白了，可仍无法阻止。

“没什么不好意思的。”

旅店店主说完转过身去。这事并不新鲜。这一带几乎每天都能见到贵族逃亡。

“现在就在这旅店里，有三伙应该是逃亡的客人。”

“竟然有三伙。老板，你把他们抓住交给当局如何？”

“这事我是无所谓的。”

只要他们付得起住店费。罗伯斯庇尔听了这番话站起身。一时间感到脑袋有点晕晕乎乎。真是的，心情糟透了。这在国境地带原来是司空见惯的情况。没人追究贵族逃亡么？我自己应该没有被计算在三伙之内吧。

他看不起这些，咋着舌走出酒馆。即便如此，规矩的罗伯斯庇尔仍然没有忘记在桌上留下酒钱和一些赏钱。

17

寂静

在纸上运笔书写应该已经过去一个多小时了。

中指上的笔茧微热，还伴随着些许疼痛。罗伯斯庇尔停笔时突然发觉……

——好安静。

阿拉斯是乡下。当夜幕降临，这里就被悄无声息的寂静包围。没人会外出行走，因为在这北国的十一月里哪怕穿着棉袄仍然会感到寒冷。

——这正是我的故乡。

这下才感觉自己回来了。这种寂静还有寒冷，罗伯斯庇尔并不讨厌。因为能感到空气就像紧绷着一样，在这种情况下甚至自己的神经也仿佛敏锐起来了。

对于写作可不坏。在这熟悉的场所，既不松弛也不懈怠，保持着紧张感。所以并不讨厌。罗伯斯庇尔回想着这种埋头工作的感觉，时隔两年半重回自己的房间，在自己的书桌旁将完全变干的笔尖浸入许久未用的墨水。但是……

——不能还像以前一样。

虽然没觉得多么花费时间，但已经发觉手指的笔茧开始发痛。因而停下手，注意到周围。

——好安静。

他重复道，本来清净的心绪马上被不快搅浑。感觉不舒服。怎么说，较之安静，应该说阿拉斯变得寂静了。

——完全变了性质。

距离人们拥挤在市门归乡的那天已经过去一个月。

罗伯斯庇尔被夸张的骚动搅得心神不宁，也不禁生起妹妹和弟弟的气。收到雅各宾俱乐部发来的演讲邀请，虽然他因为要视察皮卡第各处而拒绝了，他经常不在阿拉斯。演讲请求还有访问支部和协作俱乐部全都不假，但心里会觉得幸好逃脱了。这一切过去一个月了，现在想来只能苦笑。

——并不是他自己逃脱了。

阿拉斯的盛大欢迎只有最初的一天两天。随着时间变长，变得越来越冷淡。刚过去一周不见满面堆笑请求握手的人，人们甚至连正眼都不瞧自己了。

不，要是在理解的范围内，这情形对于罗伯斯庇尔来说可谓理想状态。即便仅仅是不感兴趣，也是没办法的事。但是阿拉斯人超过了这个范围，在路上遇到他低下头，或者走过时发出咋舌的声音，甚至故意低声讽刺，他反倒遭到了敌意的目光。

——其中也有嫉妒之类的感情。

罗伯斯庇尔也不是无法理解。

当然自己也不打算摆架子。但另一方面他也确实没有表现出友善。嫉妒的人会把这恶意解读为装孙子、冷漠、看不起人的意思。

故乡的老相识们也会产生反感，“两年半前他还和我们一样呢”。说不定甚至会有人拿自己的过去说事，“明明是穷人家的孤儿现在摆什么谱”。

——但事情就是这样。

没精力挨个计较，罗伯斯庇尔决定无视。但也有无法平静下来的情况。

——甚至连朋友还有信任的人都疏远自己。

两年半之前关系好的人多是法律界的同行、参加沙龙一起读卢梭的同好，他们现在摆出一副陌生人的面孔，显示出明显的敌意。

——也就是，本地的精英。

从前也认为自己属于他们，说来也令人恼火，但阿拉斯的朋友确实都是律师、检察官、法官，还有公务员、征税人，要不就是富裕的工商业主、有广泛涉猎的实业家等本地的精英层。

——他们都与雅各宾俱乐部无关。

他们加入了斐扬俱乐部。巴黎发生的分裂也波及到地方支部。虽然还是一个“宪法之友会”，但阿拉斯也分裂成雅各宾俱乐部支部和斐扬俱乐部支部。

这件事在巴黎时已有所耳闻，但来了阿拉斯实际地感受到，罗伯斯庇尔还是对此感到震惊。

没办法再天真乐观地认为雅各宾俱乐部在地方势力很强。虽然常常听到会员大声讲雅各宾俱乐部的支部的确有一定势力，但另一方面斐扬俱乐部聚集了地方上的精英层，他们实际掌握着阿拉斯的政治、经济、财政。

——这就与爱国的人民大众敌对了。

和巴黎的力量对比一样，阿拉斯最后也是这样。

当然，返回家乡是正确的，想法没有变化。恐怕是因为能够掌握在巴黎时无法实际感受到的地方上的实力对比。

——正因为处于国境地带，对于战争的感觉会相当敏感。

比在巴黎时认为的更加敏感。这是罗伯斯庇尔没有想到的。

从氛围上说，给人留下会随时应战的印象。近在数十公里外的流亡贵族们正在为了复仇整备军队。其背后能看到奥地利皇帝的影子。不，既然他与普鲁士国王结成联盟，共同发布《皮尔尼茨宣言》，那么必须把这看作他们公然表现出敌意。

这可不正好。如此一来大声告诉敌人，我们法兰西的健儿们时刻做好准备。如今的法兰西人并不迟疑地战战兢兢，对于战争已经是群情激奋。

但掌握阿拉斯实权的斐扬俱乐部的那些家伙却加以阻止。不能开战，这是他们从巴黎本部开始从上到下一贯的态度。

既然宪法已经通过，那么没有必要进一步革命了。不必冒失地开战重新点燃改革的火焰。特别是不能让平民大众得势。对如此论述，罗伯斯庇尔从前便感到苦恼。若论地方面临的实际情况，很难不同意反战的结论。是啊，在这种情况是不能开战的。

——指望不上军队。

这也是国境地带的现实。第一，正规军靠不住。第二，不能指望国民卫队。若让罗伯斯庇尔说的话，把武器交给大众不知道会激发多少战斗力。

——至少，士气很高。

必须誓死捍卫祖国法兰西。革命遭到否定便没有活下去的价值。为了使这个人类伟大进步继续前进，绝不后退。从这霸气上看双方根本不同。

——斐扬派不认同这一点。

因为他们只允许积极公民加入国民卫队。要是把武器给了被称作消极公民的贫民，只会引发武装起义。

——那么干脆发起战争算了。

罗伯斯庇尔的想法动摇了。说不定这是千载难逢的好机会，证明担负保卫国家安全与贫富完全没关系。而且是积极推行开来的绝好机会，最终能够实现废除区分积极公民和消极公民。

——不，不。

罗伯斯庇尔又否定了自己。虽然普通人可以当士兵，进而成为指挥官、将军，但要组成一支像样的军队并非一朝一夕之功。

18

寄往巴黎的书信

把战争作为政治斗争的手段或许可行。为了把斐扬派赶下台，力主开战或许有效。但不能真正开战。即便在巴黎内部挑起争论，但法兰西不能对外开战。

——还有一点，内部还存在敌人。

在与外部为敌之前，首先必须要去除内鬼。罗伯斯庇尔明确了自己的想法后，重新回到正在写的书信。

“时至今日我深切地感受到在巴黎时并没有很好地理解大众的精神与教士的力量。”

写完这句话，罗伯斯庇尔又因书信前面段落里所报告的事情感到痛苦。令他苦恼的是阿拉斯市内耶稣教会里举行圣餐式一事。

他偶然间参加，感到惊讶。首先主持仪式的是没向《教士公民组织法》宣誓的教士，也就是拒绝宣誓教士。这位神父大大方方地向祭坛走去，丝毫没有羞愧之感。

阿拉斯拒绝宣誓教士至今仍占大半。违反国家法律的罪行也因为所有人都认为法不责众，于是都被当成理所当然的事，信徒们也不会感到有疑问。

“而且，不宣誓的神父做错什么了。”

这是来自街头的声音。就在仅仅一年前，人们请同一个人为他们举行圣餐式、施圣礼，没人对此有一句抱怨。若现在却不允许的话，那么去年结婚了的夫妇该如何是好？婚约无效，必须马上分开吗？不至于如此的话，把此人认为是该死的教士，那么是否请其他神父重新主持婚礼呢？

“话是这么说，可新娘可不是次次都是处女了。”

人们开玩笑地说，甚至不会深入地思考。

——可不仅如此。

时间长久的夫妇情况就会更加糟糕了。只要想想仍然不禁叹息。令罗伯斯庇尔沮丧的是在耶稣教会里甚至发生了“奇迹”。

参加的信徒里有一个腿残疾、总是拄着拐杖的人。拒绝宣誓教士给他撒圣油，这个人马上丢掉拐杖站起来了，接着走出教会侧廊，甚至欢喜地一边大笑着一边在教堂内走来走去。他的妻子也跟着来的，她大叫“奇迹啊”，接着晕厥过去了。

坐在罗伯斯庇尔旁边的人小声地嘀咕，每天共同生活的老婆都如此吃惊，肯定不是演戏。这可真是奇迹啊。

“果然拒绝宣誓教士不一样啊，德行高尚。这才是真正的教士啊。”

似乎这成了阿拉斯人普遍的看法。

拒绝宣誓教士才是真教士。反过来说，向《教士公民组织法》宣誓的教士被认为是冒牌货。这种看法似乎颇有道理。

众人一致认为立宪派的教士为了国家的俸禄完全抛弃了神。他们接受了宪法，如果宪法能带来好处，那么一开始就根本不需要神了。正因为这个世上净是人们无能为力的不幸，所以他们才希望依靠超越认识的存在。而无法发挥这种力量的神父无论如何理解人权、无论多么支持民主主义的正义都已经不配成为教士。

——愚蠢……

罗伯斯庇尔嘀咕道，他感到震惊。但要是事情始终在神秘领域的话他或许不会提及。不能忽视的问题是被人们认为高尚并获得他们尊敬的拒绝宣誓教士们暗地里煽动人们反对革命。

他们真实的想法是教士的待遇恢复到旧制度时那样，为此这帮家伙积极地宣扬否定宪法、重新强化王权、复活专制主义等。

“恺撒的物当归给恺撒。”

他们拿出《圣经》中的一节，煞有介事地把与恺撒的物即世俗国家有瓜葛的立宪派僧侣说成是极为肮脏的。同时给人们将恺撒暗喻为法兰西国王的印象。

恺撒的物当归给恺撒，意思就是政治是法兰西国王的，必须把政治的权力归还给法兰西国王。要达到的目的是否定议会政治和国民主权。

“似乎我没有在这神圣土地上生存的资格。”

罗伯斯庇尔继续写信。作为人的权力遭到否定，他为此感到愤怒。面对右脸被打再伸出左脸甚至被迫放弃政治参与的情况，像我这样急性子的人快要开始诅咒神明了。

“所以赶在事情变成那样之前，最近想返回巴黎。”

这是他寄往巴黎的书信。收件人是住在圣奥诺雷路的工匠莫里斯 · 迪普莱。

现在他和迪普莱家的关系不仅仅停留在战神广场大屠杀之后镇压时暂时躲在其住处。

契机始于他给院子里养的小狗取名“布朗”。当然莫里斯家是让儿子杰克·莫里斯照料小狗，虽然养了狗但主人家在别处。反正房子都是空着，就请住下来吧。就这样莫里斯邀请罗伯斯庇尔从圣东日街搬过来居住。

“借住的费用算便宜一点。就这样办吧，罗伯斯庇尔先生。我倒没有强迫的意思，但此处离雅各宾俱乐部也近，绝对是个好主意。”

莫里斯·迪普莱的说法有一定道理。离雅各宾俱乐部近的话，那就意味着距离议会所在杜伊勒里宫练马场附属大厅也近。罗伯斯庇尔同意了，并介绍给立法议会未来的期望、刚来巴黎上任的议员乔治·奥古斯特·库东。

“但是，轮椅上下楼有点困难，所以库东先生就住在一楼的房间吧。”

一边说着夫人弗朗索瓦兹·埃莱奥诺尔·迪普莱很快将原来用来储物的房间收拾停当。那么，罗伯斯庇尔先生，楼上的房间空着。

“我们家十分欢迎罗伯斯庇尔先生。”

迪普莱家的长女埃莱奥诺尔接着说。

罗伯斯庇尔眯着眼，一时间视线飘忽不定了。

回想起那时面对着自己的笑脸、那肉感的嘴唇。鼻孔里不时闻到甜美的香气，甚至掺杂着多少变馊的汗臭味，至今都能回忆起来。不，不行。不能那样。马克西米连，不能有非分之想。

——第一，你喜欢她吗？埃莱奥诺尔姑娘。

罗伯斯庇尔睁开眼。不是吧，至少他自己并不百分百地确信。可是却把持不住，难道只要是姑娘无论谁都可以吗？

假设喜欢的话，还不知道埃莱奥诺尔的心意如何。

“……”

罗伯斯庇尔暂时没有答复迪普莱家。

离雅各宾俱乐部近，议会也近在咫尺。更可贵的是一家能够理解政治的大户人家，不惜举全家之力奉献。志同道合的库东已经决定入住，一点问题都没有，完全是理想的状况。

虽然好像没什么理由犹豫不决，但也有所顾虑。这样好吗？这样一直受人照顾合适吗？

——但是已经不再犹豫了。

这是他在故乡的房子里写往巴黎的书信最重要的内容。罗伯斯庇尔写信告诉迪普莱家，他将返回巴黎，今后政治活动的重心放在巴黎。希望能够在贵宅借住。

——已经没有其他选择了。

罗伯斯庇尔只有抱以苦笑。不，内心的苦闷要比用苦笑掩饰还多少沉重一些。

19

故乡的人

有一个叫安娜依斯·德索尔蒂的女人。

鼻头有些许雀斑，金发偏棕。她直到数年前仍是阿拉斯单身男性梦想的女神。

罗伯斯庇尔没有父母，但多少有些亲戚。他的一位婶婶改嫁，她丈夫那边带着的女儿就是安娜依斯。革命开始前他就暗自对安娜依斯有爱慕之情。

——不，私下告诉她……

安娜依斯应该意识到了，但没有遭到她责怪。

久违地回到阿拉斯，安娜依斯·德索尔蒂已经结婚了。

而且她的丈夫是一名律师，和罗伯斯庇尔是同行，过去也是朋友。但现在他已成为本地的精英，领导着地方的斐扬俱乐部。就是说他事前知道雅各宾俱乐部本部的大人物从巴黎回来的消息，而且是众多冷眼相待者中的一员。

——也没办法。

毕竟没有任何约定，安娜依斯也没办法。两年半不曾联系，也在所难免。即使期间没有忘记，连一封信都没有写过，自己被忘记也是理所当然的。

罗伯斯庇尔抬起头。他一边看着天花板一边说，这都什么啊，马克西米连。不要这么消沉了。没什么值得消沉的，只不过是个还可以的女人。

不值得花费大工夫，至少不是能够超过自己使命的念想。现在正处于革命之中，不是追求个人幸福的时候。更重要的是，自己不是为此专程前来阿拉斯的。

——与人们在一起。

他现在仍然认为最开始考虑返回家乡的初衷是正确的。

而且粮食收成也减少了。战争的氛围渐渐显露出来。尽管如此，正规军、国民卫队，没有一支军队看起来能派上用场。贵族像在嘲笑一般仍在流亡。更危险的是拒绝宣誓教士四处宣扬反对革命。只要这些家伙还掌握人心，内乱的危机随时可能成为现实。

这些在巴黎是无法得知的。哪怕头脑理解了，但毫无疑问无法实际感受到。不得不承认切实地感受到这些本身就是巨大的收获，但另一方面也无法否认偏离了最初的目的。

——与人们在一起。

他要不无遗漏地发掘出法兰西应该走的正道、民众无可动摇的是非观以及自己今后前进的方向，除此之外别无他想。罗伯斯庇尔想回到原点正是为此。但当他返回故乡，经历的全是令人失望、厌恶的事。

人们仅仅由于他是在巴黎得名的议员就欢呼、吵闹，或者一味地敬畏，或者毫无道理地警惕。

另一方面，了解情况的精英们都加入了斐扬俱乐部，从开头便冷眼敌视。

能依靠的雅各宾俱乐部支部也不是没有存在感，但成员中大众百姓们天真地急于开战，让流亡贵族们吃苦头，给外国干涉势力迎头痛击。但同时他们仍然敬畏拒绝宣誓教士，被他们反革命的言论蒙蔽。

人们希望对外开战，同时也会给自身招致内乱，真可谓支离破碎。

——毫不自知。

罗伯斯庇尔无奈得出结论。真是无知，完全不理解革命是什么。他们没有经过必要的启蒙。

他不想公开指责。虽然令人生气，但也没办法。可以说正因为大众的启蒙止步不前，法兰西社会的弊病才显露出来。需要首先纠正这种情况，虽然人们是无罪的，但他与大众想的完全不同因而无法与之对话。

——太失望了。

罗伯斯庇尔小声嘀咕，这时他已经无法压制住心里的阵阵刺痛。已经无法忍受了。明明在自己的故乡、自己的房间、自己的桌旁，但心情怎么会如此糟糕。

无法冷静，无法集中精力。在这里待着本身令人十分不快，甚至感到恶心。

——不，并不是阿拉斯不好。

要是责备的话，自己反倒变得不讲道理，罗伯斯庇尔明白这一点。不仅是阿拉斯，不仅是皮卡第，程度上有差别，乡下都是这样的。与巴黎明显不同。

从外面回阿拉斯并不是第一次了。到巴黎游学就读于路易大帝中学期间不到两年半，但那时返回家乡并没有产生这么严重的厌恶感。

虽然会想着果然是乡下啊，和巴黎不同，但那时让人安心的部分更多。证据就是他毕业后取得律师资格，马上就回来了。没有像德穆兰那样留下，与其在大城市里紧张度日，还是一直开心过日子更好。在阿拉斯执业，选择在故乡生活的人生。虽然感到美中不足，但这也并非是他重回巴黎的原因。

——这次则完全不同。

反而没有了略有缺憾的印象。非要说的话，给他慢吞吞的感觉。阿拉斯万事不够严谨，皮卡第则是一派懒散的作风。故乡的一切在罗伯斯庇尔看来过于马虎了。

越来越无法忍受心中的不快，实在想一吐为快。

——想返回巴黎。

不需要特意让自己紧张起来。如今的巴黎假如不是处于临战气氛，那也是半步也无法踏入的革命战场。

来了乡下才发觉那种紧张感仿佛手一碰就划破了似的。但是并不因此松了一口气。罗伯斯庇尔不禁祈求。

——让我返回紧张的氛围中。

在战神广场大屠杀以及随后的镇压中面临的生命危险，也比如今处于仿佛泡在温水中的焦躁更能接受。

大家都努力地活着。库东、佩蒂翁、布里索、丹东、马拉、德穆兰，不，甚至连不是政治家的莫里斯 · 迪普莱、他的妻子弗朗索瓦兹 · 埃莱奥诺尔，还有家中还不过是个小姑娘的埃莱奥诺尔，他们都仿佛时刻为革命着想。

换个说法，不懈怠地随波逐流，而是时常努力开拓新的领域。他们都为了实现自己的理想投身到斗争中，不断地尽自己最大的力量活着。

——与此相比，我的故乡……

没救了，罗伯斯庇尔不得不死心。不行，见识过革命之都，已经不再想回阿拉斯了。

说实话，这次返回家乡也有另外一个目的，就是看清今后活动的基础。

与人们在一起。想着这一点继续政治活动，不一定需要在巴黎。反倒发觉从地方复出才是正确的做法。虽然失去了议员资格，但如果目标是下次选举中重新当选的话，在稳固基本的现实意义上看，也必须在地方的选举区开展活动。

——但这不可行。

在乡下推进革命到底不可行。踏踏实实地努力，哪怕积累百年恐怕也无法唤起阿拉斯一丝的改革意识。果然与革命之都巴黎显然不同。虽然不是谁上谁下，但先进与落后的区别则如磐石一般不可动摇。

罗伯斯庇尔必须要做出抉择了。今后继续革命的方法只能是从巴黎领导全国。通过把自己的革命理念实施下去，让各个县市都必须以此为模本。

——如要为此做出一点贡献的话，我应该还是……

心意已定。去巴黎。而且再也不返回故乡。如此让人焦躁的地方不回也罢。这个房子也归还不再租借。更何况没有一大家子人，不过是一身轻松的孤儿。假如把妹妹和弟弟接到巴黎的打算成了的话，那么也没有理由继续租借阿拉斯的房子了。

20

少年

——这事很简单啊。

下了决定后连自己都不禁苦笑，一开始为什么要返回家乡呢。没有多少像样的家产，把所有东西卖给旧家具店也没有多少。只要下定决心，只须一封信便能解决。可还是专程从巴黎回来，而且还花费了一个月时间……

当然如果没有回皮卡第，可能还难以弄清心意、无法下决心今后留在巴黎，反过来看这次归乡还是有很大的意义。

——可到底是为了什么……

惊慌失措了吗？罗伯斯庇尔回顾自己的心路历程。与其说是想返回家乡，不如说是想离开巴黎一段时间吧。为了下决心借住在莫里斯·迪普莱家继续开展革命需要不可动摇的信念吧。

——与那位年轻的姑娘住在同一个屋檐下……

下腹又不舒服了。但已经不再犹豫了，若是遭到指责，这次就去求婚。不说喜欢、讨厌和对方的感受，只要拿出男人的责任感都会得到原谅吧。是啊，埃莱奥诺尔会是一个好伴侣。一直尊敬的迪普莱也会成为自己的父亲。加入这个理想的家庭也能对革命有所助益。

——啊，在巴黎就连情欲也会升华……

罗伯斯庇尔右手移向大腿根部，但就在进入衬裤之时……

有人敲门，他吓了一跳。一瞬间停下了所有动作，从外面传来弟弟奥古斯丁的声音。

“哥哥，没有睡着吧？喂，马克西米连哥哥。”

罗伯斯庇尔放松下来，大口吸气。其实他更想大吼，但看在弟弟因为深夜而小声说话以及有事要告诉自己，也就作罢。对不起，这么晚打扰了。但是，有一个人必须要引见给哥哥。

——又来了。

罗伯斯庇尔因为有外人在，不便对弟弟发怒，本来绝对不会轻饶他。而且奥古斯丁是个轻佻的人，简直是典型的爱慕虚荣的乡下人。不思悔改，到处炫耀大哥是雅各宾俱乐部本部的大人物。

奥古斯丁继续说。要不，哥哥，不行的话就算了。

“对方也不想给咱们添麻烦。只是有一点小见解，希望把文章交给哥哥。”

又来了，罗伯斯庇尔不由得感叹。说了吧，到处炫耀才会这样。

乡下多是些功利心强的家伙们，没有像样的理想也没有为之奋斗的动力。听说是从巴黎的雅各宾俱乐部来的，说不定能成为自己出人头地的门路，一群有这种打算的家伙三番五次地前来希望结识，希望我读一读他们写的东西。

“我知道兄长讨厌这事。但这次有点不一样。此人听说马克西米连·罗伯斯庇尔现在正在阿拉斯便专门从布莱库尔赶来。”

罗伯斯庇尔仍然感到愤怒，这又有什么不同吗。自己当然不打算与之见面，为了不让对方记恨就这样装作睡着了未尝不妙，但不知怎么地说出声来。

“小见解……”

听到这微弱的话声，门外有了动静。哥哥，还没睡呢。

“马上就要睡了。你说的文章，应该不会是像前阵子文学作品那样的吧？我又不是剧本审查文员。这可真是走错门了，大错特错……”

“不是文学。正经八百的政治论述。哎，圣茹斯特，文章题目叫什么？”

弟弟在门外邀请来访者说话。啊，可以吗。见笑了，题目是《法国革命与宪法之精神》。罗伯斯庇尔不是对此题目有什么感觉，而是似乎在哪里听说过此人的名字。

圣茹斯特——确实听到过。罗伯斯庇尔确定。

“难不成是埃纳省的那位选举人吗？以前还给我写过信……”

“正是。”

回答的声音有点颤抖，能感到其中的情感波动。话说回来，那封信可真是热情洋溢啊。罗伯斯庇尔完全记起来了，让他们进入房间。

首先从黑暗走进烛台光亮范围内的是弟弟奥古斯丁。弟弟比他个子高，但一脸稚气。罗伯斯庇尔还是有点生他的气。

后面的来人比奥古斯丁看上去更加年轻。不，莫如说还是个少年。也就二十出头。

——哎呀呀，是女人吗？

头上戴着小帽，头发斜着衬出雪白的脸。他的面孔在罗伯斯庇尔眼里几乎是熠熠生辉。

大眼细长清秀，眼眸温润……如同经过设计的艺术品一般引人注目的嘴唇不近人情地紧闭着……使人想起让男人一见倾心的传说中的神秘美女。

奥古斯丁介绍道，这位是我的兄长马克西米连·罗伯斯庇尔。那么，这位是……

“……”

罗伯斯庇尔震撼到了。对方在介绍时突然抱住他。事出突然，罗伯斯庇尔还没来得及出声，圣茹斯特便先开口了，早就想见你了，罗伯斯庇尔先生。总想着一定要见你一面。

能听到感动的呜咽声。真是没办法，弟弟所言也全非虚言啊。慢吞吞的奥古斯丁接着说。

“这位是安东万·路易·德·圣茹斯特，他是兄长狂热的支持者。”

“哦，是嘛。从来信来看似乎是那样的。”

罗伯斯庇尔没话找话地回应。此时内心仍止不住地狂跳。安东万·路易·德·圣茹斯特是个男人的名字。受上天眷顾生得一副非同寻常的美貌，仅是如此，绝非女性。可是……

“能、能先放开我吗？先坐下吧，圣茹斯特。”

圣茹斯特一听似乎一下回过神来似的抬起头。真、真抱歉。一不小心犯迷糊了……真是抱歉……

他边道歉边退后，让人感觉他诚惶诚恐的。但是另外一面，罗伯斯庇尔反倒拼命地掩盖自己翻红的脸，颇为狼狈。来，来，请坐吧。

“我们都先坐下吧。”

罗伯斯庇尔赶紧催促坐下是因为他感到下腹部一热。

——怎么会，对方可是男人啊。

啊，原来是因为刚才一直在想埃莱奥诺尔来着。不，并非是那样就没关系了，总之，这是不对的。罗伯斯庇尔在心中告诉自己，这时圣茹斯特似乎已经冷静下来了。突然登门拜访，今天还能与我相见，可是十分感谢。

“罗伯斯庇尔先生这样的人物能够专门给小生一点时间，小生感到十分光荣。从刚才一直浑身颤动。一时忘我，以致失礼，可真是羞愧万分。”

不，羞愧的应该是我，罗伯斯庇尔在心里默念。同时感到自愧不如，再次感叹这位圣茹斯特可真是漂亮啊。而他一恢复稳重，那可就是即便在巴黎也无处可寻的完美少年。

21

佩蒂翁

“虽然发生了这样的事，但请放心，我和以前一样没有变。”

佩蒂翁见面后如是说，看上去没什么变化。

虽然有段时间没见了，但也不到两个月，所以并没有大变化。他也不摆架子，没有提前预约，倒也没遭到怠慢。

——佩蒂翁才是知心朋友。

两人均是极左派的门面，同时也是雅各宾俱乐部的盟友。罗伯斯庇尔至今仍这么认为，没有丝毫怀疑。他一回到巴黎当天便去看佩蒂翁，也是出于这个理由。

罗伯斯庇尔返回巴黎是在十一月二十八日。

巴黎最具风格的秋天过去，已进入冬天。路肩堆满落叶，虽然没下雪，但寒风凛冽。沉重的灰色天空也由于从北国皮卡第归来，反而也并不让人感到郁闷。

脚步轻快，罗伯斯庇尔最先来到圣奥诺雷路三六六号。在此放下行李，马上腾退圣东日街的住处。因为没什么家产，搬家一上午就结束了。罗伯斯庇尔正式决定搬到迪普莱家二楼的房间。

房主高兴地送他出门，下午要与同住的库东一起到雅各宾俱乐部露个面，他推着库东的轮椅一同前往。虽然仅仅不到两个月，但见到的人仍让他感到久违。不巧只有佩蒂翁没来。到了傍晚，罗伯斯庇尔拿到地址，决定到其住所探望。

佩蒂翁高兴地迎接了他。说话也是老样子，不装腔作势。

“我没觉得人变了。”

罗伯斯庇尔也笑着回答。但要说内心平静那是谎话。说话之间他忍不住四下打探。

火焰大大地燃烧着，多么大的暖炉啊。嵌入墙壁的橱柜造型优雅，是路易十五式的吧，给人一种特别的压迫感。橱柜里摆放的塞弗尔瓷器的淡粉色美得摄人心魄。还有中国制的瓷器那妙不可言的青色，无可争辩地表明其真品的身份。

家具全部都有仿佛鹿的四肢一般的支撑脚，表面涂成金色。长毛地毯甚至能够没到脚踝。

——住在如此气派的房子里。

佩蒂翁搬家了。新居位于城岛，富豪克朗家族、雷诺阿家族等也居住于此。气派的豪宅使得来客心生敬畏。

佩蒂翁虽然做过议员，但他原来是沙特尔的律师，住处和罗伯斯庇尔也没什么差别。怎么就一改从前了呢？原来如此，所以佩蒂翁才担心别人认为他变了。

“说实话，我开始也吓了一跳。如此豪宅，对吧。但并不是说这样不好。”

罗伯斯庇尔继续说。他并不打算为此撒谎或一味迎合，但心里也不免有点后悔。

这或许是来自那位干净到纯粹的少年的感化吧。那次会面确实令他印象深刻。

“我不相信有钱人。”

圣茹斯特如此下结论说。从我的经验来看，交朋友、建立信任关系的不是城市里的人，而总是乡野之人。是这样的，资产阶级没有能力推进革命。可以说有钱人是没有资格参加的。如果有钱人想来讨论人的权力，应该立刻放弃财产回归贫困。

“要是有人用革命发财，想必罗伯斯庇尔先生也不会容许吧。”

罗伯斯庇尔被追问得畏畏缩缩，但在他心道，这的确不能容许。啊，我能够理解圣茹斯特的道理。心里也对此有共同的感受。但还有其他的声音在耳边回响。

“如此简单地区分在成年人的世界里是不可能的。”

米拉波肯定会这样嘲笑。而且不仅是对自己政治的不成熟一笑而过，更可能会大加斥责。你这样是无法掌控人心的。想要掌控人心，首先必须要理解大众的心理。

——的确如此。

真是悲哀啊，世人绝不会认为贫穷者有影响力。世人会自然而然地对富裕层怀有敬意。所以，佩蒂翁也是顺势而变吧。

“不过话说回来，你现在是巴黎市市长了。”

佩蒂翁像听了玩笑话似的耸耸肩，但一瞬间他的鼻孔膨胀，想必内心自尊心高涨。

罗伯斯庇尔对此并不感到反感，相反他认为这是理所当然的。因为那可是巴黎市市长。

“佩蒂翁，六千七百二十八票。拉斐德，三千一百二十六票。”

这是十一月十六日巴黎市市长选举的结果。

拉斐德身后有斐扬俱乐部支持。在此之前，他已经是有名的英雄了。佩蒂翁与此等人物竞争，得票数是他的两倍，可谓大获全胜。

雅各宾俱乐部和科德利埃俱乐部支持佩蒂翁，因此也算是报了一箭之仇。

——这可是件壮举。

可是称得上奇迹的壮举。但这一切都是发生在罗伯斯庇尔返回皮卡第期间。

“罗伯斯庇尔，应该由你参加竞选的。”

佩蒂翁像是掩盖尴尬似的接着说。他的意思是因为罗伯斯庇尔离开巴黎，无奈只能由他硬着头皮参选，只是运气比较好当选了。其实本该由罗伯斯庇尔来的。

“我不是市长那块料。”

罗伯斯庇尔微笑着回答。佩蒂翁也笑了。没有的事，你说的不可能。

“事实上你也得了百余票。”

“我？”

“尽管没参加竞选，但有近百个市民坚持希望罗伯斯庇尔担任巴黎市市长。如果你真参选的话，肯定会获得压倒性胜利。”

“我说了，佩蒂翁，没有的事。”

“不，反而我只是在反对战神广场大屠杀的舆论正盛时凑巧在这里罢了。”

“我参选的话情况也一样。而且这并不只是因为斐扬派站在人们的对立面。为你热罗姆·佩蒂翁鼓劲加油的不在少数。”

既有支持者也有赞助者，所以可不要过于自谦。罗伯斯庇尔劝说道，这下佩蒂翁也无话可说。

虽然脸上的笑容没有变化，但一时双方陷入沉默。感到不自然的当然是罗伯斯庇尔。

“要说我，一点没帮上忙。真不好意思。”

他以道歉开口说。其实他没有一点动作。在雅各宾俱乐部还有科德利埃俱乐部全体筹备选举之时，只有自己一个人好像事不关己似的返回皮卡第了。

当然了归乡是一早计划好的，但为此他没关心佩蒂翁的选举也是事实。当时心里也许没有特别地思考过此事，反而认为反正不行，与拉斐德对垒肯定赢不了。可能从一开始就没当回事。与其把时间浪费在肯定不成的事上，不如先返回家乡。

罗伯斯庇尔心想，假如不是佩蒂翁，换了其他心理阴暗的人，现在肯定对着自己破口大骂了，不可能还当自己是朋友。

佩蒂翁则愉快地迎接了自己。反而先开始解释他自己并没有变。

“别在意。罗伯斯庇尔，有没有参加选举不是什么重要问题。”

佩蒂翁不仅原谅了他，而且表现得毫不介意。

“反而我也没能帮得上你。”

“……”

罗伯斯庇尔疑惑起来，不明白他话的意思。佩蒂翁注意到他脸上讶异的神情，于是解释说，像你这样的人物在下野之后如今也只是普通公民了。

罗伯斯庇尔终于理解了朋友想表达的意思。类似的话也曾在雅各宾俱乐部听过。是丹东说的吧。

22

最重要课题

从前率领科德利埃俱乐部的巨汉也为佩蒂翁的胜利助了一臂之力。

论组织公民运动的话其影响力无出其右，他为佩蒂翁的选举活动尽其所能。不少人为他具有感染力的大嗓门倾倒，而选择抛弃拉斐德。

——因而丹东堪当巴黎的第二副手。

在野的活动家如今都就任公职。

他的上司，第一副手路易·皮埃尔·马努尔也是雅各宾俱乐部的一员。他在约纳省参选立法议会议员，后来为佩蒂翁助选，虽经历风雨但也得以出头。他在巴黎原来也以撰文为生，因此结识布里索，据说也有来自他的强有力的推荐。

“那些东西，我可不需要。”

耳边又回响起话语声，对于担任公职，圣茹斯特有其自己的见解。谈起来他兴奋不已，大加鼓吹。

不能靠革命发财，同样，也不能靠革命升官。时不时，同伴会讨论分配的职务，我要是接到了任命，我肯定拒绝。要是有半点喜形于色，那我会倍感屈辱。

“当然了，肯定需要有人就任公职。与其让给政见相异的家伙，不如由怀有同样理想的同志来担任。但是，那不是一种地位，不过是一种职责。这就是我的看法。”

有精神洁癖的圣茹斯特决绝地说，丝毫不忌惮。罗伯斯庇尔再次糊弄过去。可是，区分地位和职责那可是十分困难的。最终取决于个人的良知。

“哈哈，也就是说你认为个人的野心是卑鄙的，你也感到厌恶。”

罗伯斯庇尔不禁想象米拉波肯定会如此嘲笑自己。

他过去曾经全力阻止过米拉波的大臣梦。那个时候此举过于危险。如果任凭米拉波进入内阁，那么他毫无疑问将总揽整个法兰西的大权。

——但是……

因为如此道理而拒不担任公职，这又当如何呢。回到根本上来看又当如何呢。

“第一，你必须战胜对手，罗伯斯庇尔。”

又传来米拉波的声音。罗伯斯庇尔对一头雾水的佩蒂翁说。

“不，其实，现在的情况我也并非完全是平民。我在凡尔赛担任法官。”

“但那并不是政治上的地位。罗伯斯庇尔，你也需要在巴黎能够活动的职位。嗯，我考虑可以是专门追究反革命的检察官，其实现在正在协调……”

“真让你费心了，佩蒂翁。”

罗伯斯庇尔回答道。但他仿佛被看透心思似的，反而不甚愉快。他想自己真是孩子气，但此时已经控制不住自己了。啊，可是……

“我的话，只要作为雅各宾俱乐部的代表便足够了。”

这回轮到罗伯斯庇尔压制不住自尊心了。

不过是普通平民。既无法律上的权限，也没有任何薪俸。但如此我就满意了。不，我为此感到自豪。

他当选雅各宾俱乐部的代表。这是下午产生的结果。罗伯斯庇尔到那里时，雅各宾修道院的人迅速召开了全会。

经历斐扬俱乐部脱离、战神广场大屠杀事件、国民制宪议会解散、立法议会开幕之后，众人希望举行搁置了很久的代表选举。而且，他们已经达成了一致意见，只需要等待他们看中的人返回巴黎了。希望阁下能够答应上任。

“除了罗伯斯庇尔别无他人，这是我们所有人的一致结论。”

一旁的库东也使劲对他点头。是啊，雅各宾俱乐部正奋斗着，的确也正在从今夏的不利局面中恢复。可让我这个新人来说的话有种奇特的感觉，喊着雅各宾俱乐部、雅各宾俱乐部，可没觉得这是一个团体。

“莫如说没有稳固的精神支柱。原来至今缺的就是你啊，罗伯斯庇尔。”

越想越感动得手指颤抖、膝盖打弯。罗伯斯庇尔，你代表着革命的精神，圣茹斯特对他说。过去的米拉波也好，如今的拉斐德也好，或是三头派也好，倚靠响亮的名声容易，与真正为革命殉道的人本质上不同。你为我们表现了真正的正义，只有你罗伯斯庇尔才能看出致命的谬误。所以我必须追随你。

“乡下情况怎么样？”

佩蒂翁岔开话题。罗伯斯庇尔猛一回过神，多少有点惭愧。但也不费力气地恢复过来。既然他想知道乡下的情况，那可有说不完的话。

“有问题。”

罗伯斯庇尔开始说。是啊，巴黎市市长选举如何如何、其后的论功行赏如何如何，虽然都是些近况，但都过去了。重要的是接下来的未来。应该要谈的是今后的法兰西该往何处去。但佩蒂翁不等他往下说马上应道：

“一个是流亡贵族的问题，还有一个是拒绝宣誓教士。”

他能说出来并不值得惊讶。因为佩蒂翁已经在罗伯斯庇尔从皮卡第寄来的信中得知了。在罗伯斯庇尔看来双方交谈有了共识，接下来想要快速推进的谈话是讨论现下的巴黎如何看待这些问题以及应对之策。

“这些问题我也认为是当前最重要的课题。”

佩蒂翁继续说。你也知道，从前对流亡贵族、拒绝宣誓教士问题并没有很在意。因为发生了许多更大的事，瓦雷纳事件、斐扬俱乐部脱离独立等等。所以之前都没有把精力投入到这些问题上。但现在，罗伯斯庇尔，你能把地方的实际情况带回来，那可真是帮了大忙。

“议会也已经开始追查了。”

罗伯斯庇尔听了这个情况也不免有点惊讶。为什么这么做、有什么打算，他都想催促佩蒂翁赶紧接着说。他没想到现阶段进展能如此迅速。

他听完佩蒂翁的话，很明显其所言非虚。

“首先是流亡贵族的问题，应该是十月二十五日的审议，韦尼奥提交的。韦尼奥此人来自波尔多，是个十分了得的辩论家。人称‘米拉波再世’。”

先不谈米拉波，韦尼奥的确开始了追查。他提出要对流亡贵族使用极刑，普罗旺斯伯爵、阿图瓦伯爵两个国王的弟弟也不例外，其在议会的主张十分激进。

“如果说韦尼奥的主张震撼人心的话，再看看下一位孔多塞，他是百科全书派德尼斯·狄德罗最后的盟友、法兰西学术院的权威、议会中知识界的代表。”

不反对流亡的权利，但既然流亡贵族在外国纠集军队，那么为了守护国民以及和平必须采取措施，这是自然的。孔多塞从理论方面补充，流亡贵族必须发誓忠诚于新体制，否则应当没收其财产。关于这一点来自稳健派一七八九年俱乐部的转变立场者，主张方面大幅后退。

那么一定会有人旧事重提，说这不是雅各宾俱乐部的主张。

“十月三十一日这天立法议会的希望之星马克西曼·伊斯纳尔登台。”

因为犯罪的是王室就不惩罚的话，谈何社会公正。伊斯纳尔开始铺垫说，据说使议会为之狂热。

“或许是对王室成员束手无策吧。不，自有天道。老天不会放过侵害人民自由之辈。这是我的看法。”

立法议会同一天通过了处分国王的弟弟普罗旺斯伯爵的决议。限定其两个月之内回国，如不从则剥夺将来摄政之权力。

“继续加以讨论，十一月九日通过了关于流亡贵族的决议。内容是这样的，在法兰西国境外举行集会的法兰西人被指控策划对祖国有害的阴谋，将处以最高量刑死刑。还有流亡者如果不在一七九二年一月一日前回国，将没收其所有财产。”

佩蒂翁朗读手上的纸，显得甚为得意。

“接下来是拒绝宣誓教士问题，十月七日议会上库东已经着手。但之后我们继续推动，十月二十六日议会登台演讲的是来自波尔多的议员让·弗朗索瓦·杜科。”

拒绝宣誓教士的危险之处不在于不向《教士公民组织法》宣誓，而是将宗教意见和政治意见混同。杜科以此完美阻止了宗教不介入的宽容论。

接着是原来身为卡尔瓦多斯主教的福舍。他主张立刻停止国家对拒绝宣誓教士的供养，关闭他们管理的教会。

一系列动作最终归于十一月二十五日成立的拒绝宣誓教士监视委员会。

“主导委员会的是刚才提到的伊斯纳尔。私下告诉你，明天二十九日的议会马上就会提出委员会提案。目前尚未完成宣誓的教士须在一周内向当局效忠。拒绝的将被视为叛乱嫌疑人受到委员会的监视，如若反抗则处以监禁一年刑罚。煽动组织他人反抗的处以监禁两年。”

佩蒂翁最后挺起胸膛，像是在问怎么样似的。罗伯斯庇尔，你不在的时候我们也没有偷懒。我们一直对国王和斐扬派施压。

“给国王和斐扬派设下陷阱。”

罗伯斯庇尔对此不免感到异样。

他也并非不理解其中的意思。

法案经议会讨论通过，接下来的手续是国王进行定夺。这时路易十六如果使用否决权，那么国王便站在了流亡贵族、拒绝宣誓教士一边。

反过来假如批准的话，那么一直以来对流亡贵族也好、拒绝宣誓教士也好采取宽容政策的斐扬派则站不住脚了。

斐扬派失势的话，瓦雷纳事件也会被重新追究，路易十六现在的处境也会变糟。

完全是进退维谷，所以才说是陷阱。

罗伯斯庇尔恍然大悟。的确必须要对国王和斐扬派进行报复。设下陷阱，让他们走投无路，这点我没有异议。

“佩蒂翁，那么关于流亡贵族和拒绝宣誓教士问题具体的解决方法是什么？”

“具体的？”

“就是怎么解决问题。处以死刑、没收财产，抑或是流放这些威胁不会有很好的效果。”

佩蒂翁对此没有回答。他也不单单沉默，还报以含混暧昧的笑容。

罗伯斯庇尔闪过一个念头。但要是真是如此的话，可不能放过他。

——难不成根本没考虑过解决方法？

只是给国王和斐扬派设了陷阱。就是说只不过是单纯的政治斗争的工具吗？关于流亡贵族和拒绝宣誓教士的问题没有丝毫作为和策略，打算就此放任下去吗？罗伯斯庇尔越问自己，心中的怒火越无法抑制了。

23

知心朋友

巴黎确实有关政治的意识十分高。在这里的议员也好、高官也好都是此中好手。但有时高得过头了，仿佛抛下大多数国民而进行讨论。政治经常变成了政治斗争。

——像过去的三头派那样……

罗伯斯庇尔一下有种不安的感觉。

对三头派的斗争最初也是在雅各宾俱乐部全国联络委员会改选的动议上。那时大声疾呼，谴责三头派无视地方的实际情况、阻滞革命进行。可三头派不听，反而更加执拗于权力，把不合道理的政治强加给国民。

“这绝对是错误的。”

圣茹斯特的悲叹又在耳旁响起。现如今正处于内乱的危机之中。在田间劳动时不时地看到穿着像是孔代大公家臣的黄色制服的人。远远望去，他们在树林那边升起了黑烟。是在安营扎寨，还是骑兵队前进扬起的沙土？不管如何，国境地带已显露出危机。

“流亡贵族必须要想办法应对。罗伯斯庇尔。”

“……”

“拒绝宣誓教士更甚。他们假冒神明、滥用神罚，对信徒吃拿卡要。

‘如果支持革命，死后将堕入地狱’，以此威胁他们放下武器。尽管内乱将导致的人间地狱图可是法兰西自己描绘的。”

圣茹斯特是个不成熟的年轻人。但奇怪的是他的话有着不可思议的说服力。经过美貌的外表诉说恍如天使下凡的宣告。叫人感觉仿佛自己亲眼所见一般，觉得这才是真的。

“佩蒂翁，你也应该知道。现在要分秒必争。”

罗伯斯庇尔一下爆发了，脱口而出的是圣茹斯特嘱咐他的话。是啊，对待流亡贵族、拒绝宣誓教士威胁是没用的。

“流亡贵族纠集军队，拒绝宣誓教士掌握人心，他们的最终目的都是发动内乱。他们妄图把失去的全部拿回来，也就是回到革命前，贵族拿回领地和官职，教士拿回庄园和薪俸。既然他们想要的关乎立身之本，那么怎么威胁都没有用。不采取一定手段阻止，法兰西会有分裂之虞。”

罗伯斯庇尔一下说完，这时才注意到自己喘粗气。佩蒂翁抬起手似乎想要让罗伯斯庇尔冷静下来。等等，没人要放任不管。我也明白内乱的危险。

“那么要怎么办？”

“什么？”

“你也听说了吧。我们正在考虑开战。”

罗伯斯庇尔又一怔。刚刚佩蒂翁说的“我们”指的是谁呢。

但现在不是纠结的时候。

“你说的是战争？”

罗伯斯庇尔故意大声问。

他当然听说了立法议会中提出了主战论。起因据说源自布里索。

“总之这不过是理所当然的道理。不能保卫安全的话，这个社会就会破灭。如果存在危害诸位的邪恶力量，诸位必须亲自将其消灭。不过很浅显的道理。”

热血的伊斯纳尔紧接着说：

“是啊，处于革命状态的人民是无敌的，因为这是为自由奋起的时刻，这是奉献牺牲的时刻，这是发挥干劲的时刻。”

这些罗伯斯庇尔全都知道，可他还是不明白盟友佩蒂翁说的意思。口口声声开战，究竟能解决什么问题。

“你并不是真心这么想的吧。这又是施压斐扬派的斗争手段吧，不会真的在考虑开战吧。”

“是真的。”

“荒唐……佩蒂翁，你怎么也，荒唐……正规军因为没有指挥官而用不了，依靠国民卫队是无法对外开战的。有关国境地带的实际情况，你应该已经从我的信中得知了。”

“并非像波旁家族那样发动侵略战争。罗伯斯庇尔，我们考虑的不是全面战争。仅仅是短期决战的程度。”

“短期决战的话，法兰西将会惨遭失败。”

“……”

“即使兵力万全，现在也不应该开战。我刚才说了，这完全无法解决流亡贵族和拒绝宣誓教士问题。现在面临着内乱的危机可……”

“这正是要的，罗伯斯庇尔。这正是我们希望的。”

“佩蒂翁，这一点我是无法理解的。”

“就是说，通过与外敌作战，法兰西也能够扫除内敌。能够将流亡贵族的兵团和外国军队一起一网打尽。被拒绝宣誓教士蛊惑的民心也会因为开战而转向，不仅不会为反革命潮流所动，更会重燃革命的狂热。”

“这是现代圣战，为自由而战的十字军吗？”

“正是，罗伯斯庇尔。”

“这是冒险主义。”

“……”

“你是否想到这或许太过于乐观？我们正在谈的是许多人可能死去，你说得太轻松了吧。”

佩蒂翁双颊僵硬。哪怕将面对暴怒，罗伯斯庇尔也有心理准备了。

圣茹斯特的话语又在耳边回响起来。

“最该憎恨的是不诚实地说大话。我厌恶有钱的、看不起有权的，是因为他们为了保护自己的利益能够面不改色地说任何谎言。”

因此，无论对方是谁，哪怕是知心朋友，现在必须战斗。罗伯斯庇尔紧耸肩膀准备面对疾风骤雨，可佩蒂翁一下笑逐颜开。

这下又听到米拉波的话语。

“怎么了，面对讨厌的家伙要上前握手。”

当然不可能再听到同样的话，实际上是佩蒂翁伸出手。欢迎回来，罗伯斯庇尔。我的同志，可算回巴黎了。

“再找机会辩论一番吧。特别欢迎辩论高手来。”

罗伯斯庇尔长出一口气，这时他注意到自己之前屏住了呼吸。为只顾着战斗而苦笑，自己只能笑着伸出手与之相握。佩蒂翁，我也不会有丝毫客气。没有顾忌的讨论才能找到真正正确的道路，这是我们过去的方法。

“好，再找机会辩论。在雅各宾俱乐部。”

佩蒂翁用力点头说。

两人握手后，罗伯斯庇尔离开房间。夜里的巴黎寒冷如冰窖一般。搬家的事早就忘得一干二净，他自然地走向圣奥诺雷路。他并没有直接回家，而是打算顺道去雅各宾俱乐部一趟。虽然没有特别的事，只是感觉想要去那里一趟。

——就那么喜欢那个有点臭的图书馆旧址吗?

罗伯斯庇尔自嘲地想，随即他突然想到。

——佩蒂翁来雅各宾俱乐部了吗?

最近没见到他人，罗伯斯庇尔下午到访雅各宾俱乐部时被告知。

他一直受到支持，被选为代表，但那是因为没有其他合适的人选。就是说，和罗伯斯庇尔并列为极左的两张名片的这位盟友忽然不再出现了。

能明白佩蒂翁的理由。因为他现在是巴黎市市长了，不能同时兼任雅各宾俱乐部的代表。但要是议员的话就另当别论了。由议员就任代表是惯例。如此一来，传言积极活动的布里索等人本该参与代表选举的。

“……”

罗伯斯庇尔在归途中一直思索刚才的纠结。佩蒂翁说了“我们”，总是一边说着“我们”一边继续谈话。但“我们”指的是谁和谁呢?难道指的是雅各宾俱乐部?

他立刻产生一种不好的预感，因为之前发生过类似的事，正觉得三头派总有点奇怪，他们就成立斐扬俱乐部，脱离了雅各宾俱乐部。

已经有了前车之鉴。

——甚至连讨论都不能进行了……

那个时候应该停止。三头派就是这样，这边即便想就什么进行讨论，可他们绝对不回应，只是冷眼旁观。

想到这，罗伯斯庇尔得出了连自己都感到意外的结论。没必要执着于此，要是非得强行挽留，那就不是知心朋友。反而如果是知心朋友，那么对方自然会相向而行。

“我也要成为议员。”

成为议员一定需要上巴黎。阿拉斯的夜晚一个二十四岁的青年立下誓言。圣茹斯特是真正的知心朋友的话一定会实现他的诺言。虽然立法议会的议员改选还为时尚早……即便到了那一天，一个籍籍无名的年轻人也几乎不可能一跃成为议员的吧……

24

内阁改组

路易·德·纳尔博纳·拉腊伯爵是法兰西众多贵族门第中相当古老的一支的子孙。同时也是历史书上“日耳曼民族大迁徙”中被称为高卢的古老地区传承下来的法兰西民族的子孙。

看来如同附带血统证明的名犬，排除其他血统，只在本族内交配的证明吧？给人的印象的确是纯种的日耳曼人，皮肤白皙得稍有些古怪。

一头长发里掺着粉色的头发，一下子看过去错把他当成女性。有点难以让人相信眼前没有单膝跪地而是站直身体的是个大男人。

“非常合适，巴纳夫也推荐你。”

杜伊勒里宫的办公室里，路易坐在书桌后开口说道。纳尔博纳·拉腊伯爵听了，潇洒地点头称是，那姿态是近来的议员之流模仿不来的。

“陛下，这是无上光荣。”

“不用拘束。朕，法兰西国王十六，于本日即十二月七日，任命路易·德·纳尔博纳·拉腊伯爵为我国陆军大臣。”

自己比他大一岁，是同辈人，谈话时总是平易近人。但刚才所宣告的是正式的阁僚任命。

路易正着手进行内阁改组。

十月六日，提拔原布列塔尼地方长官、一直以来忠诚的臣子安托万·弗朗索瓦·贝特兰·德·莫尔维勒为海军大臣。

接着十月三十一日更换外交大臣蒙特莫兰，继任者为原掌管内务事务的安托万·尼古拉·瓦尔德克·德雷萨尔。

今天十二月七日还任命了内务大臣庞·克罗德·凯耶·德·杰尔维尔、财务大臣路易·阿尔德旺·塔尔贝。最后更换陆军大臣迪珀尔泰伊，继任者就是眼前这位纳尔博纳·拉腊伯爵。

内阁阁僚里除了海军大臣莫尔维勒这样在议会没有势力的无党派，再就是斐扬派了。外交大臣德雷萨尔是迪波尔推荐的，陆军大臣纳尔博纳·拉腊伯爵是巴纳夫推荐的。

查查他们的底细，都属于开明派贵族，即出自拉斐德的盟友一脉且得到三头派支持的斐扬派。

“虽然是我自己从几个候补中选了你的。”

路易对新陆军大臣说。斐扬派推荐了，但也并非谁都可以。

“至于你的情况，是我首先询问纳尔博纳·拉腊伯爵是否可以，然后得到了斐扬派的肯定。这更接近真实情况。”

“这是无上之光荣。”

“说了不要那么拘束。其实我的想法是虽然政治上的考量不可或缺，可本来大臣的任免权属于国王。作为行政权力之长，这也是宪法所承认的权力。行使权力时不需要得到什么人的肯定。”

纳尔博纳·拉腊伯爵点点头。正是，正是。陛下所言甚是。

“而且斐扬派与陛下的合作关系最近反倒是斐扬派需要借助陛下的力

量更多一些。”

“伯爵，你指的是行使否决权吧？”

纳尔博纳·拉腊伯爵再次点点头。

虽然不是能将议会通过的法案作废的绝对否决权，但可以发还议会命其重新审议，在其作为法律实施前中止流程。该否决权是授予给国王的正当权限。

——我可以自由地行使。

路易也有点自负。

立法议会新成立后，雅各宾派的议员便发起攻击。势头强劲压倒了本来占据优势的斐扬派，他们联合稳健的多数派，一下通过了两项有关流亡贵族的法案。

即以剥夺摄政权为威胁敦促普罗旺斯伯爵回国的十月三十一日法案和判决流亡贵族有罪、没收其财产的十一月九日法案。

手续上进入到国王批准环节。对法案行使否决权，路易十六就站到了以弟弟为首的流亡贵族的一边。但如果批准的话，采取宽容政策的斐扬派将失去立场。

完全是陷阱，但路易巧妙地摆脱了。他批准了十月三十一日法案，只否决了十一月九日法案。

他决定让弟弟普罗旺斯伯爵吃苦头。如此一来，通过大义灭亲避免了对流亡贵族的严罚，同时从国王的高度呼吁他们尽快回国。

“这招太高明了。十二月三日普罗旺斯伯爵再次发出声明拒绝回国，甚至连阿图瓦伯爵也是如此。这样一来国民的愤怒指向了国王的两个弟弟。不因为是自己的弟弟而手下留情，国王才是真英雄。另一方面斐扬派的策略也没有破产。宽容的既定策略得到保护，还可能加强。陛下之手腕世所罕见，议会被陛下玩弄于股掌之间，一点都不夸张。”

路易听了这一番话，心里也不算痛快。

放弃普罗旺斯伯爵、厚待流亡贵族的路线其实出自三头派的拉梅特之手。只不过接受的是我，并且大胆决定牺牲亲弟弟也非我下决心不可。无论拉梅特多么聪明，只要行使否决权只限于国王，凡事便离不开我。基于一系列情况，几乎可以算作我的手段……

“只是，有一点遗憾。玩弄于股掌的议会似乎又不安稳了。”

纳尔博纳·拉腊伯爵接着说。路易回过神来。

议会的斐扬派当然满意了，但其他的大闹起来，对国王的不满与日俱增。

“雅各宾派的议员们吧。”

路易回应说。他们的确正在议会叫嚣着要对流亡贵族采取更严厉的态度。

“因此，我才提拔你为陆军大臣。”

“啊，也就是要在下，怎么，更加严厉地对待他们？”

路易点头。只听纳尔博纳·拉腊伯爵一个劲地大声嘀咕，好的，好的，要在下更严厉地对待他们。

看来他心里已经有想法了。于是路易问道。

“你说更严厉，不知你打算采取什么措施。”

“在下受命陆军大臣。那应该是开战吧？”

“突然开战吗？多少有点唐突啊。”

路易表面表现出惊讶，心里则暗自欢庆，来了，来了。就是它，想听的就是它。

——只有开战。

路易的想法没有改变。不，绞尽脑汁想出来的只有战争，如今这种确信也不曾改变。是的，法兰西必须向各国宣战。要这样做就必须呼吁各国王室介入，特别是奥地利皇帝利奥波德的协助。

法兰西按照当下的情况开战的话毫无疑问会战败。主导战争的政府必然垮台。现政府是君主立宪制的话，行使立法权的议会将遭解散，这一点再明白不过。

权力将产生真空，各王室趁机重建，肯定只会支持自己的同类法兰西王室。体制也不再会是君主立宪这种半吊子，而会是直到前几年还被讴歌的如磐石般极尽荣华的绝对王权。

国民到那时还会拒绝王室吗，还会说是遭人咒骂的旧制度吗？不，不会。看透了发动必败之战的愚蠢革命政府，能使得法兰西重归安宁的只有国父即国王路易十六的手腕。

所以，只有开战。

——法兰西战败是个好事。

但是，在立法议会占据领导优势的斐扬派一直主张不战论。特别是认为和平是必要条件的三头派给各位王侯送去亲笔信，以此阻止开战。即便在扩大国王大权的事宜上，他们申明宪法并非限制王权，革命反而能给予国王权力，目的是得到奥地利皇帝的理解与支持。

——以他们那些人的立场也并非无法理解这种态度。

到底是聪明人，路易想。他们明白要是开战的话，君主立宪政府将会垮台。这帮家伙试图让革命软着陆，现如今他们也不想前功尽弃。三头派不想开战。

——可是，斐扬派也并非铁板一块。

新任陆军大臣提出开战，虽然一开始得不出答案，但迫于解决政治问题的压力，会简单地得出开战的结论。

——到底是军人啊。

纳尔博纳·拉腊伯爵担任幕僚长，是谓国王军的要冲。革命开始以后，他一直担任杜省的国民卫队司令。此人虽外表优雅，但内心应该也潜藏着旧时佩剑贵族好战的性格。

25

第一项工作

纳尔博纳·拉腊伯爵以外，斐扬派内部的旧一七八九年俱乐部成员，也就是和拉斐德有关联的人，大多也是好战分子。

他们假装开明派贵族，也能与离开雅各宾俱乐部的人谈论理想。但他们真实的看法完全是另外一回事。

——拉斐德现在对开战非常起劲。

不单是因为同为军人。这个轻率的人多次失态。在舆论谴责战神广场大屠杀之时他辞去了国民卫队司令一职，不久甚至还丢了议席。走投无路之时，巴伊正好也辞职，于是他拼命要争巴黎市市长的职位，结果惨败落选。

路易每每想起，不免想大笑。说真的，真有种看现世报的心情。痛快之余，仿佛这个世界按照自己的想法运行，心里有种说不出的成就感。

而且现在开战越来越接近现实了。因为在数次失败后，拉斐德只有靠战争打开局面了。

这也并非偶然。事实上，路易在巴黎市市长选举中支持了佩蒂翁。安排马鲁埃等议会下野的右派在街头巷尾奔走，还让保王派和虽不极端但属保守系的报纸大肆发表针对拉斐德的报道，路易在背后操控着大众。

当然他也并非喜欢佩蒂翁。对这个从瓦雷纳返回的路途上和自己同乘一驾马车的无礼之人，实际上讨厌至极。可还是支持他的理由在于拉斐德如果落选，就会马上为开战奔走。从开头路易便有了打算。

——看我的颜色。

路易快要开怀大笑起来，他忍住继续说。

“但是，战争吗？说实话我不免有些疑惑，纳尔博纳·拉腊伯爵，你是否已经做了一些具体的作战准备呢？”

“回国王，在下只有不成熟的构想。”

路易不语，纳尔博纳·拉腊伯爵接着说：

“十一月二十九日的议会通过了决议，要求国王劝告以正在接收法兰西流亡者的特里尔、美因茨两大总主教选帝侯为首的神圣罗马帝国境内的德意志诸侯立即停止在国境地区的流亡者集会和兵役登记。”

“的确有这事。”

顺便说一下特里尔和美因茨是古老的总教区，位于洛林国境以东，夹在卢森堡和德国之间。

“特里尔总主教选帝侯克莱门斯·文策斯劳斯，我认为正好。”

“正好是指？”

“作为交战对手正好。”

路易明白纳尔博纳·拉腊伯爵说的意思。特里尔总主教和法兰西不同，在其教区是事实上的独立王国。选帝侯如其意思，是拥有选举皇帝的权力的诸侯。特里尔总主教是其中之一。

“对手限定在总主教选帝侯的话，法兰西有十足战胜的机会。虽然现在正在重建财政的阶段，但短期战斗足够了。”

“总而言之是小型战争，这么理解没错吧？”

“正是。尽可能缩小战争规模，尽可能最大化所得利益。”

“原来如此。”

路易一边笑着回应一边心里想，真扫兴。再怎么好战，但有稳健的斐扬一党在，也就有所局限了。

如此下去尽可能控制局面，总之维持现状是斐扬派的精神。

对战事最为积极的拉斐德想来也不过是想挽回颜面、维护自己的地位，并无继续向前、开拓新局面之类有建设性的想法。

更何况，对于顺从三头派的大多斐扬派而言，如果能让雅各宾派闭嘴的话，他们已经满足了。

——只论战争的话，纳尔博纳·拉腊伯爵应该称得上合格。

路易立马又想到，战争本来就是变化莫测的。说什么通过限定的、短期的尽可能小型的战事获取最大化的利益，此等好事可没那么容易。一旦开战，想要控制在小规模可是极其困难的。

反之扩大规模则没有那么困难。与选帝侯为战，虽然那只是神圣罗马帝国的一隅，可坐在皇位上的人不会坐视不理。引奥地利介入则不再是难事。

纳尔博纳·拉腊伯爵虽说缺乏决断力，但他还有其他可取之处。

“取得战事的胜利，王室的威信也会提高。不再只有否决权和大臣的任免权，重新执掌大权也不再只是做梦。”

路易并不认可陆军大臣的说辞。小型战事不会提高王室的威信。无论打赢什么战争，在当今的法兰西只会让国民或者代表他们的议会把功劳据为己有。只有失败，只有向奥地利投降，法兰西王室的复兴才指日可待。

——在如今的法兰西，他还能为王室考虑，这点值得高兴。

当然会这么想。他虽然继承纳尔博纳·拉腊伯爵家的衣钵，但其实亲生父亲是路易十五。他的母亲过去是公主伊丽莎白的侍女，没能逃过好色的祖父之手。

——虽然我比他年长，但他是我的叔父。

那些议员、革命者想必都不知道，但这在凡尔赛是公开的秘密。无法掩盖，伯爵生得一副绝世美貌，长相酷似路易十五。

两个任性的姑母阿黛拉伊德公主、维克图瓦公主惹人非议的罗马行也是由纳尔博纳·拉腊伯爵陪同前往的，这也没什么事，因为他们是亲姐弟。

——启用亲属，稳固内阁。

只要宪法赋予国王大臣的任免权，人事上就能任由我摆布。无论左翼的革命者叫嚣着此事如何反动也无济于事，因为这是宪法所保证的正当权力。

路易笑逐颜开，随即大大地点头称是。这就是纳尔博纳·拉腊伯爵上任的第一项工作。

“向特里尔总主教选帝侯发出最后通牒。”

“朕代表人民鉴于时下之不义，令特里尔总主教选帝侯在一七九二年一月十五日前解散在特里尔流亡的法兰西人的集会以及停止一切敌对行为。如若不然，朕将视特里尔总主教选帝侯为法兰西的敌人。钦此。这么写可以吗？陛下。”

“嗯，不错。把最后通牒在议会上宣读。”

“遵命。”

两人的谈话暂且告一段落，路易想事情没那么简单。很难说议会是否支持最后通牒，因为跟随三头派的斐扬派里持反战观点的占大多数。纳尔博纳·拉腊伯爵能否突破重围，把战争变作现实呢？

——放手让他去干吧。

到最后仍然无法决断的话，到那时也没必要拘泥于斐扬派不放。路易在心里继续想。

最后通牒一经提交议会，为能打倒流亡贵族而举双手赞成的莫如是雅各宾派的那些家伙们。

听闻他们一派公开宣扬主战论，如此一来与这些家伙联手也应该算是一种有效的选择吧。如果能够顺利开战，要与宣扬共和政体的左派联手我也在所不辞。而且有关人事，法兰西国王有话语权。

——尚有斗争的办法。

只要身居法兰西王位，我不会失败。路易在心里默念，随后眺望巴黎冬天的夜空。最后他对有共同感受的亲人说，纳尔博纳·拉腊伯爵你是否偶尔会想念凡尔赛呢？不说明年夏天，后一年差不多，到时请你一同前往避暑。

26

反战论

“开战吧！”

罗伯斯庇尔突然提高声音说。对，对。战争，战争。宫廷、大臣以及无数捧场的大喊着。不仅如此，近来多数善良的公民也同样容易陷入宽容精神所引发的爱国狂热中，也重复着战争、战争。

“意见是压倒性的。”

根本不容分说。如同受到触动似的低下头，但这其中也包括了故作姿态的演技，罗伯斯庇尔没有半点犹豫。

虽然是雅各宾俱乐部，在台上演讲时竟展现出如此姿态，应该说不愧是娴熟的老手吧。虽然大多遭到无视，但这正是通过在议会多少次演说练就的前议员的强项吧。

——对于把心思都放在民间的我来说有点学不来啊。

德穆兰感叹道。这天看着自己的老朋友、学校里的前辈工作的样子完全赞同。心里更愿意率直地鼓掌，而不是绝不想输的争斗心理。

罗伯斯庇尔接着说：

“实际上有人反对战争吗？没有。包括我在内，没有一个人反对。”

仿佛承认自己失败了一样，但神情马上表现出并非如此。说起我自己，没有考虑过向舆论献媚、依附权势。我现在所寻求的虽然前路难辨，但经过仔细思索，却能得出更加正确的道路。

“我也希望开战，但只限于国民利益所向的战争。就是说首先要先降服国内的敌人。在达成这个大目的之时，要是还不安宁，那时必定毫不犹豫地踏上与外国之敌战斗的道路。”

也就是第一内敌，第二外敌，这才是正道。总结下来，罗伯斯庇尔大声疾呼的其实是反战论。

不应该与外国开战。军队不在战斗状态。更重要的是法兰西还有内部敌人。特别是拒绝宣誓教士十分危险，必须先扫清他们。

坚持自己一贯主张的罗伯斯庇尔最初登上雅各宾俱乐部讲台是在十二月九日。

奥地利皇帝正在筹划各国同盟干涉法兰西。在其完成前应该向据传正在聚集流亡贵族的列日市先发起进攻。演讲开始首先反驳持如此主张的会员卡拉。

“如果要谈的是防御战争，我也并非听不进去。但仅仅因为流亡贵族正在集结便以此为由发起战争，这是我认为不妥的。各国君主打算入侵法兰西的消息传得甚嚣尘上，但现阶段也不过是单纯的威胁吧。”

并没有用激昂的语调进行反驳。不过是忠告罢了，但众人听了罗伯斯庇尔的发言仍然感到震惊。

虽然并不像他说的没人反对战争，但反战论几乎没有市场。至少在雅各宾俱乐部是这样的。

有人提出过反战论，但仅限于劝告的程度，几天前在圣奥诺雷路得到讨论，只有这么一次。这一话题可能就到此告一段落了。

不是议员，不能把主张变成法案，即便在俱乐部里发表反对意见，也只能引起一时的讨论，很快就没了声音。很容易被遗忘，轻视的倾向实际上也并非没有。这些都令罗伯斯庇尔感到惶惶不安。

十二月十一日、十二日、十四日、十六日还有十八日，小个子罗伯斯庇尔连续登上雅各宾俱乐部的讲台。而且主张的论调向彻底的反战论发展。

——我也赞同这个主张。

德穆兰完全赞同反战论。丹东、马拉也是，科德利埃俱乐部多数也支持反战论。这是有良知的人理所当然的判断。甚至不用反复陈述，罗伯斯庇尔的主张应该得到支持。但是来不及了，社会上的情况十分棘手。

——舆论现在热衷于战争。

奥地利皇帝利奥波德二世和普鲁士国王威廉二世八月联合发表《皮尔尼茨宣言》的时候，民众的愤怒还处于脱离实际的状态。喝酒时咒骂一下外国，即消愁解闷的程度，心里明白不能真正打起仗来。可到了年末气氛变得怪异了。

由于议会追究流亡贵族，开始有传言说国境外的活动也十分危险。领头的是国王的弟弟普罗旺斯伯爵以及阿图瓦伯爵，两人发表拒绝回国的声明是在十二月三日。

这是对革命露骨的挑衅。流亡贵族就要采取行动了。舆论开始热议，此时七日进入内阁的陆军大臣是传言中主战的纳尔博纳·拉腊伯爵。

接着在十日，这次是利奥波德二世作为神圣罗马帝国皇帝宣布保护在阿尔萨斯拥有领地的德意志贵族。

几乎所有法兰西人都对此感到愤慨，此时就像逮住机会似的，十二月十四日议会上宣读了由纳尔博纳·拉腊伯爵起草的最后通牒。战争的对手变成了隐匿流亡贵族的特里尔总主教选帝侯。

原来对战争只是议论纷纷，但一转眼已经具体化了。与特里尔总主教选帝侯作战，而且是短期决战，目前的法兰西可以应付，人们也变得强势起来。又过了几天，如今的巴黎街头巷尾笼罩着开战前的狂热，仿佛能在严冬季节蒸腾起水汽。

——在这样的形势中大声疾呼反对战争。

罗伯斯庇尔的主张丝毫没有改变。

“我想问问诸位，我们希望的战争是什么样的。是一国国民对他国国民的战斗吗？还是一国国王对他国国王的战争呢？两者都不是，绝对不是。只能是法兰西的革命打倒反动的敌人。”

“你玩弄文字游戏没有意义。法兰西仍然处于危机之中。”

“正是。我要说的就是现在搞错了危机的含义。”

“怎么会搞错了。法兰西现在的敌人是……”

“革命的敌人。应该痛恨的是革命的敌人。最应该担心的究竟是科布伦茨吗？答案也是否定的。最大的敌人在法兰西，也就是在我们中间。”

“难不成他的名字是马克西米连·罗伯斯庇尔吗？原来如此，这样抹黑神圣的战争，你才是最大的敌人，忘记了国民的义务。”

“或者就是个女人。面对战争害怕得要命吧？”

奚落裹挟着嘲弄的大笑如枪林弹雨般袭来。

很明显罗伯斯庇尔孤军奋战。

“纵使法兰西遭到蹂躏也不要紧吗？”

“同时革命也会蒙羞。”

“你难道不热爱祖国吗？”

这几天他单单走过通道便受到咒骂。

即便这样罗伯斯庇尔也不放弃。他继续登上讲台，仍然不停止演讲。为了信念绝不沉默，对自己的主张没有半点后退。德穆兰对此打心眼里佩服。

——真厉害。

不，仅仅大声嚷嚷的话自己也不是不能做到。合乎道理的主张就得自己一直讲述。不免遭到奚落，但也有应对的办法。但现在的情况……

德穆兰把目光移向会场。发出奚落声音的主要是那一块。

一群人围绕着现任巴黎市市长佩蒂翁，还有韦尼奥、让索内、加代、杜科、伊斯纳尔等一众立法议会议员。尤其是长脸，如领袖一般仰头抱臂。

——今天连布里索都来了。

心里想叫他马脸，但没出言不敬。布里索已经不是半年前的布里索了，他是主战论的先锋。顺应大众“开战”“开战”的热忱，现在气势凌人。

凭借数量在议会运作取得优势的斐扬派面对其急速发展的势头，也已经不能再放任了吧。

整个法兰西都站在布里索一边。把他比作革命的十字军，主战论也与宗教感情相通。布里索正是现代的预言者、民主主义的耶稣基督。

——不能容许亵渎。

动怒的人不在少数，斐扬派在应对上也伤脑筋。

议会演说之时，坐在旁听席的人们也随着现场的奚落声大吵大闹。甚至感到某种危险，愤怒的民众可能会对论点不同者施加私刑。如若亵渎，罪该当诛。其论调有种殉教的意味，主战论的支持者已经进入了癫狂。

——从正面反对的话不知道会遭遇什么。

此人早就对罗伯斯庇尔愤怒不已了。

27

论争

雅克·皮埃尔·布里索亲自登上雅各宾俱乐部讲台是两天前十二月十六日的事。

他所主张的当然是主战论。

“紧临国境存在着现实的威胁。我们被迫只能应战。要是连这一点都反对的话，那么今后请做好准备，充当欧洲的玩具。而且被暴君们伸手介入只会陷入更加悲惨的境地。有人说这总比法兰西灭亡要好。我首先表明，这种令人感到耻辱的国民没有也罢。”

仿佛预言者一般，做好准备的布里索声势如虹。

会场一时间向主战论一边倒。罗伯斯庇尔孤军奋战是因为雅各宾俱乐部也绝非中立，这里支持主战论的也占了多数。

但他没有胆怯。罗伯斯庇尔当场申请延期决议，希望给他两天时间。他公开表示会把反对意见写成文章。

今天十八日，他如约而至，拿着纸片登上讲台。佩蒂翁、韦尼奥、伊斯纳尔，特别是布里索都在座，面对他们正面地进行反驳。

——这是雅各宾俱乐部的有益之处吧。

会场的吵闹方式不如议会那么有压迫性，这里基本只有会员才能进入。有闲钱缴纳会费的，几乎都是具备常识的绅士，也极富教养，能够靠理性控制自己，不会肤浅地乱来。

更何况罗伯斯庇尔自负自己才是代表、他才是中心人物。雅各宾俱乐部是他自己的领地，这样的想法从这几天可见一斑。在这里也可以发表反对意见，也可以和布里索、佩蒂翁一党一较高下。可还是……

——踏出雅各宾俱乐部半步不知道会遭遇什么。

事实上说不定会在门口遭到堵截。反战论流传出去将招致愤怒。

两天前的十六日，已经预告了辩论，也许甚至会有傲慢自大的人和携带武器的家伙前来。先前已遭咒骂，所以罗伯斯庇尔也有所感知。

——到了住处就不需要担心了吧？

罗伯斯庇尔的住处是工匠莫里斯·迪普莱的房子。位于圣奥诺雷路的房子距离雅各宾俱乐部不过几分钟的路程。假如有人前来袭击，也能快速逃回住处。就连战神广场大屠杀之夜都成功脱逃，面对新环境谨慎的小个子似乎有这自信。

“可不要逞强啊，马克西米连。”

十六日到今天的两天里，德穆兰多次劝说他。但意外的是罗伯斯庇尔没有丝毫紧张的样子。

“意见对立莫如说是理想的状态。”

罗伯斯庇尔陈述自己的考虑。正是由于意见相左，才会有建设性的讨论。因为都是为了法兰西着想。所有见解都经过了深思熟虑。

“彻底地就政策进行论争说不定能够迸发出更好的策略。这正是辩论的方法，是米拉波教给我的。”

“米拉波……”

“对。而且这里是不为其他而为辩论专门设置的场合，雅各宾俱乐部是这样的吧。”

“但是，布里索他们……”

“都是雅各宾俱乐部的会员。所以才会登台演讲、参加讨论。能够进行严肃的辩论才能证明是真正的朋友。这是我的看法。”

德穆兰不免感到困惑，真的是这样吗。

罗伯斯庇尔请出米拉波，关于辩论的方法可能的确如此。但他不免感到疑惑，换做米拉波，他会把如今的布里索、佩蒂翁当朋友吗？无论如何这都太执着正道了。太天真了，马克西米连。而且有两个月布里索不曾在雅各宾俱乐部露面了。

事实上他已经远去了。布里索当选立法议会议员后甚至忘记了自己是会员，可还是在十二月十六日出席主张主战论。

佩蒂翁甚至不出现在圣奥诺雷路，虽然他一定要到市政厅广场工作，可是连出入位于杜伊勒里宫练马场附属大厅的议员会员们也不顺路前往近在咫尺的雅各宾俱乐部。

韦尼奥、加代、让索内、杜科等人从波尔多来到巴黎上任，因为出身而得名“吉伦特派”，他们到雅各宾修道院的次数屈指可数。他们带着波尔多人的傲慢，见面连招呼都不打，究竟算哪门子会员。

“他们是真正的朋友吗？”

德穆兰抗议道，可罗伯斯庇尔还是坚持己见。不，卡米尔。不在于次数。即便每天都来，光是谈论无用之事也让人困扰。关键在于是否实际地参与。

“事实就是他们十六日来了雅各宾修道院，不是吗？”

也正经地发表了演讲。都说十八日也会前来听我的辩驳。能参加辩论就不是空头会员。罗伯斯庇尔回应说。关于这一点德穆兰的看法完全不同。

反战论不值一驳，布里索开头打定主意决定无视，当然也没打算专程前往雅各宾俱乐部。

可是，罗伯斯庇尔相当执拗。反战论也许不值一驳，但要是放任其与自己的主战论唱反调，也就是默许有人一直反对自己，这对于当下的时代宠儿布里索大人而言关乎颜面。击溃这个对手不费吹灰之力。对手并非议员，不能在议会上对垒，没办法才把地点选在雅各宾俱乐部。德穆兰推测这才是他十六日不情愿地前来的真实情况。

——他不是为了辩论而来。

他早就不再是朋友了，德穆兰甚至这样想。

——证据就是，看，来了。

布里索站起来，接着佩蒂翁也站起来。随之韦尼奥、让索内、加代、杜科、伊斯纳尔等人一个接一个仿佛要把椅子踢翻。

他们接连到出口处，全都离开了会场。只剩下罗伯斯庇尔在雅各宾俱乐部继续演讲。

“现在再想想佩蒂翁的高论吧。关于革命面临的最大危机，他在给自己支持者的信中阐述的主张。侮辱首届立法政府将会是最后一届的家伙应该受到严惩……”

罗伯斯庇尔仍认为他是盟友，提起他的名字，却不见巴黎市市长的踪影。罗伯斯庇尔主张在外国之前首先应该打倒的敌人是斐扬派，但这些话也传不到离开会场的人的耳朵里。

——没用的，马克西米连。

没用的，德穆兰还在好言相劝。颇为自负的优等生不会轻易地听从他人的建议。想到这他更加为罗伯斯庇尔感到悲哀，不禁想好好劝劝他。

28

迷惘

布里索和佩蒂翁一党也没忘记打倒斐扬派。德穆兰对此并不怀疑。

——可以说是毫不怀疑。

重振雅各宾派不仅使斐扬派退回守势，有时两者还不分伯仲。这些不是罗伯斯庇尔、库东等人做到的，也不是丹东、马拉。主要靠的是布里索和佩蒂翁一党。

——但他们的言论是反常的。

罗伯斯庇尔主张的反战论在十二月十二日雅各宾俱乐部的演讲中还加上了一条论据，就是不信任执行权。

“把执行战斗的任务交给谁了？是执行权的行使者吗？把国家的安全丢给国家的敌人、试图摧毁你们的人手里吗？这算怎么回事。会产生什么后果自不待言。是的，显而易见，我们最该担心的就是战争。”

这是左派最为担忧的。与此相对，十二月十六日同样在雅各宾俱乐部，布里索在演讲时说：

“执行权不日将会宣战。这是执行权的义务。它为我们尽了义务，而诸位也不能袖手旁观。应该即刻支持执行权的决定。哪怕万一执行权欺骗了诸位，人民会取代它。没有任何可担忧的。”

德穆兰听到的瞬间一时语塞，这是有多么乐观、多么健忘啊。

罗伯斯庇尔发言的出发点不用说是针对战神广场大屠杀和随之而来的镇压。执行权的行使者首先指的是国王及其内阁，但在背后操纵他们的是斐扬派。

斐扬派现在持反战立场，所以与持主战论的布里索完全对立。但看看他们的主张，就知道斐扬派并不指责执行权，进而默默容许了战神广场那个礼拜天发生的事，至少听上去是不闻不问的态度。

——不曾经历屠杀现场的家伙，他们的愤怒也只是徒有其表。

由于被害者意识驱使而立马感到反感，虽然不说这自认的正义是绝对的，但德穆兰还是不免感到愤慨。

如今的阁僚大半是斐扬派。但新任陆军大臣纳尔博纳·拉腊伯爵也表现出相当的好战态度，不敢保证斐扬派全体都贯彻反战主张。反过来看，能让这些家伙上战场吗？能给他们武器吗？天真地靠着“即便遭到欺骗，人民会取代它”的想法能振奋气势吗？

——要求别人相信执行权，首先就要检验其方向性的评价。

德穆兰想。从战神广场大屠杀开始往前追溯，好好地总结，再重新来讨论主战、反战才是正道。

就是说，废黜抛弃国民逃亡的路易十六，至少揭露国王一家遭到绑架的谎言，并对瓦雷纳事件进行审判。在这些都没有做到前不应向前半步，不，决意不应该向前。

——可布里索、佩蒂翁他们却……

已经主张共和制而不管君主立宪了，同时还主张开战。既不让国王退位也不查明真相，不止如此，还承认坐在宝座上的路易十六的执行权，让其动用武力。这不就是不追究瓦雷纳事件了吗?

他们和斐扬派的结论一样。这样一来不光距离共和制甚远，连君主立宪都不是，有开倒车回归绝对王权之虞。国王掌握武力脱离了傀儡之身，很可能图谋重新掌权。德穆兰得出了结论，感到充满了矛盾和欺骗。

——已经不再是朋友了。

称之为布里索派吧，或者吉伦特派，第二斐扬俱乐部简直呼之欲出。

即便他还在雅各宾俱乐部露面或者参加讨论，他也不可能是朋友了。越是来访频繁则要更加警惕，情况可能会更糟。

——而且，这样下去的话……

反而可能夺去雅各宾俱乐部。马克西姆，你也将会遭到驱逐。德穆兰小声自言自语地说着劝告老友的话，他感到这些如同玩笑一样而苦笑起来。事到如今他才感到可怕。

这不是开玩笑。雅各宾俱乐部里也有不少布里索和佩蒂翁的支持者。原来如此，支撑起如今的雅各宾俱乐部的就是这帮家伙。

没用就赶紧滚，说不定罗伯斯庇尔的代表权会遭到剥夺。到那时与科德利埃俱乐部的合作也会烟消云散。

——很明显，他们已经是敌人了。

至少对我而言是敌人。德穆兰一边在心里想，一边注视桌上的纸。

深夜，已接近凌晨。集会结束后，从右岸的雅各宾修道院出发，徒步返回左岸的自家公寓已经是这个时辰了。

虽然没下雪，但十二月的夜路冰冷。幸运的是十分安静。路上寂静得甚至让人感到异样。进了房间，除了燃烧的蜡烛外没有一丝声音。

科德利埃街也夜深人静。一同返回的丹东和马拉或许正在看书写文章、喝酒吃肉吧，但普通人的话即使身处大都市巴黎晚上也需要睡眠。

妻子露西尔也听他的话睡下了。虽然没去卧室查看，但她没有出来，看来是没有等他先睡了。

——听我的话先睡了。

说实话，要是她没睡还等着的话自己会感到不自在，因为即便不为讨妻子欢心，总也必须交谈几句。甚至懒得费如此功夫，现在想集中精力思考一番。

德穆兰心中满是迷惘。

——事情怎么会变成这样呢，我……

应该做什么呢？发展到今天的局面应该朝什么方向做些什么呢？

只是佩服老友的勇气无济于事。有闲工夫指责罗伯斯庇尔过于冒险或者忍气吞声，还是必须问问自己应该做些什么。但是，德穆兰越想越迷惘。

若论今晚的结果，雅各宾俱乐部的论战是罗伯斯庇尔胜了。不，布里索和佩蒂翁中途退场，既然没有辩论那也称不上胜负，所以实际上让人感到相当微妙。

雅各宾俱乐部里大半支持主战论，时下多数也认为罗伯斯庇尔处于困境。

虽说如此但麻烦仅限于战争，有关其他多数问题罗伯斯庇尔的意见仍被认为代表俱乐部的卓见。

必须要广泛地宣传代表的主张，最后才能胜利地通过决议。也就是说，今天十二月十八日的反战演说要努力让更多的人听到、要加快印刷的速度。

——这就是收获。

德穆兰评价道。可贵的反战论以一次性演讲告终多么可惜。如果把演讲变为文字就能够不断重复，更容易传播扩散。只要能给舆论带来新东西，便会吸引更多人关注并且可以被反复阅读。

报纸的长处正在此。所以我也要赶快印刷。

——一个是《法兰西和布拉班特革命报》十二月二十五日样报。

德穆兰也在继续自己的工作。十二月二十五日准备刊载德穆兰式的反战主张。

到底应不应该公之于众呢？一旦印成铅字，巴黎的人们会不会对我加以私刑？德穆兰心里不免感到害怕，但听了今天罗伯斯庇尔的演讲，他决定了。我也必须战斗。不能在老友孤军奋斗之时只顾优先考虑自己。

——不能老是做不成器的后辈。

不想再被看轻，那必须得缩小差距。作为革命者中的小字辈必须公开自己所相信的。德穆兰一边劝解自己一边又陷入迷惘。他不由得将视线从《法兰西和布拉班特革命报》的文章上移向右侧。

桌上还放着另一篇文章。虽然还没有完成，但只需要进行最后的推敲就只剩誊写一步了。

与小册子同类，当然也是写来刊印的。不，撰写的时候精神抖擞、非常兴奋，认为绝对要让世人看看，让所有人都觉醒。一旦冷静下来会担心究竟应该将之公之于众吗？总感到十分后悔。

——怎么说，题目是叫作《揭露雅克·皮埃尔·布里索的真面目》。

德穆兰写的这个题目已经不是停留在讨论、论争等稳妥的范畴之内了。

当然文章设置了主战、反战的论点，而且引用古代罗马的故事进行批评，政论性的体例也属尚可，但其内容主要是《揭露雅克·皮埃尔·布里索的真面目》。

“革命前布里索是警察总长雷诺阿雇佣的密探。”

他过去是反体制思想的作家，因而被关进巴士底狱，但那时以此为交换得以无罪释放。变卖灵魂的布里索之后又被拉斐德收买。事实上布里索也是战神广场大屠杀的幕后黑手。写着如此云云的小册子在检举内容上有部分接近内情，也有不少完全属于谎言，算得上诽谤。无论如何，这是直截了当的人身攻击。

29

恐惧

——这应当刊印吗？

假如面对明确的敌人，不应该还在犹豫。不能再考虑选择手段。踌躇之间反而会遭到攻击。

但是，关于布里索，只有德穆兰认为他是敌人，同伴之间还没有达成一致意见。

不管怎么说，他是雅各宾俱乐部的会员。非常善辩，不在罗伯斯庇尔之下。

丹东认为此人有些蹊跷，也和自己有差不多的看法。可是他也会劝说现在把布里索看成敌人、提前防备还为时尚早。

“虽然和布里索其实是老相识，但马拉老师也相当敌视他。卡米尔，再加上你的话，就让人感觉是那么回事了。”

“你说那么回事是什么意思？”

“就是你们三个人都是报人。传成科德利埃俱乐部的内部纷争，这可多无聊。”

他明白丹东的意思。布里索也住在科德利埃街，和其他人一样，他是《法兰西爱国者报》的发行人。

“外界会猜测你不认可布里索的原因是出于同行的嫉妒。”

必须努力把个人情感放在一边。德穆兰也很在意。

和自己差不多的人如今已是立法议会议员，不光如此还担任议事，进而能够影响国政的走向。他虽然也承认其百里挑一的才能，但他得势未免来得太过迅速了。太过了，真是不痛快。

——因此才写了这篇文章，诉诸文字暴力。

对于依靠写作维持生计的德穆兰来说，也不能不告诫自己。但在心理上不免又不以为意。

布里索也曾在《法兰西爱国者报》上抨击过《法兰西和布拉班特革命报》的文章。如果那是有异议或者反驳的话可以接受，但经常出现不正当的诽谤中伤，所以自己怎么会忍气吞声。

但是，丹东继续劝说。

“第一，俺们的敌人是斐扬派。”

“……”

“可没空与布里索纠缠。”

确实如此。布里索他们也有打倒斐扬派的打算。即使有此打算，可他们说的话却令人费解。这样想来，必须用我们自己的力量拼尽全力。不打算交给别人。战神广场一事交由我们处理。

——但是……

斐扬派已经是明确的敌人。过去是敌人，现在也是敌人，将来也一直会是敌人。

如果要从斐扬派一事当中汲取教训的话，那便是割席之时已经晚了。

一旦对方掌握权力，将会采取手段镇压。斐扬派不仅认为国王退位论可笑至极，还派兵到战神广场。假设布里索一党掌握政权的话，甚至会使用暴力堵住反战论。

——在此之前必须采取行动。

虽然手段不是罗伯斯庇尔的反战论，但与外敌作战前必须收拾内敌。要阻碍布里索一党，雅各宾派不拧成一股绳，那追讨斐扬派就是痴人说梦。

——趁现在……

应该把文章付印吗？德穆兰抱紧双臂叹了口气。

虽然也有道义上的问题，但一旦付印还有反响问题。《揭露雅克·皮埃尔·布里索的真面目》公之于众的话，毫无疑问在巴黎将受到广泛关注。假如布里索在舆论上受损并且主战论失势的话，那的确令人愉悦。但这都还是未知数。

如丹东所指出的那样，不能局限于私人恩怨。假使反战论成为厌恶布里索的延伸，使得整个辩论沦为空谈，反而是一种退步。因反战而团结的科德利埃俱乐部将会遭到敌视，或许在雅各宾俱乐部罗伯斯庇尔、库东等人也会因此失势，这完全是无异于自杀的愚蠢行为。要是事情到了如此地步，恐怕先要处理不负责任煽动的卡米尔·德穆兰吧。

要是夸下海口说不怕的话那是假的。还是害怕的，但德穆兰也劝说自己。

——卡米尔，不能害怕。

米拉波亡故后没有一个能堪当大任的革命家。没有办法，我们革命家既然立下志向，那就要不害怕发声、主张、呼吁。即便面对指责、威胁、检举、逮捕，甚至牢狱之灾都绝不畏惧。可能在此之前，甚或遭到暗算丢了性命也未可知。

“……”

刹那间德穆兰感到后脑勺有股寒意，有人在背后移动。他猛地转过头，果然房间的黑暗中有身着白衣的人在活动。

“谁？”

“我，是我。”

卡米尔，你回来了。甚至不用等待这一句，那银铃般的声音让他从一开始便知道是谁了。出现在蜡烛光亮中的是穿着白色睡衣的露西尔。

德穆兰下意识地从屏息中解放，努力堆起笑脸，首先向妻子道歉。

“露西尔，对不起。”

“怎么了？”

“唔，我弄太大声了。”

“嗯。”

“还把你吵醒了。”

“那倒没关系……卡米尔，你现在忙吗？”

“不忙。”

“哦。”

露西尔一不说话显得有些不知所措。德穆兰见她站着便劝她坐下。露西尔，先坐下吧。今天晚上可真冷。我刚才一直坐着，椅子应该多少暖和些。

德穆兰双手扶住妻子的肩膀，她顺从地坐下。他微微一笑说没关系你说吧。

“其实，卡米尔，有件事我想你应该提前知晓一下。”

“什么？”

“也不是什么大事，总之知道一下为好。可我希望你也别挂在心上。”

“你说吧，露西尔，究竟是什么事？”

“要是你介意的话我会很过意不去的……”

“你说嘛，是什么事？”

“我已经三个月没来了。”

“没来？什么？”

“就是那个嘛。”

露西尔含混地说，没有透露更多。

刚开始德穆兰的确一头雾水。已经三个月没来指的是报纸的收入吗？难不成是报童携款跑了，家里的伙食费不够用了之类的。不，那与家庭收支无关，露西尔不知道这些事。

——这样的话，那就是……

德穆兰不自觉地眉头紧皱。话说不通时，露西尔有时发怒，今天怎么磨磨蹭蹭的。他慌忙间偷偷查看妻子的脸色，妻子没有杏目圆睁，反而不知为何低头不语。

她的脸颊透着红晕。似乎是害羞。可有什么值得害羞的事……

“什么？难道？”

露西尔低着头偷偷看看德穆兰，轻轻地点头。德穆兰终于明白了，她在等着丈夫的欢呼。突然的消息虽然让人有点慌张，但这点常识我还是知道的。

“真的。不敢相信，我好幸福啊。当真有我的孩子了？啊，神明啊，谢谢。啊，露西尔，谢谢你。”

德穆兰一边说着一边扑到椅子前抱住妻子。当然了，好开心。对妻子讲的话都出自真心。太幸福了。深爱的妻子怀了自己的骨肉，何其幸运、何其幸福，先前恐惧的感觉丝毫没了踪影。

——是啊，怕了。

但越来越不恐惧了。在他陶醉于幸福之时，德穆兰的脑海里那个自问仍然挥之不去。刊发《揭露雅克·皮埃尔·布里索的真面目》？还是打消这个念头？顺利抑或是不顺利？不顺利时会害怕吗？还是不再感到恐惧呢？

30

来客

莫里斯·迪普莱脸上显示出不同于往日的严峻。

罗伯斯庇尔听到门被叩响，满心以为来告知准备吃晚饭了。而且来的人可能是埃莱奥诺尔，他忍住脸上流露出的笑容，走向门口，让他惊讶的是来人是房东。

“怎么了？迪普莱先生。发生什么事了？”

“没什么特别的，罗伯斯庇尔先生。有客人来访。”

有客人，而且是在年末，这就奇怪了。

一七九一年已经到了十二月三十一日。目前法兰西人最为关心的是政治，事实上那天议会也开始议事了，但也不意味着不过岁末年初了。虽然只是立宪派神父主持的仪式，毕竟十二月二十五日要庆祝耶稣基督诞辰，之后庆祝新年的准备也在逐步进行。

特别是今晚的议会结束后感到放松下来。十二月三十一日雅各宾俱乐部也休会了。今晚吃完饭后就不出门散步了，因为罗伯斯庇尔难得心情放松下来。

——不光是我。

接受雅各宾俱乐部的代表罗伯斯庇尔、立法议会议员库东住在自家对迪普莱家而言，每天也都充满紧张感。紧皱眉头的莫里斯·迪普莱仿佛发出无声的抱怨，怎么能够休息呢？不能有一丝懈怠。

——可有客人来访。

来了客人也不一定要摆开架势应对啊，罗伯斯庇尔心里难免嘀咕。

不就是有客人来，本来让老板娘、儿子、外甥或者住在家里的弟子通报一声就好，可房东主人亲自来到借宿者的房间这有点奇怪。

再加上迪普莱是个刚强的有骨气之人，在战神广场大屠杀后发生不分青红皂白的镇压时，他帮助罗伯斯庇尔暂避风头。

他并非懦弱之人。很少会显露出走投无路的神色。虽然有点难以理解，但听了客人的名字马上就明白了。

“是巴纳夫。”

罗伯斯庇尔默念了一遍来客的姓名，马上心中也一紧。不，自己并非如莫里斯·迪普莱一般有颗大心脏，这不是简单的心情问题。突然呼吸开始局促起来，肩膀用力夹紧，毫无应对办法。怎么说，来访的稀客是巴纳夫。

——究竟找我有何事？

自问道，身上起了鸡皮疙瘩。罗伯斯庇尔仍觉得有点夸张，但也不认为面临生命危险。

无论怎么说对方是与迪波尔、拉梅特共进退的三头派其中之一，同时也是斐扬派的领导者之一。也就是策划发动战神广场大屠杀、残酷镇压的幕后操纵者。也是与宫廷交往甚密，为了不追究瓦雷纳事件而编造出国王绑架事件的罪魁祸首。巴纳夫竟亲自来访。

难保不是又来搞镇压活动的。罗伯斯庇尔也想到一些头绪。

有遭到忌恨的缘由。

十二月二十五日雅各宾俱乐部，罗伯斯庇尔在演讲中抨击斐扬派。

斐扬俱乐部将集会改为公开制，一下增加了不少支持者。并且动员他们在巴黎惹起事端，然后嫁祸给其他爱国俱乐部，造成我们信誉扫地、支持者锐减，得逞的话甚至可能被逼入解散的境地。同时也在谋划要使大众不再支持巴黎市市长。如此悉数斐扬俱乐部的罪过，他们的动作也实际上存在，但其中的真伪尚未完全确认。

——我感到恐惧是因为心中有愧吗？

不是的，罗伯斯庇尔马上订正自己。我的抨击是有理由的。对待斐扬派不能心存大意，必须主动出击牵制，不给他们策划谋略的时间。

——其中巴纳夫是最大的敌人。

罗伯斯庇尔来到玄关迎接，首先看向来客的身后。不由得担心是否会带国民卫队前来逮捕。

但巴纳夫的身后只有圣奥诺雷路上来往的人影。既不见士兵，也不见警察。似乎连秘书也没有带来。

只有长着蒜头鼻的一个人。但罗伯斯庇尔还是叮问道：

“一个人吗？”

“一个人。罗伯斯庇尔想必你也讨厌。我是平民出身，不是出门需要前呼后拥的多么了不得的人。”

罗伯斯庇尔听了这番说辞瞬间上来一股火。和身份没关系。不，从以贫富为判断依据的斐扬派的领导者口中听到这一番谦卑之辞反而令人不快。

但马上印象转变了。不是出门需要前呼后拥的多么了不得的人，一边挠着后脑勺一边笑着说出来，本该令人不快的说法也并没有奇怪、不协调之处。圆溜溜的眼睛里显示出和蔼，没有让人有刻意之感。

——是啊，巴纳夫很年轻。

一门心思地想着他是斐扬派的领导者，而把这点不小心忘记了。但事实上巴纳夫比自己还小三岁，应该刚刚三十出头。对了，一七八九年参加革命时他才二十七岁。

不一定有恶意。但琢磨了一下，罗伯斯庇尔不免要纠正他，即便语气连自己都觉得不体面。

“贵族就算是了不得，也并不能前呼后拥。”

“是这么回事。不愧是坚持真理的骑士，马克西米连·罗伯斯庇尔。”

“……”

“请不要瞪着我。我今天前来，也不是要做你的敌人。”

巴纳夫事先说好。笑眯眯的有点单纯，对于三十岁的青年来说并不自然。要说不自然，甚至连说话的方式也显得轻浮。似乎是勉强地表现得开朗。

“更准确地说我们根本不是敌人。”

巴纳夫接着说。罗伯斯庇尔，其实你近来已经不把我当成政论的对手了吧。

“你想说我和布里索他们的论战吗？”

巴纳夫听了点点头，神情中混杂着一丝惊讶，好像在说当然了这还用问，这么问本身反而奇怪。罗伯斯庇尔马上开口说。

“没错，我是在和布里索、佩蒂翁论战。但这只是为了让讨论更富建设性，不过是政策论争。”

“政策论争这个词未免太慢条斯理了吧，新年不就要开战了。”

他明白巴纳夫的意思。布里索加强了攻势，因罗伯斯庇尔在雅各宾俱乐部发表了反战演说，十二月二十九日布里索最先选择的反击舞台是在立法议会上。

“法兰西爱好和平，但也不畏惧战争。法兰西需要为名誉而战。为了重建财政和恢复公信力，为了结束高压统治、背叛、无政府状态，安全的外部环境与平稳的内部环境是不可或缺的。这个时候的战争是对国民的善举。”

演讲得到满场喝彩。第二天三十日布里索在雅各宾俱乐部展开报复。

“战胜他们！就是现在重建我们的公信力，重建我们的财政！否则只会被打倒。叛徒们认为自己已经胜券在握、罪行得逞了，但他们是大错特错。”

甚至国际政治的形势也更加增加了布里索主张的说服力。十二月三十一日的议会上报告了神圣罗马皇帝利奥波德二世发表的新见解。

“面对法兰西的威胁，保护特里尔总主教选帝侯。”

刚刚以法兰西国王的名义对特里尔臣属国下了最后通牒。奥地利君主宣言保卫它，更使得开战气氛紧张起来。

这一天也令罗伯斯庇尔危机感更强了。这可不是开玩笑，任其发展下去真的会开战的，法兰西将会灭亡。思来想去，布里索、佩蒂翁加上韦尼奥、伊斯纳尔等新面孔可谓是真正的政敌了。

“但是……”

“哈哈，不要把情况想得过于严峻。”

巴纳夫仍然保持笑脸。与其说开怀的笑声听起来有点奇怪，不如说先感觉到不够慎重、令人气愤。可对方不放在心上。

“不，话说回来，罗伯斯庇尔。战争没那么容易打起来的。”

“为何如此肯定？”

“外国也不傻。特里尔总主教也好、奥地利皇帝也好，都不会贸然发动对自己毫无益处的战争。”

这话出自掌握政权的斐扬派其中一员、也是最高领导者之一的口中。能够这般确定，应该是从水面下的外交活动中得到的感受。

罗伯斯庇尔如此解读，也想过在这里不再与之争锋。但接下来巴纳夫讲的含有深意。

“是啊，没那么容易打起来。除非法兰西犯傻。”

“犯傻的是法兰西？”

“虽然我希望不犯傻……”

“你认为沸沸扬扬的主战论愚蠢。”

“算是吧，不得不说此举愚蠢。”

巴纳夫回答说，此时他的神情变得认真起来。脸上不再给人丝毫年轻之感，而是一副领导者的面孔。是啊，罗伯斯庇尔，我不是你的敌人，原因就在这。

“因为我也是反战论者。和你一样，一直主张反战，从不妥协。”

罗伯斯庇尔没打算承认和他一样。

31

同志

事实上巴纳夫正是强硬反战论的代表，他站在反战的斐扬派最前列。

即便如此罗伯斯庇尔也无法坦然接受对方的逻辑。

“不是一样的反战论，内涵完全不同。”

“斐扬派的反战论是为了明哲保身。不愿看到战争重新点燃革命的热情。消极公民趁机争取扩大权力的话就不再是资产阶级的天下。斐扬派的反战论是基于此逻辑的。”

“即便如此，可这也是真诚地为法兰西考虑的判断。”

巴纳夫断言道。维护当下以资产阶级为主要支持基础的君主立宪政权就是法兰西国民的幸福。

“而且，罗伯斯庇尔你不也是共和主义者吗？”

“我可没说……”

“根据我的观察，现在人民还没有形成很大的力量。将贵族、教士排除在外，还算能让国王胜出。也就是说现在的力量只到建立君主立宪为止。现在硬是向共和制过渡的话怕也是……”

“我可从没发表过这些主张……”

“是吗，罗伯斯庇尔，你最近在意起咬文嚼字了。”

“是、是吗？”

“相当在意。这也算是聪明的处事方式吧。政治家这回事就是一旦说出口便没有挽回的余地了。在这一点上我可算愚笨了。心想着为了法兰西便不自觉地说个不停……”

听了这一番话，不愧是议会数一数二的雄辩家。再这样下去要无言以对了，罗伯斯庇尔赶紧回应说。不，无论你怎么说，我都无法接受。说什么为法兰西着想，全是谎言。你们所主张的政治不是为了法兰西。

“而且，你们不光不想与外敌作战，也不想与内敌斗争。不仅不与在国境聚集的流亡贵族战斗，你们斐扬派对于拒绝宣誓教士也不打算追究。他们正是革命的敌人，是体制内谋求颠覆的蛀虫。可你们却对他们放任不管……”

“你指的是国王对十一月二十九日的法案行使否决权吗？”

罗伯斯庇尔愤然点头。十一月二十九日法案即尚未接受《教士公民组织法》的教士必须起“公民誓”，如拒绝则处叛乱国家罪。也就是对拒绝宣誓教士采取决定性措施。

路易十六拒绝通过法案。十二月十九日，以法兰西国王之名行使否决权。

“可并不是我们说服国王的。其实主张来自于巴黎市政府。”

巴纳夫回答说。形式上是巴黎市政府于十二月五日发表声明，向路易十六请愿劝其行使否决权。

“但是市政府的高官大半都是斐扬派吧。”

“怎么生气了。可是，罗伯斯庇尔，那么你应该更当回事才对。有和布里索他们论战的工夫不如多抓些斐扬派，在俱乐部、议会上追讨他们……”

“战争一事也是重大问题。”

“但是，这不过是政策论争罢了。”

“……”

“你看啊，罗伯斯庇尔。你不讲理地提出拒绝宣誓教士的问题，可现在最优先的课题却是战争。对于战争我们的确意见有所不同，可至少与布里索他们的想法相比，我的主张大为接近你的想法。”

“是吗？”

罗伯斯庇尔简短地应道。因此才会被他说咬文嚼字，现在回过神来也无法轻易地作出回应了。

巴纳夫的目的越来越让人摸不着头脑了。他打算干什么？他做出理解我的姿态，究竟有何目的。是要拉拢我吗？拉拢我又是为了什么目的呢？

——难道他想一起对付布里索他们……

这可做不到，不能这么对待雅各宾派的伙伴。虽然选择了不同的道路，但却不能与斐扬派勾结谋求打倒自己的伙伴。罗伯斯庇尔心里想，不自觉地脸上露出怒容。

对面的巴纳夫沉默地耸耸肩。他再次开口时脸上已经恢复了单纯的表情。算了。我说是，你说不是。我说意见接近，你觉得不一样。这么争论下去争不出个头绪。罗伯斯庇尔啊，请你理解的只有这一点。

“我今天前来并不是要与你为敌，这并非虚言。如果是敌人的话，不会像现在一样来访。那对我而言贵宅就是敌营了。”

巴纳夫指出。罗伯斯庇尔转头看向后面。

迪普莱夫妻和三个女儿、儿子、外甥甚至连坐着轮椅的库东也前来死死盯住。

众人神情紧绷，与其说是担心借宿人的安危，莫如说更像怀有深仇大恨的仇敌一般狠狠盯住对方。

罗伯斯庇尔现在才感到慌张。假使对方不是敌人的话，面对巴纳夫这样的人物会不自觉地与其谈论政治。但站在门口争论，无论出于什么理由都是件怪事。

首先，大开着门任凭岁末的寒风袭人。烧着柴火好不容易把房间弄暖和，如今也前功尽弃。

“我知道了。走吧。”

罗伯斯庇尔回答说。背后有人在动，原来是埃莱奥诺尔急促的脚步。大概是去取屋里的外套吧。

罗伯斯庇尔一出门便把外套的领子竖起来。外面黑漆漆一片，只见一个个橙色的光点。呼啸而来的风中夹带着雪，在光亮衍射出的光晕下如同白色的烟幕一般。

一旦有了颜色，总觉得风好像成了具有自我意识的生物一般。延绵的白风看上去熟悉巴黎的迷路，自在地在其中穿梭。风像有意似的，每当砸在脸上时便感到其中怀有的恶意。

——没有一个好消息。

一七九一年从秋天开始天气就不好。夏天传闻丰收，但结束时却发现今年也仿佛一七八八年那样严重歉收。

间接导致一七八九年革命发生。想到当初歉收的情景，便有人预测可能会有相同的走向。

市场的谷物不足，同时价格高企，于是就有传言说，是有人抢购粮食提高价格。甚至偶尔会感觉到要将哄抬物价的人吊死以发泄愤怒的气氛。

“那么就到巴黎皇家宫殿吧。”

巴纳夫一边说一边穿过面对圣奥诺雷路的围墙。一七八九年俱乐部搬走了，这里可以说是个中立的地方。既没有敌人也没有同伴，这回可以无所顾忌地谈话了。

中庭排列的枯树之间透着咖啡店的光亮。两人沿着回廊的屋檐下大步向前，巴纳夫选了露台的位置。这里生着火，如有必要还可以打开伞，即便在冬天也是一等一的位置。价格也贵，即便如此，对于在咖啡店不进室内喝咖啡这点还有几分坚持。

——很像巴纳夫的行事风格。

罗伯斯庇尔心里暗暗地想，微笑着落座。此时他发觉巴纳夫带他来的是德·富瓦咖啡店。

——那天德穆兰在。

和米拉波一起挤着坐。坐在德·富瓦咖啡店的露天席上，不禁回想起两年半前的情景。那是一七八九年的七月，在米拉波的鼓动下德穆兰发表了演讲，然后决定在巴黎发动起义，势如破竹地攻陷巴士底狱。

——之后，法兰西发生了革命。

回想起来，罗伯斯庇尔额头不禁冒出冷汗。那可真是救命了。凡尔赛一筹莫展，虽然议会的确一直在开会，也拿出了像模像样的决议，但外面被近卫队团团围住，吓得心惊胆战。

罗伯斯庇尔想起了那时自己没出息的样子。那个时候，在他旁边的也是巴纳夫。当时有勒沙普里安、拉博·圣艾蒂安、穆尼埃，巴纳夫也一同。啊，没错。理所当然，在创立国民议会之时巴纳夫的确也是同志。

——而且自己把他当朋友。

不是叫罗伯斯庇尔、巴纳夫，而是互相不客套地以马克西米连、安托万相称，打着“布列塔尼人俱乐部”的旗号在一块形影不离。

当选全国三级会议议员以来，不能仅仅在凡尔赛游山玩水。要让法兰西变得更好必须采取行动。怎么可能屈服于特权阶层的横行霸道？巴纳夫也是血气方刚的有识之士。

——还有来自多菲内也被广泛宣传。

巴纳夫和穆尼埃被并列为“砖瓦日”的英雄。一七八八年六月七日，多菲内人民支持格勒诺布尔高等法院起义，向前来镇压的军队投掷砖瓦。此次事件如今也被誉为革命的前哨战，因为接着在多菲内州召开了三级会议。

这是决定性的。一个是要求召开全国三级会议。再就是代表第三等级的议员人数应该是其他议员人数的两倍，也就是与教士代表议员、贵族代表议员加起来的人数一样，因此决议采用对第三等级有利的一人一票的多菲内式。

正因为有此经验，凡尔赛的全国三级会议没有迷失，很快转变思想，与特权阶层展开斗争。

可以说这个位于阿尔卑斯山脉的偏远地方正是法兰西革命的摇篮。而从这样的前沿阵地走出来的正是安托万·巴纳夫这个举世罕见的革命家。

32

离去的背影

“我决定回多菲内。”

巴纳夫先说。什么？罗伯斯庇尔刚准备伸手拿咖啡杯，此时他停下动作反问道。不仅由于沉浸在回忆而变得迷迷糊糊，而且话的意思也没理解。

“多菲内，怎么？”

“我要回去。多菲内的格勒诺布尔，就是伊泽尔省的首府。”

“为什么？”

“没有必须留在巴黎的理由了。早就不是议员了。”

“是吗。”

罗伯斯庇尔听了并不觉得有什么特别的。不是什么大事。

“是吗。原来是久违地返回故乡。其实我也是上个月从家乡回来的。你也好久没回去了吧，这想法不错。巴纳夫，家里还有亲人在吧？”

“父母和妹妹在。”

“那应该回去一趟。嗯，那么打算待多久？”

罗伯斯庇尔继续问道，巴纳夫一脸讶异。没听清吗，罗伯斯庇尔重复了一遍。我说，你打算在多菲内待多长时间。

“大概什么时候返回巴黎？”

“什么时候，怎么说呢。哈哈。”

“南法相当远，没一两个月回不来吧。你打算离开巴黎半年吗？像你这样的大人物，多菲内的斐扬俱乐部支部也会邀请你演讲、社交等等……”

“不，罗伯斯庇尔，我的意思是返回多菲内。退掉巴黎的住处，就此搬回乡下。”

“可那不就……”

罗伯斯庇尔虽然第一反应想反驳，但他并没有完全理解。他仍然半信半疑，要完全理解巴纳夫的话还需要几秒的沉默。

“在那里可干不了政治。”

罗伯斯庇尔开口说。我也刚返回了家乡，我明白的。乡下开展不了政治活动，那里当不成落脚点。或许多菲内的格勒诺布尔比我的故乡皮卡第的阿拉斯更为进步，民众的政治意识或许也更高。是的，斐扬俱乐部的活动想必也相当积极。

“可那毕竟不是巴黎。没办法推行你所希望的政治活动。”

“你希望我，这个斐扬派，今后也能积极开展活动吗？”

“这……”

“不用担心，罗伯斯庇尔。我不会继续从政了。”

“什么？”

“返回故乡是为了退出政界。”

难以置信，罗伯斯庇尔惊讶得只能听到自己的呓语。但是……怎么会……

“原因什么的都无关紧要了。少了一个政敌，罗伯斯庇尔，对你而言……”

“首先请让我为刚才的敌对态度道个歉。不，不管你是否从政，我认为你至今为止做的事多少是有罪的，所以不能说不是敌人。可是，仅仅在这里先不论敌友。你是我的后辈，请你回答我。而且这无关敌友。”

“你的道理有点乱七八糟的。”

“我说，巴纳夫，你的才能谁人不认呢。”

罗伯斯庇尔不自觉地提高了声调，回到了从前同伴间的交谈。其他桌的顾客纷纷望过来，他只是多少降低了音量继续说，请你认真回答我。

“政治家中再没人能像你那样能够承担起未来。可为什么放弃呢？”

“过誉了，罗伯斯庇尔。我这样的人怎会有如此才能。”

“怎么会。首屈一指雄辩家的称号不会假了吧。不带稿登台演讲，除了故去的米拉波只有你了。现场组织话语、出口成章的能力……”

“的确脑子并不笨。但也比不上米拉波。要说的话缺少灵光乍现。最致命的是直觉差劲。还有，行动力上也落于人后。”

“可也不至于……”

“我不打算谦虚。与此相对，我却有出众的分析力和以此为基础的构思能力。这是米拉波所不能及的。”

“那怎么会……”

“不行。这样是不够的。成不了孟德斯鸠、卢梭、英国的史密斯那样的思想家，在这革命的前线自己到底还是没有用武之地。太不擅长搏斗了。太没出息，自己的手法被看得一清二楚。慢慢明白了那是自己的力量所不及的境界。于是决定干脆退出。”

“没有的事。我说，巴纳夫，你……”

“不需要无意义的安慰。不提非凡，自己还是有一定的自知之明的。”

巴纳夫总结说，脸上的笑容消失了。不，想要笑却笑不出，只剩下遭受打击的表情。仰面咬住嘴唇，如同绝望一般。

罗伯斯庇尔无法释怀，还不知道他为何如此失意。斐扬派在议会的力量如磐石一般，怎么会说不擅长搏斗、手法被看穿呢。

虽然没有达到单独过半数，但其优势没有丝毫损失。虽然迫于高涨的战争情绪，但也并没有真正开战。尽管如此，可为什么巴纳夫会如此绝望呢?

“难道三头派决裂了吗？你和迪波尔、拉梅特之间……”

“什么事也没有。”

巴纳夫回答说。阿德里安和亚历山大都和你一样劝我不要回多菲内。三头派并没有决裂。

“是因为看不上的家伙太多了吧。”

“这……”

“罗伯斯庇尔，你也多加提防。”

巴纳夫的话使得罗伯斯庇尔乱了心绪。

“你指的是布里索他们吗？”

他立马说，说完便感到羞愧。这无异于自我否定。如同自己承认主战、反战的讨论并不是单纯的政策论争，而已经是政治斗争了。想到这点马上感到羞愧，但巴纳夫并没有敏锐地指出。

“的确，布里索他们也是很让人厌恶。是啊，还有他们。罗伯斯庇尔，你得尽早放弃他们也是雅各宾俱乐部伙伴的想法……”

“等等。既然你说还有他们，那么除了布里索他们还有应该提防的人？”

“有。斐扬派的野心落空了，或者说早晚会是一场空……”

“会吗？可斐扬派仍然……如果说斐扬派的未来是惨淡的，那是因为你离开了……”

“我在也会是同样的结果。问题的关键是革命的延续。有了宪法，成了法制国家，但革命并不满足于此。革命将会继续，不仅如此，认为自己能够掌握失控局面的自大且愚蠢的家伙还会层出不穷。”

“……”

“总之，罗伯斯庇尔，你要多加小心。”

巴纳夫最后生硬地结束了谈话。他似乎不想更进一步地说出心里话。恐怕是因为害怕越说越变成满腹牢骚吧。不找借口，这或许是作为革命家最后的坚持了。

罗伯斯庇尔微微点头换了话题。谢谢你的忠告。

“只是，有一点不明白。为什么对我说？”

“因为革命会继续。我不认为革命到此为止，既然革命要继续的话，罗伯斯庇尔，你是革命最合适的领导者。”

“我……怎么会是那块料……”

“哈哈，正因为不是。”

巴纳夫站起身，在桌上留下几张纸币，迅速地结了账。就此别过，罗伯斯庇尔。过了年就出发返回多菲内。总之，仅仅是来道个别。

“再见！”

下雪了。马上就要到新年了，巴黎看起来要下起大雪。幸好都在圣奥诺雷路上。巴黎皇宫离住处极近。

过去的罗伯斯庇尔无事挂念，但也不得不做好心理准备。大风波即将到来。究竟会发生什么呢，虽然现在还不得而知，但一定会有比至今为止经历的更为严重的动乱向法兰西袭来。

——即便如此，是啊，我不会逃避。

我不打算骄傲自大，但似乎是个愚笨之人。似乎唯独没有对革命感到绝望的能力。静静地看着被誉为大才的巴纳夫离去的背影，罗伯斯庇尔决定再喝一杯苦咖啡。

主要参考文献

・B・ヴァンサン　“ルイ16世”　神田順子訳　祥伝社　2010年
・J・Ch・プティフィス　“ルイ十六世”（上下）　小倉孝誠監修　玉田敦子/橋本順一/坂口哲啓/真部清孝訳　中央公論新社　2008年
・J・ミシュレ　“フランス革命史”（上下）　桑原武夫/多田道太郎/樋口謹一訳　中公文庫　2006年
・R・ダーントン　“革命前夜の地下出版”　関根素子/二宮宏之訳　岩波書店　2000年
・R・シャルチエ　“フランス革命の文化的起源”　松浦義弘訳　岩波書店　1999年
・G・ルフェーヴル　“1789年—フランス革命序論”　高橋幸八郎/柴田三千雄/遅塚忠躬訳　岩波文庫　1998年
・G・ルフェーブル　“フランス革命と農民”　柴田三千雄訳　未来社　1956年
・S・シャーマ　“フランス革命の主役たち”（上中下）　栩木泰訳　中央公論社　1994年
・F・ブリュシュ/S・リアル/J・テュラール　“フランス革命史”　國府田武訳　白水社文庫クセジュ　1992年
・B・ディディエ　“フランス革命の文学”　小西嘉幸訳　白水社文庫クヤジュ　1991年
・E・バーク　“フランス革命の省察”　半澤孝麿訳　みすず書房　1989年
・J・スタロバンスキー　“フランス革命と芸術”　井上堯裕訳　法政大学出版局　1989年
・G・セレブリャコワ　“フランス革命期の女たち”（上下）　西本昭治訳　岩波新書　1973年
・スタール夫人　“フランス革命文明論”（第1巻～第3巻）　井伊玄太郎訳　雄松堂出版　1993年
・A・ソブール　“フランス革命と民衆”　井上幸治監訳　新評論　1983年
・A・ソブール　“フランス革命”（上下）　小場瀬卓三/渡辺淳訳　岩波新書　1953年

・G・リューデ “フランス革命と群衆” 前川貞次郎/野口名隆/服部春彦訳 ミネルヴァ書房 1963年
・A・マチエ “フランス大革命”（上中下） ねづまさし/市原豊太訳 岩波文庫 1958～1959年
・J・M・トムソン “ロベスピエールとフランス革命” 樋口謹一訳 岩波新書 1955年
・新人物往来社編 “王妃マリー・アントワネット” 新人物往来社 2010年
・安達正勝 “物語 フランス革命” 中公新書 2008年
・野々垣友枝 “1789年 フランス革命論” 大学教育出版 2001年
・河野健二 “フランス革命の思想と行動” 岩波書店 1995年
・河野健二/樋口謹一 “世界の歴史15 フランス革命” 河出文庫 1989年
・河野健二 “フランス革命二〇〇年” 朝日選書 1987年
・河野健二 “フランス革命小史” 岩波新書 1959年
・柴田三千雄 “フランス革命” 岩波書店 1989年
・柴田三千雄 “パリのフランス革命” 東京大学出版会 1988年
・芝生瑞和 “図説 フランス革命” 河出書房新社 1989年
・多木浩二 “絵で見るフランス革命” 岩波新書 1989年
・川島ルミ子 “フランス革命秘話” 大修館書店 1989年
・田村秀夫 “フランス革命” 中央大学出版部 1976年
・前川貞次郎 “フランス革命史研究” 創文社 1956年

◇

・Anderson, J. M., *Daily life during the French revolution*, Westport, 2007.
・Andress, D., *French society in revolution, 1789 - 1799*, Manchester, 1999.
・Andress, D., *The French revolution and the people*, London, 2004.
・Artarit, J., *Robespierre*, Paris, 2009.
・Bailly, J. S., *Mémoires, T. 1 - T. 3*, Paris, 2004 - 2005.
・Bessand-Massenet, P., *Femmes sous la Révolution*, Paris, 2005.
・Bessand-Massenet, P., *Robespierre: L'homme et l'idée*, Paris, 2001.
・Bonn, G., *Camille Desmoulins ou la plume de la liberté*, Paris, 2006.
・Carrot, G., *La garde nationale, 1789 - 1871*, Paris, 2001.
・Chaussinand-Nogaret, G., *Louis XVI*, Paris, 2006.
・Claretie, J., *Camille Desmoulins, Lucile Desmoulins*, Paris, 1875.

· Dingli, L. , *Robespierre*, Paris, 2004.
· Félix, J. , *Louis XVI et Marie-Antoinette*, Paris, 2006.
· Gallo, M. , *L'homme Robespierre: Histoire d'une solitude*, Paris, 1994.
· Gallo, M. , *Révolution française: Le peuple et le roi, 1774 – 1793*, Paris, 2008.
· Gallo, M. , *Révolution française: Aux armes, citoyens!, 1793 – 1799*, Paris, 2009.
· Hardman, J. , *The French revolution sourcebook*, London, 1999.
· Haydon, C. and Doyle, W. , *Robespierre*, Cambridge, 1999.
· Lever, É. , *Louis XVI*, Paris, 1985.
· Lever, É. , *Marie-Antoinette*, Paris, 1991.
· Lever, É. , *Marie-Antoinette: La dernière reine*, Paris, 2000.
· Marie-Antoinette, *Correspondance*, *T. 1 – T. 2*, Clermont-Ferrand, 2004.
· Mason, L. , *Singing the French revolution: Popular culture and politics, 1787 – 1799*, London, 1996.
· Mathiez, A. , *Le club des Cordeliers pendant la crise de Varennes, et le massacre du Champ de Mars*, Paris, 1910.
· McPhee, P. , *Living the French revolution, 1789 – 99*, New York, 2006.
· Monnier, R. , *À Paris sous la Révolution*, Paris, 2008.
· Ozouf, M. , *Varennes, La mort de la royauté*, Paris, 2005.
· Robespierre, M. de, *Œuvres de Maximilien Robespierre*, *T. 1 – T. 10*, Paris, 2000.
· Robinet, J. F. , *Danton homme d'État*, Paris, 1889.
· Saint Bris, G. , *La Fayette*, Paris, 2006.
· Scurr, R. , *Fatal purity: Robespierre and the French revolution*, New York, 2006.
· Tackett, T. , *Le roi s'enfuit: Varennes et l'origine de la Terreur*, Paris, 2004.
· Tourzel, L. F. de, *Mémoires sur la révolution*, *T. 1 – T. 2*, Clermont-Ferrand, 2004.
· Vovelle, M. , *Combats pour la révolution française*, Paris, 2001.
· Vovelle, M. , *Les Jacobins: De Robespierre à Chevènement*, Paris, 1999.
· Walter, G. , *Marat*, Paris, 1933.

图字：09-2018-082号

图书在版编目(CIP)数据

法国大革命物语.4/(日)佐藤贤一著；赵明哲译
.—上海：上海译文出版社，2022.9
ISBN 978-7-5327-8949-8

Ⅰ.①法… Ⅱ.①佐…②赵… Ⅲ.①长篇历史小说
—日本—现代 Ⅳ.①I313.45

中国版本图书馆CIP数据核字(2022)第153588号

法国大革命物语4：斐扬派的野心
[日]佐藤贤一 著 赵明哲 译
责任编辑/常剑心 装帧设计/柴昊洲 封面插图/刘少龙

上海译文出版社有限公司出版、发行
网址：www.yiwen.com.cn
201101 上海市闵行区号景路159弄B座
上海市崇明县裕安印刷厂印刷

开本 890×1240 1/32 印张 12 插页 2 字数 162,000
2022年10月第1版 2022年10月第1次印刷
印数：0,001—3,000册

ISBN 978-7-5327-8949-8/I·5551
定价：79.00元